BASTEI
LÜBBE

Von Françoise Sagan erschienen bei BASTEI-LÜBBE:

12 517 Bonjour Tristesse
12 561 Ein gewisses Lächeln
12 589 Blaue Flecken auf der Seele
12 627 Lieben Sie Brahms...
12 662 Augen wie Seide

FRANÇOISE SAGAN

DIE LUST ZU LEBEN

Aus dem Französischen von
Giò Waeckerlin-Induni

BASTEI
LÜBBE

BASTEI-LÜBBE-TASCHENBUCH
Band 12794

Titel der französischen Originalausgabe:
Sarah Bernhardt Le rire incassable

Lizenzausgabe: Bastei Verlag Gustav H. Lübbe GmbH & Co.,
Bergisch Gladbach
Printed in France März 1998
Einbandgestaltung: Gisela Kullowatz
Satz: hanseatenSatz-bremen, Bremen
Druck und Bindung: Brodard & Taupin, La Flèche
ISBN 3-404-12794-3

Der Preis dieses Bandes versteht sich einschließlich
der gesetzlichen Mehrwertsteuer.

Françoise Sagan an Sarah Bernhardt

Liebe Sarah Bernhardt,
ich glaube, nahezu alle Biographien, alle Memoiren, alle Kommentare und alle Porträts gelesen zu haben, die man sich zur Zeit verschaffen kann und die von Ihnen selbst oder seit Ihrem Tod über Sie verfaßt worden sind. Seit über sechzig Jahren also. Es sind ihrer viele und in ganz verschiedenen Schattierungen, doch will es mir nicht gelingen, mir auf Grund all dieser Schilderungen ein Bild zu machen, nicht etwa von Ihnen – denn das habe ich ja –, sondern von der kometenhaften Laufbahn, der Ihr Leben ungefähr entsprochen haben mag.

Ihr Leben war ebenso geheimnisvoll wie skandalumwittert, was nicht wenig heißen will – und was ich übrigens bewundere –, ein Leben, dem Sie übrigens den schrankenlosen Beifall oder die ebenso schrankenlose Feindseligkeit – die philiströseste also – Ihrer Zeitgenossen verdanken.

Was erfahren wir aus dem boshaften Klatsch der Marie Colombier oder aus der überspannten Glorifizierung eines Reynaldo Hahn? Nichts. Nichts besonders Menschliches, und doch kommen Sie mir – jetzt, wo ich Sie ein bißchen näher kennengelernt habe – von allen berühmten Frauen (oder als solche im Laufe der zwei Jahrtausende unseres Planeten eingestuft) als eine der menschlichsten vor. Eine der freiesten auch und – mit Abstand – die vergöttertste ... Keine Frau ist je so vergöttert worden wie Sie, weder so lange noch so weltweit – und dies vor allem – so bedingungslos und im vollen Glanz der strahlenden Heiterkeit ihres Ruhmes.

Ich will es Ihnen gleich gestehen (falls man ein Kompliment überhaupt »gestehen« kann), wenn ich Sie und Ihr Leben für dieses Buch gewählt habe, so ist es vor allem deswegen – wegen dieser Lebensfreude, dieser unbeirrbaren Heiterkeit, die Ihnen eigen gewesen ist und die Ihnen sowohl Ihre Verleumder als auch Ihre Bewunderer einstimmig zuerkennen. Und genauso haben mich nicht nur Ihre Tugenden und Ihre Untugenden gereizt, sondern auch Ihr Glück; dieses Glück, das Sie bei der Geburt mit so großen Talenten ausgestattet, Sie mit dreißig mit Triumphen überschüttet und Ihnen bis neunundsiebzig Erfüllung geschenkt hat – bis zu Ihrem Tod. Dieses Glück, das Ihnen die nur allzu üblichen Bumerangs strahlender Jugenderfolge erspart hat, diese ewigen Kehrseiten – Alter, Krankheit, Armut, Vergessen, Verfall –, die Ihresgleichen fast unvermeidlich stets am eigenen Leibe haben erfahren müssen – zu allen Zeiten und überall.

Aber Sie, nein! Ein ganzes Leben lang Applaus (und was für ein Applaus!) Und Applaus zudem noch eine volle Woche vor Ihrem Tod! – Eine Unverschämtheit, wenn man es genau bedenkt! Was für eine Ohrfeige für alle Lebensweisheiten. Was für eine Wonne für jene vor allem, die weder den Gedanken an Rache, noch den Gedanken an Belohnung oder Strafe lieben! Was für ein Jubel für all jene, die an die Übereinstimmung zwischen einem menschlichen Wesen und seinem Schicksal glauben, an die enge Verknüpfung zwischen dem Glück und der Freude daran. Was für eine grenzenlose Erleichterung schließlich für all jene, die hundertmal zusammen mit Madame de Staël zu konstatieren vermochten, daß der Ruhm die offensichtliche Trauer des Glücks sei, all jene, die jedoch nur vom außerordentlich seltenen Beweis des Gegenteils zutiefst berührt oder betroffen waren, von den Ausnahmen dieser so törichten und grausamen Regel, die den Ruhm ganz einfach zu einem prickelnden Gewürz des Glücks erklärt.

Sie sind eine dieser ganz seltenen Ausnahmen, eine der übermütigsten, der schillerndsten und vielleicht der reizvollsten ... Werden Sie mir helfen, dies zu beweisen?

Sarah Bernhardt an Françoise Sagan

Meine Liebe, ich nehme an. Nicht etwa, daß mir besonders daran liegt, das Bild zu korrigieren, das Ihre Zeitgenossen von mir haben, und auch nicht jenes, das Ihre Kinder oder Kindeskinder vielleicht noch von mir bewahren werden: Es ist das Bild meiner Person während der Zeitspanne meines Lebens, das mich in diesem Zusammenhang interessiert. Ich überlasse die Zukunft wie auch die Vergangenheit jenen humorlosen Technokraten, die das 20. Jahrhundert, wie schon das 19., offensichtlich zu Tausenden hervorbringt.

In diesem Punkt haben Sie recht: Ich habe alles getan, um berühmt zu werden, und habe alles getan, um es zu bleiben. Ich liebe es, vergöttert zu werden, doch es ist nicht etwa so, daß mein unverbrüchlicher Ruhm der Grund für meine unbeirrbare Lebensfreude war, wie Sie es sagen – ich glaube es zumindest nicht. Meine Lebensfreude war anderswo, sie war vor mir, sie ging meinem Leben voraus.

Es hat wohl Momente gegeben, in denen ich herzlich über

meine Mißerfolge gelacht habe; ich weiß nicht, was für ein unerträgliches Lachen mich manchmal gepackt hat; was für ein Gelächter angesichts von Katastrophen! Doch es geschah nicht absichtlich, und ich bestehe darauf, nur über meine Entscheidungen zu sprechen, nur über meine Handlungsweisen, nicht etwa über diese ungeschickten, falschen Tanzschritte, die jeder von uns unabsichtlich, gegen seinen Willen macht. Was diese angeht, na ja, mein Gedächtnis läßt mich da etwas im Stich, wie immer übrigens, wenn es um meine handfesten Lügen geht. Lassen wir also diese unbewußten Lügen, es bleiben uns noch genügend wohlbedachte.

Doch genug des Geschwätzes! Fangen wir doch an, wenn Ihnen so sehr an meiner Biographie liegt! Ich nehme an, Sie haben meine Memoiren gelesen, zumindest die meiner Kindheit. Was sagen Sie dazu? Etwas sentimental vielleicht? Na ja, ... obgleich ich dabei ziemlich gewissenhaft und wahrheitsgetreu vorgegangen bin. Aber ja! Lächeln Sie nicht! Vielleicht habe ich diese oder jene leicht unschickliche Episode unterschlagen, vielleicht hier und da etwas abgeändert. Na und? Ich war jung und gesund! ... und kam aus dem Kloster, wo ich zehn Jahre unter Scheinheiligen eingesperrt gewesen war... wer wollte es mir verargen. Gewisse Dinge breitet man nicht in aller Öffentlichkeit aus.

Nein, ich werde nicht viel daran ändern, und ich fürchte sehr, daß ich mich beim Wiederaufwärmen meiner Jugenderinnerungen ebenso langweile wie damals, als ich sie gelebt habe. Ich leugne es nicht, ich habe seinerzeit ziemlichen Spaß an diesen Memoiren gehabt, aber ich war damals erst dreißig und empfand eine gewisse Rührseligkeit mir selbst gegenüber, dem Kind gegenüber, das ich einst gewesen war. Das ist jetzt nicht mehr der Fall, und ich werde mich daher um so kürzer fassen.

Meine Mutter, Julia von Hardt, war Weißnäherin von Beruf und Deutsche von Geburt, als sie eines schönen Tages brutal ihrem Vaterland entrissen wurde – und zwar von einem jener Franzosen, die beschlossen hatten, mangels eines Napoleons, mit dem sie Europa hätten zurückerobern können, auf eigene Faust die Europäerinnen zu erobern. Diese Schurken wüteten damals zu Hunderten in allen großen Städten, bar jeglicher Skrupel: Einer von ihnen entführte also meine Mutter bis nach Paris, wo er sie dann sitzenließ. Meine Mutter wurde so Weißnäherin in Paris, und zwar bis zu dem Tag, an dem sie einen anständigen, begüterten und gutaussehenden Studenten kennenlernte, einen gewissen Bernhard, der ihr ein Kind machte – mich nämlich –, bevor er in seine Vaterstadt zurückkehrte, zu seiner Familie und zu seiner Karriere. Er legte immerhin Wert darauf, mich anzuerkennen, und verpflichtete sich sogar, für mich eine Mitgift bereitzustellen, die mir bei Erreichen der Volljährigkeit oder bei meiner Heirat ausbezahlt werden sollte.

In finanziellen Schwierigkeiten und vom männlichen Geschlecht leicht enttäuscht, öffnete meine Mutter die Augen und schaute sich um: mit dem Resultat, daß sie die Feinwäsche schleunigst aufgab. Sie erkannte sehr schnell, daß es ihr – so flink sie auch arbeiten mochte – weit weniger einbrachte, für ein paar andere Frauen Dessous zu nähen, als die eigenen – mit der entsprechenden Langsamkeit – für einen einzelnen Mann fallen zu lassen.

Und so wurde Julie zur Halbweltdame. Sie besaß, was für diesen Beruf eher nachteilig war, einen etwas zu kurzen Oberkörper, doch die Tatsache, daß auch ihr Herz ein wenig zu kurz geraten war, erwies sich wiederum als Vorteil. Zwischen diesem Nachteil und diesem Vorteil entwickelte sich ihre Karriere vielversprechend ... so sehr, daß Julie ihre jüngere Schwester Rosine aus Deutschland nachkommen ließ, die frisch und charmant und fröhlicher war als sie; ihre kleine Schwester, die sie in ihren Bemühungen unterstützte und ihren Fußstapfen folgte und die für mich – erst später, als ich sie endlich kennenlernte – zur »Tante Rosine« wurde. Denn ich lernte sie erst sehr viel später kennen. Ein Kind, sogar ein artiges (falls ich das gewesen wäre), stellte an und für sich ein ernsthaftes Hindernis für die Karriere einer Kurtisane dar. Also schickte mich meine Mutter aufs Land, zu einer der zärtlichsten und freundlichsten Ammen, die man sich vorstellen kann und die mich während meiner ersten fünf Lebensjahre mit frischer Kuhmilch und Landbutter aus der Normandie und mit frischem grünem Gras fütterte. Denken Sie bitte nicht, ich sei meiner Mutter deswegen gram. Sie hatte mich übrigens nicht verlassen, sie hatte mich nicht etwa verstoßen, sie setzte mich nicht vor die Tür – sie legte mich ganz einfach beiseite.

1850 war das Leben in Paris keineswegs einfach für zwei Frauen, Ausländerinnen zumal, die verschwommen ahnten, daß es vom Kanapee zur Gosse nur ein paar Stufen waren. Zum Glück weit davon entfernt, diese paar Stufen hinabzusteigen, kletterten sie um so emsiger andere Stufen empor. Wie immer war es auch diesmal ein Widerspruch, der den Erfolg ihres Unternehmens sicherte. Die zwei hübschen jungen Frauen verstanden es bestens, in ihren Ausschweifungen genügend maßvoll und in ihren glühenden Umarmungen genügend kühl zu bleiben, und so ihre gutbürgerliche Wohnung in ein friedliches Bordell zu verwandeln.

Fünfzehn Jahre nach meiner Geburt lebte Julie mit einem gewissen Monsieur de Lancray zusammen, dem Sohn von Napoleons Hofchirurgen, und Rosine mit dem Grafen de Morny höchstpersönlich. Ihre Mutter, eine zänkische alte

Dame, hauste mit ihnen unter dem gleichen Dach, und auch meine Schwestern, denn meine Mutter hatte in der Zwischenzeit zwei kleine Mädchen geboren, die das Glück gehabt hatten, in einer bereits recht geräumigen Wohnung auf die Welt zu kommen und nicht zu einer Amme abgeschoben zu werden. Die – vermutlichen oder für die Zeit angenommenen – Väter trieben sich ständig irgendwo in unserer Wohnung herum, denn, ob sie nun ehemalige oder gegenwärtige Gönner oder beides zusammen waren, diese Kunden bezahlten diskret, was sie ihrem guten Gewissen schuldig zu sein glaubten, so wie sie auch für ihr Vergnügen bezahlten – was für die meisten Männer von damals absolut keinen Unterschied ausmachte.

Manchmal ließ einer von ihnen uns Kinder auf seinen Knien reiten, sei es, daß plötzlich väterliche Gefühle in ihm erwachten – die man ihm schließlich mit bestem Willen nicht absprechen konnte –, sei es, daß er die Fleisch und Blut gewordene heroische Vergangenheit meiner Mutter – seiner Maitresse – vor sich sah, was in ihm irgendein kompliziertes Verlangen oder seliges Mitgefühl sich selbst gegenüber auslösen mochte.

Ich spreche, wohlverstanden, nur von jenen höflichen und anständigen Männern, die ich im Salon meiner Mutter traf, die lüsternen Tattergreise, die unsere junge Unschuld bedrohten, erwähne ich nur der guten Ordnung halber. Hélas, meine Schwestern, von zartester Kindheit daran gewöhnt, ließen das Betasten und Begrapschen anstandslos über sich ergehen. Doch ich, die ich schlicht, rein, makellos aus dem Kloster kam, wo man mir alles, nur das Laster nicht, beigebracht hatte, konnte mich nicht beherrschen; und als einer der Gönner meiner Mutter einmal wagte, mir im Flur den Arm um die Taille zu legen, ging ich wie eine Wilde auf ihn los und verpaßte ihm ein paar Kratzer, so daß er laut aufheulte und mich danach bestrafen ließ.

Françoise Sagan an Sarah Bernhardt

Liebe Sarah Bernhardt,
es tut mir leid! Was ich von Ihnen verlangt habe, muß für sie allzu peinlich, allzu schmerzhaft sein. Es lag mir fern, in Ihnen einmal mehr die qualvolle Erinnerung an ein unschuldiges Kind-Dasein zu wecken, das den obszönen Annäherungen lüsterner Greise ausgesetzt war. Es tut mir leid, daß ich Sie aus der Fassung gebracht habe. Übergehen wir diese Erinnerungen, wenn Ihnen der Gedanke daran so unerträglich ist.

Ich versichere Sie meiner Dankbarkeit und meiner tiefen Reue.

Sarah Bernhardt an Françoise Sagan

Mein liebes Kind,
nun ja ... zugegeben: Ich habe leicht übertrieben. Ich habe mich leicht gehen lassen, gewiß. Ich habe mich einen Augenblick lang in die Rolle der kleinen Heldin des Herrn Victor Hugo oder der Heldinnen von Octave Feuillet versetzt, an denen wir alle, ob Schauspielerinnen, Kurtisanen oder Damen, unsere helle Freude hatten. Nun ja ... ich habe mich von meiner eigenen Phantasie ein wenig mitreißen lassen ... vom Bild des unschuldigen kleinen Mädchens in den Klauen schurkischer alter Herren auf einem spießigen Plüschsofa. Aber schließlich, was spielt das schon für eine Rolle ...

Ihr Sarkasmus hat mich ziemlich erstaunt, das muß ich

schon sagen. Möchten Sie, daß wir unsere gegenseitigen Geständnisse hier abbrechen? Das wäre mir zwar unangenehm, aber absolut erträglich.

Françoise Sagan an Sarah Bernhardt

Madame,
ich bitte Sie tausendmal um Verzeihung – und diesmal aufrichtig – für meine plumpe Ironie.

Gewiß, die bloße Vorstellung, daß wer auch immer Sie unterkriegen oder herumstoßen könnte, hat mich aufs höchste amüsiert. Ich stelle mir vor, daß Sie mit vierzehn oder fünfzehn bereits nicht mehr zu bändigen waren, vor allem nicht von alten zittrigen Geizkragen. Trotzdem, mein Sarkasmus war unangebracht, geschmacklos und höchst bedauerlich.

Ich bitte Sie um Verzeihung, und ... bitte, erzählen Sie weiter. Die Ihre.

Gehen wir zur Fortsetzung über?

Sarah Bernhardt an Françoise Sagan

Zur Fortsetzung? Zu welcher Fortsetzung?

Wie können Sie verlangen, daß ich zur Fortsetzung übergehe, wenn wir noch nicht einmal den Anfang hinter uns haben. Wir stehen erst mitten im Anfang. Zwischen der Ankunft bei meiner Amme und der Rückkehr zu meiner Mutter liegen immerhin fünfzehn Jahre. Das ist kein Pappenstiel.

Und um auf die Sache mit den Greisen zurückzukommen, muß ich doch abschließend hinzufügen, daß sie meist sehr höflich waren. Und wenn ich mich gebührend gewehrt, wenn ich ihren armen altersfleckigen, ihren armen weißen Greisenhänden ein paar schmachtende Betastungen erlaubt hatte, ihren armen alten, von Geburt an müßigen Händen – wenn ich mir selbst ein paar Ablenkungen und ihnen ein paar Aufregungen gewährt hatte, pflegte ich fröhlich wie ein Vogel in die nächstgelegene Konditorei zu sausen oder die paar Noten, die sie mir heimlich für mein Schweigen zugesteckt hatten, für irgendwelchen Tand auszugeben.

Und doch, glauben Sie mir, das hat mir keineswegs weder die Lust an der Liebe noch an den Männern, ja nicht einmal an den Greisen genommen. Jede Medaille hat eine Kehrseite, hat immer Montesquiou gesagt – oder vielleicht bin ich es auch selber gewesen – kurzum, ein kluger Mensch, den ich gekannt habe.

Kehren wir zu meiner Kindheit zurück. Während fünf Jahren erlebte ich die ländlichste und lieblichste Kindheit, die man sich vorstellen kann. Meine Ziehmutter, eine herzensgute Person, bewirtschaftete einen Hof an der Küste, was meine leidenschaftliche, meine lebenslängliche Liebe für die Bretagne erklärt, die mich sogar dazu bewogen hat, Belle-Ile zu erwerben.

Frankreich besteht für mich aus zwei Teilen: Paris – und dem Meer, dem Meer im Norden, der Rest ist eine riesige Wüste, durch die man ab und zu mit der Eisenbahn spazierenfährt.

Nach fünf Jahren, in denen mich meine Ziehmutter mit grünem Gras und weißer Milch und ein paar frommen Sprüchen großgezogen hatte, fand sie sich unvermittelt nach Paris versetzt. Paris! Paris, ihr Lebenstraum. Doch die Gute wußte nicht, wo sie jene Damen – meine Familie – finden sollte, die ihre erfolgreiche Karriere von Appartement zu Appartement führte, in einer stetigen, aber unaufhaltsam nach oben zielenden Spirale, so daß es äußerst schwierig war, ihre Spuren zu verfolgen.

Meine Mutter fand mich also erst nach fünf Jahren in Paris wieder, im Hinterhof eines Hauses, wo meine Amme, sehr zufrieden mit sich selbst – Concierge war, während ich zwischen vier tristen, vor Trostlosigkeit und Trübsal triefenden Wänden den grünen bretonischen Weiden nachtrauerte. Als meine Mutter das sah, nahm sie mich am Arm und führte mich stracks nach Longchamp, in das Kloster der guten Schwestern von Longchamp, denen sie mich für die nächsten zehn Jahre überließ. Ich hatte vage gehofft, nach Hause zurückzukehren, denn wenn ich auch zu klein war, um bei einer Ziehmutter zu bleiben, war ich doch bereits zu groß, um einer jungen Frau auf der Suche nach Männern ihres Alters zu folgen.

Die nächsten zehn Jahre verbrachte ich daher bei den guten Schwestern von Longchamp. Ich entdeckte dort die Welt, ich entdeckte die Spiele meiner Gefährtinnen, ich entdeckte, daß man sich gewaltsam durchsetzen muß – und ich entdeckte meinen Charakter. Man lernt alles, wenn man einsam ist, nur nicht, wozu man in Wirklichkeit fähig ist.

Ich hatte einen unmöglichen Charakter, und jedermann in meiner Umgebung machte sich ein Vergnügen daraus, mir das zu bestätigen. Ich hatte irgend etwas Teuflisches im Blut, das meine Wünsche in Zwänge, meinen Verdruß in Verzweiflung und meinen Kummer in eine Katastrophe verwandelte. Ein Ja, ein Nein genügten, um mich in eine Furie, in eine Naturgewalt zu verwandeln; ich stürzte mich auf meine Kameradinnen, prügelte mich mit ihnen, ich prügelte mich mit mir selbst und wälzte mich auf dem Fußboden.

Inmitten all dieses Ungemachs entwickelte ich eine frömmelnde und ungesunde Leidenschaft für Schwester Marie-

Odile, die für mich die göttlichste und wunderbarste Person in diesem Kloster war und die es verstand, meine Wutausbrüche zu besänftigen, sich bei mir Achtung zu verschaffen und mich an der Hand zu führen: Sie versuchte, den zweibeinigen Orkan, der ich war, in vernünftige Bahnen zu lenken, und lehrte mich ein paar wesentliche Dinge: vor allem, andere zu achten – die Freiheit der anderen –, was bereits gar nicht so wenig war.

Von jener Zeit ist mir rein gar nichts in Erinnerung geblieben. Es kommt mir manchmal so vor, als sei ich ein treibendes Boot in einer Stromschnelle gewesen, eines jener Boote, die ich später in Amerika, in den Niagarafällen, zu Gesicht bekommen habe. Es war nicht viel los in jenem Kloster; ich lernte lesen und rechnen, gerade so viel, wie ein junges Mädchen damals zu wissen hatte, und einmal spielte ich vor einem verdutzten Bischof aus dem Stegreif einen Engel, den Erzengel Raphael, was bei meinen Mitschülerinnen und den Lehrern nur unterdrücktes Gelächter auslöste.

Bis eines Tages, nach zehn Jahren – zehn Jahre, die wie im Traum verflogen waren und mir doch gleichzeitig wie ein ganzes Leben vorkamen –, meine Mutter mich abholte und nach Hause zurückbrachte. Nach Hause!

Endlich, endlich durfte ich nach Hause! Ich kehrte nach Hause zurück! Und ich war nicht wenig stolz, mit fünfzehn Jahren ein Zuhause zu haben.

Leider entsprach dieses Zuhause nicht ganz dem trauten Heim (samt Vater und Mutter und Lesen und Stricken abends am Kaminfeuer), von dem ich wegen der sehr törichten und sehr frommen Romane, die man mir im Kloster zum Lesen gab, so naiv geträumt hatte.

Das traute Heim war eine Art distinguiertes Bordell, wo zwei überaus elegante Damen – meine Tante und meine

Mutter – sich langsam und schmachtend zwischen den Gästen bewegten, wo in einer Ecke vier oder fünf Zofen kicherten, die ständig durch andere ersetzt wurden, während sich in einer anderen Ecke meine zwei kleinen Schwestern versteckt hielten: Claire, die jüngere, war wunderbar, Jeanne, die andere, haßte ich vom ersten Augenblick an, die Ärmste, weil die ganze Aufmerksamkeit meiner Mutter einzig und allein nur ihr galt – sie ist wohl Julies große und einzige Liebe gewesen. Meine Mutter liebte sie über alles, obwohl niemand wußte, warum. Jeanne war unbeholfener als ich, doch weniger sanft als meine Schwester Claire. Jeanne war klüger als Claire, doch weniger klug als ich. Sie hatte weniger Charme als Claire und weniger Charme als ich – so wurde wenigstens allgemein behauptet. Sie war träge, unglaublich träge, apathisch und beeinflußbar. Sie verpetzte uns, sie lag müßig herum – und meine Mutter hegte eine unbegreifliche Schwäche für sie.

Ich hatte geträumt, ich gestehe es, während all dieser Monate, während all dieser Jahre, die ich fern von ihr verbracht hatte, hatte ich von meiner Mutter geträumt, von meiner Mutter wie aus einem Roman; und – instinktiver und weniger oberflächlich – hatte ich von einer wirklichen Mutter geträumt, das heißt von einem Menschen auf dieser Welt, der mich lieben mußte, von einem Menschen, dessen Zuneigung mir von rechtens zustand und zwar für immer und von jenem Augenblick an, als ich diese Welt betrat.

Doch leider teilte meine Mutter dieses Gefühl nicht, weder in bezug auf mich noch in bezug auf meine jüngere Schwester. Sie hätte liebend gerne zwei ihrer Töchter gegen ein ungetrübtes Leben mit der dritten vergessen.

Ich war unglücklich, verzweifelt unglücklich und dies um so mehr, als ich nur langsam begriff, was da vor sich ging, auf Grund tausend kleiner Zeichen, wie der Weigerung meiner Mutter, mich zu küssen, und der überschwenglichen Liebkosungen gegenüber meiner Schwester, die sich ihrerseits küssen ließ, ohne das kleinste Vergnügen dabei zu zeigen. Ein paar wehmütige Tränen meiner kleinen Schwester klärten mich endgültig auf. Im übrigen hatten wir beide nicht die geringste Chance – ich, die erst Angekommene, und sie, die schon immer dagewesen war –, eine Zuneigung zu erobern oder zurückzuerobern, die sich mit einem einzigen Gegenstand begnügte.

Und so verwandelte ich mich in eine Art halbwüchsige Furie, zu der ich damals im Kloster schon beinahe geworden wäre und die nun aufs neue in mir erwachte wie ein alter Dämon. Auf der Straße schritt ich nicht ... ich lief, ich flog. Ich ging nicht die Treppe hinunter ... ich stürzte sie hinunter. Ich aß nicht ... ich stopfte mich voll. Ich wusch mich nicht ... ich überschüttete mich mit Seifenwasser. Ich sprach nicht mit den Leuten ... ich bellte hinter ihnen her oder gab keine Antwort.

Und dies alles, während bei uns Männer ein- und ausgingen, leutselige oder mürrische, die sich, ohne sich dessen überhaupt bewußt zu werden, einem ebenso strengen, wenn nicht gar strengeren Regime zu beugen hatten – die Ärmsten – als zu Hause bei ihren Ehefrauen. Diese Männer, die kamen, um sich dem Vergnügen hinzugeben, mußten bereits unter der Tür in Pantoffeln schlüpfen, bevor sie das Zimmer betraten, das immerhin Schauplatz ihrer zügellosen Ausschweifungen war. Es hielten sich alle daran, glaube ich, ausgenommen Morny.

Es war ein überladenes, häßliches Haus, unglaublich häßlich! Ich erinnere mich mit Grauen an die Pitchpine-Möbel, an die marokkanischen Wandbehänge, an die unglaublich kitschigen Nippsachen Stil 1800, weder marokkanisch noch Empire, die meine Mutter zusammen mit den ebenso zahlreichen Geschenken ihrer verflossenen oder gegenwärtigen Liebhaber sorgfältig aufbewahrte – es war das geschmackloseste, grauenhafteste Durcheinander, das man sich überhaupt vorstellen kann.

Gott weiß, wie gern ich mich mit Zierat, mit Nippsachen umgebe, doch sie müssen apart arrangiert oder originell zusammengewürfelt sein, ich mag es nicht, wenn sie lieblos nebeneinander aufgereiht sind wie auf den Regalen eines Zollamtes. Meine Mutter hatte die Hände eines Zollbeamten, den Blick eines Zollbeamten. Sie inspizierte uns, ohne uns zu sehen; ja, so war es, sie inspizierte uns, ohne uns überhaupt wahrzunehmen.

Ich glaube, ich wäre in einer ständigen Rage untergegangen und hätte mich sogar zu irgendeiner Wahnsinnstat hinreißen lassen – denn mein ganzes leidenschaftliches Temperament drängte mich dazu. Ich wäre kopfvoran durch ein Fenster gerannt, wenn es mich überkam, hätte mich unter einen Wagen geworfen oder jemand anderen als mich selbst umgebracht, bestimmt ... wäre da nicht Madame Girard gewesen, die Witwe in der Wohnung unter uns, meine Petite Dame. Meine »kleine Dame ...!« Immer, wenn ich meine Petite Dame erwähne, schnürt sich mein Herz zusammen, suche ich sie mit den Augen und bin erstaunt, sie nicht zu sehen ... sie war doch immer da, vierzig Jahre lang, an meiner Seite, lächelnd.

Meine Petite Dame urteilte nicht über das, was in der Wohnung über ihr vor sich ging. Sie urteilte nicht, sie tratschte nicht, es bedrückte sie ganz einfach, glaube ich, daß Kinder in dieses anstößige Ein und Aus eleganter Herren bei zwei koketten Damen verwickelt waren.

Die beiden Schwestern übersahen sie: Sie war für sie die Witwe von untenan, eine langweilige und farblose Person also, die von Zeit zu Zeit helfend einsprang, wenn die alte Mutter ihre gewohnten Kopfschmerzen hatte und man sich um sie kümmern oder sie pflegen mußte. Petite Dame war so etwas wie eine Krankenschwester, und als sie dieses ungestüme, langbeinige Pferd mit den viel zu großen Füßen zum ersten Mal erblickte, dieses Gesicht mit der gebogenen Nase und die Augen, in denen alle Farben flackerten, als sie dieses Füllen zornig den Kopf in den Nacken werfen und mit dem Fuß aufstampfen sah, wurde sie von grenzenloser Liebe zu mir erfaßt.

Nie habe ich in den Augen oder im Verhalten meiner Petite Dame das kleinste Zeichen von Mißbilligung, den kleinsten Vorwurf gelesen. Ich habe in ihren Augen nie etwas anderes als die unermüdliche und liebevolle Sorge um mein Wohlergehen und mein inneres Heil gesehen; ich habe immer nur ihr gütiges Herz und ihre grenzenlose Anhänglichkeit gesehen. Wo auch immer sie jetzt sein mag – und ich glaube weder an den Himmel noch an die Hölle –, wo sie auch sein mag, ich weiß, daß sie auf mich wartet, und sollten wir uns zufällig dank einer Sintflut oder eines Knopfdrucks wo oder in welchem Jahrtausend auch immer als Skelette wiederbegegnen, ich bin ganz sicher, daß meine Petite Dame mit ausgebreiteten Armen auf mich zukommen wird.

Um es kurz zu machen: Nachdem ich mich bei ihr ausgetobt hatte, schmolz ich dahin, fiel ihr zu Füßen, legte den Kopf in ihren Schoß, und sie gelobte sich, davon bin ich überzeugt, mich ein Leben lang zu lieben. Was sie dann auch getan hat.

In ihrer Gegenwart beruhigte ich mich, in ihrer Gegenwart ebbten meine Zornausbrüche ab, bei ihr konnte ich mein

Herz ausschütten, während sie mir zulächelte, mir Kamillentee kochte oder Kompressen auflegte. Von ihr habe ich die unermeßliche Kraft dieser damals – und ich glaube auch heute noch – so wenig gewürdigten Eigenschaft erfahren, die man ganz schlicht und einfach Herzensgüte nennt.

Wenn ich nur ein Viertel, ein Achtel, ein Zwölftel dieser Güte besessen hätte, mit der sie ihr Leben lang und allen gegenüber so verschwenderisch umging! Ja, wenn ich nur ein Viertel davon gehabt hätte für jene Menschen, die ich auf der Welt am meisten geliebt habe, doch ich bin immer zu aufbrausend gewesen, um mit meiner Güte wirklich so umzugehen, wie ich es gerne getan hätte. Nerven und Sanftmut geraten sich nur allzu leicht in die Quere.

Wie auch immer, besänftigt oder nicht, erträglich oder nicht, ich wirkte in diesem Haus ziemlich deplaziert. Der Firlefanz, die scheinbare Ruhe, die schmachtenden Blicke ... das ganze Theater langweilte mich ebenso wie die Spitzen und Schleifen und Roben, in die man mich hartnäckig einschnürte, so wie es die Mode damals verlangte. Unbewußt zog ich mich bereits an, wie die kleine Chanel mit dem Herrenschnitt uns später kleiden sollte.

Auch sie war eine von jenen, die zu spät in mein Leben getreten sind. Ich hatte bereits mein Tragbett und ein Bein weniger, als Paris sie entdeckte. Schade, sehr schade! Sie hätte besser zu meiner ruhelosen und müßigen Jugend als zu meiner triumphierenden und bewegungslosen Altersgebrechlichkeit gepaßt. Jedenfalls muß ich bereits seit meinem sechzehnten Lebensjahr so ausgesehen haben wie eines ihrer Geschöpfe. Ich hatte dank meiner Adlernase eines dieser gleichsam vorwärtsstürmenden Profile, meine Augen zogen sich rund um die Backenknochen, meine Oberlippe war etwas zu kurz geraten und mein Körper etwas zu knochig. Ich hatte alles, was dazu hätte beitragen können, sie berühmt zu machen, und ich kann Ihnen versichern, daß ich ihr dabei sehr, sehr gern geholfen hätte, damals wie heute. Ich habe immer eine Vorliebe für Leute gehabt, die schneller laufen als alle andern, und schließlich hat mich nur eines daran gehindert, die Verstümmelung meiner Person, dieses einzige unbarmherzige und wirklich bedauerliche Handicap, das sie mir eingebracht hat: die Ohnmacht, die Unfähigkeit, – später –, die neuen Läufer oder die neuen Läuferinnen zu überholen, die jedes Jahr in den Straßen von Paris auftauchten und die ich bis dahin immer mühelos hatte überholen können, wie alt sie auch sein mochten und ungeachtet ihrer Fähigkeiten und ihrer gesellschaftlichen Position.

Ich lief schnell. Ich bin mein Leben lang schnell gegangen, genügend schnell vielleicht, um allzuschnell vorwärtszukommen. Das stimmt. Und auch genügend schnell, um sehr weit vorzudringen – in die Zeit, in den Raum und ich weiß nicht, in welche dunklen und verborgenen Zonen meiner Verehrer. Ich habe sie oft aus dem Konzept gebracht und hinter mir hergezogen, im Laufschritt manchmal, ja, im Laufschritt, der einzigen angemessenen Gangart, wenn man es sich genau überlegt, für uns arme Sterbliche, die über so wenig Platz auf diesem Planeten verfügen und über so wenig Zeit.

Doch ich schweife ab! Ich sehe schon Ihren amüsierten Blick und die hochgezogenen Brauen.

Vorläufig war ich jedenfalls in jener roten Plüschwelt inmitten von Glasperlen und Pitchpine ganz einfach fehl am Platz. Die Herren, die Gönner, die Gimpel und Bankiers – nicht selten Opfer unserer Mutter und Tante –, stießen sich nicht an meiner Gegenwart. Manche hatten sogar ihren Spaß daran, wie jener alte B., ein lüsterner Geizkragen, den meine Mutter nachsichtig gewähren ließ, eingedenk seines Geldes vielleicht, das er einst besessen oder vermeintlich besessen hatte.

Schließlich wurde ein Familienrat einberufen, zu dem ich nicht geladen wurde und bei dem man beschloß, einen zweiten einzuberufen, an dem ich nicht nur anwesend, sondern auch Gegenstand der Beratung sein sollte. Was anfangen mit mir? Eine dornige Frage, das kann man wohl sagen, denn was kann man schon mit einem stacheligen Knochenbündel anfangen? Es war in Paris wohl kein einziger Mann zu finden, der sich nach mir umdrehen oder gar den ersten Schritt tun würde, um mich in sein Bett zu kriegen.

Damit wir uns richtig verstehen: Auch wenn oft darüber gespottet worden ist und die Mode sie als exzessiv einstufte – ich habe nie unter meiner Magerkeit gelitten. Dank ihrer kam ich schneller voran als meine Kolleginnen, sei es nun auf den Brettern oder in den Betten. Aber lassen wir das.

Die Galanterie entsprach weder meinem Charakter noch meinem Aussehen, das stand eindeutig fest. Daß ich an der Seite eines Mannes die ach so sanfte, so unscheinbare, aber letztlich existentielle Rolle einer Amme auf Lebenszeit spielen würde, davon konnte keine Rede sein, obwohl es durchaus üblich war, gewisse junge Töchter mit dieser Rolle auszustaffieren, die dann zwanzig bis sechzig Jahre ihres Lebens damit zubrachten, die Schluchzer und das schlechte Gewissen kränkelnder Greise zu hätscheln, als ob es sich um Jünglinge handelte. Das war vielleicht sehr ermüdend und sicher sehr langweilig, doch sie waren endgültig und unweigerlich für ihr ganzes Leben versorgt, und ebenso unweigerlich beerbten sie ihr kahles und herzkrankes Baby nach dessen Tod. Die hierfür notwendige Geduld fehlte mir, das war unbestritten.

Ich ließ also an jenem besagten Tag, vorerst stumm, all

diese unterschwelligen Vorwürfe über mich ergehen. Ich sehe heute noch den kleinen rötlichen Salon vor mir: Das Kaminfeuer brannte, obwohl wir Juli hatten, und durch die Jalousien am Boulevard Haussmann drang ein Sonnenstrahl, der abwechslungsweise das Auge meiner Tante oder das Auge im Spiegel traf, wo sie sich bewunderte. Ich betrachtete die verschiedenen Schatten, welche die Flammen und die Sonne von meinen einzigen Nächsten warfen; und wer auch immer, welch junger Mensch wäre da nicht beunruhigt gewesen, denn schließlich waren hier zwei törichte und relativ herzlose Frauenzimmer – außer wenn es um ihren Geldbeutel ging – versammelt, ein blasierter, wenn auch reizender Lebemann in der Person von Morny, ein anderer Lebemann, Lancray, dem jeglicher Charme und die guten Seiten eines Lebemannes mangelten; ferner waren da der finstere und lüsterne B., ein weiterer greisenhafter Beschützer und Gönner, an dessen Namen ich mich nicht mehr erinnere, und schließlich ein Individuum mit einem verschlagenen und doch zugleich entschlossenen Gesicht, was weit häufiger zu finden ist, als man gemeinhin annimmt: der Notar aus Le Havre. Und so erfuhr ich mit fünfzehn, daß ich tatsächlich einen richtigen Vater hatte, einen Vater aus Fleisch und Blut – wenngleich ich auch nie, weder damals noch später, das kleinste bißchen Fleisch oder einen einzigen Tropfen Blut von ihm zu sehen bekommen habe – einen Vater, der von meiner Existenz soweit Bescheid wußte, daß er immerhin daran gedacht hatte, diese vor materieller Not zu bewahren.

Er vermachte mir durch die Vermittlung dieses Mannes, dem die Aufgabe sichtlich peinlich oder unangenehm war, hunderttausend Francs. Was – wenn man es sich überlegt – sehr rührend ist für einen jungen Mann, der schließlich bloß einer Dame die üblichen Aufwartungen gemacht hatte, deren Beruf darin bestand, ihm auf relativ einfache Art ein ganz alltägliches Vergnügen zu verschaffen.

»Hunderttausend Francs! Hunderttausend Francs!«, wiederholte der Notar mit ausdrucksloser Stimme.

»Hunderttausend Francs«, sagte meine Mutter mit weit ernsterer Stimme, und »hunderttausend Francs« wiederholte Rosine, meine Tante, mit einer Stimme, die vor Erregung heiser klang.

»Hunderttausend Francs«, sagte Morny und zuckte mit den Schultern. Das entsprach ungefähr dem Preis eines seiner Hengste, die in Longchamp für ihn liefen.

»Hunderttausend Francs«, plapperten kopfschüttelnd die zwei Tattergreise nach, denen, wie allen alten Leuten, die kleinste Summe wie ein ungeheures Vermögen erschien.

Nur mich ließ die Summe ebenso kalt wie fassungslos. Hunderttausend Francs? Was konnte ich mit hunderttausend Francs anfangen? fragte ich mich, und meine Antwort verwandelte sich in Kleider, in Stoffe, in Reisen, in Kutschen, in Landauer, in Schiffe, in Schiffe ... in noch mehr Schiffe. Ich hatte bereits, oder immer noch, eine große Leidenschaft für das Meer, ob es nun in Erinnerung an meine Ziehmutter oder in Vorahnung meines Impresarios war.

Die Mutmaßungen und Zweifel hatten schließlich jedermann erschöpft, man trank Tee und warf mir kummervolle Blicke zu, als sei ich eine Stute, die nicht zu der großen Versteigerung der Kavallerie-Hengste zugelassen worden war. Ein Tier, das man um jeden Preis loswerden wollte. Und einmal mehr regte sich mein Stolz, und ich stand zornig auf.

»Ich will Ihr Geld nicht, Monsieur!« sagte ich zum Notar. »Ich will an Gottes Seite bleiben, Nonne werden und in mein Kloster zurückkehren.«

Hätte ich etwas schrecklich Obszönes verkündet, das

Schweigen hätte nicht bestürzter, die Empörung nicht größer sein können. Ob es nun an der Zurückweisung meiner Mitgift oder an meinem frommen Geständnis lag, ich weiß es nicht, doch der Vorwurf war einhellig. Man tauschte verlegene Blicke, die Damen flehten ihre Männer aus verwirrten Augen um seelischen Beistand an.

»Aber wie kannst du nur«, rief meine Mutter aus – sie trug Schwarz an jenem Tag – und verbarg ihr Gesicht in ihren schönen Händen. »Wie kannst du mir nur so etwas antun, wie kannst du nur so schreckliche Dinge sagen, mein Kind! Vergiß nicht, vergiß bitte nicht, Sarah, daß ich nach deiner Schwester nur dich liebe!«

Die Grausamkeit und die Unschuld dieses Geständnisses, die Spontaneität dieser Feststellung und die absolute Ehrlichkeit, die sich darin zeigte, trafen nicht nur mich, sondern alle Anwesenden, und die Verlegenheit der Erwachsenen ließ sich nur an der Niedergeschlagenheit der Jüngeren messen. Meine kleine Schwester und ich blickten uns gedemütigt und traurig an, und in einer plötzlichen Anwandlung von Auflehnung, Leidenschaft und Zorn warf ich mich meiner Mutter an die Brust, während sie mir geistesabwesend mit der Hand über das Haar strich. Sie war sich der Bosheit ihres Satzes nicht bewußt und sah sich in jenem Moment wohl als den Inbegriff mütterlicher Liebe.

Morny sagte etwas zu ihr, einen Satz, den ich nicht verstand, der sie aber an ein realistischeres Bild ihrer Mutterliebe zu mahnen schien. Ich sah, daß sie errötete, während Rosine sich abwandte. Doch das konnte den Tränenstrom nicht eindämmen, der aus meinem ganzen Körper hervorquoll. Es war mir, als ob meine Lider und mein Haar weinten, als ob meine Finger und mein Herz weinten. Es war mir, als ob alle meine Glieder weinten, und der Ausdruck

»wie ein Sturzbach weinen«, der mir immer komisch vorgekommen war, schien sich zu bewahrheiten. Ich war nur noch Tränen; ich weinte über meine einsamen Jahre, die vergangenen, die zukünftigen, ich vergoß glühende Tränen um diese Sarah, die doch so sehr hätte geliebt sein wollen, die es so sehr verdiente und die es nie sein würde. Und ich weinte über die Tatsache, daß alles gar nicht so schlimm sein konnte, wenn man es so ungeniert in Gegenwart von zehn Leuten zugeben konnte.

Die zwei Greise und der Notar, die von diesem unschicklichen Geständnis weniger schockiert waren als von dem meinen und die den Mangel an mütterlichem Instinkt weniger entehrend fanden als den Mangel an Achtung vor dem Geld, hörten nicht auf, mir strafende und verächtliche Blikke zuzuwerfen.

»Ich werde alles tun, was du verlangst!« sagte ich zu meiner Mutter. »Ich werde alles tun, was du verlangst ...«

Und mitgerissen von meiner Vorstellungskraft hob ich majestätisch den Arm, eine Geste, die bedeuten sollte: »Kommt! Kommt alle zu mir! Kommt, all ihr widerlichen Alten, kommt, all ihr furchterregenden Schwarzen, kommt, all ihr scheußlichen Indianer, kommt, Lahme, Verstümmelte, Schwachsinnige, kommt und nehmt meinen jungen Leib und meine unberührte Seele, kommt! Vergewaltigt mich! Erniedrigt mich! Und werft mich dann in die Gosse!«

Ich sah mich natürlich weder in der Gosse noch in den Armen eines widerlichen Alten, keinen Augenblick lang. Dennoch mußte etwas Kummer – echter Kummer diesmal – in meiner Stimme liegen, denn Morny, der sich gelangweilt und mit zerstreuter Miene eine Zigarre angezündet hatte, wandte sich plötzlich der Versammlung zu, nahm seinen Hut – mit der Herablassung eines Mannes, dem ein so geschmackloses und kleinbürgerliches Schauspiel zugemutet worden ist – und warf jenen Satz in die Kulisse, der das anwesende Publikum einigermaßen durcheinanderbringen und Folgen für mein ganzes Leben zeitigen sollte – jenen schicksalshaften Satz:

»Sollte dieses Kind vielleicht Begabung für das Theater haben? Soll sie es doch versuchen.«

Und ging. Er ging so schnell er konnte und stürzte sich in einen anderen Salon, einen, der von einer Herzogin unterhalten wurde, einer echten zweifellos, die vielleicht ebenfalls Familienprobleme hatte, die aber, ehrbar verheiratet, zumindest so anständig sein würde, ihn damit nicht zu behelligen, und die nur intime Dinge in die Öffentlichkeit trug, die ihre Existenz als Kurtisane betrafen. Der kleine Proust, dem ich ein- oder zweimal bei den Gramonts begegnet bin und dies manchmal zusammen mit meinem kleinen Montesquiou, meinem reizenden Montesquiou, der ach so blasse und so liebenswürdige Proust, er war so zart, der Arme, erzählt dies sehr schön, nach meinem Empfinden jedenfalls, in einem seiner verschnörkelten und vernünftigen Bücher, die ich leider nicht habe fertiglesen können, bevor ich abgetreten bin.

Ich bringe alles durcheinander. Wie bin ich überhaupt auf Proust gekommen? Ich stelle hingegen mit Erstaunen und Schrecken fest, daß ich Mademoiselle de Brabender nicht erwähnt habe, kein einziges Mal: Mademoiselle de Brabender, die mir, während Madame Girard mir die Anmut des Herzens beibrachte, ihrerseits die Anmut der Erscheinung beibrachte.

Meine Mutter, die manchmal ein gutes Flair hatte, was Außenstehende anging jedenfalls, hatte die alte Jungfer in der Nachbarschaft entdeckt und ihr die außerordentlich undankbare Aufgabe anvertraut, mich zu erziehen und salonfähig zu machen: Die guten Schwestern hatten meine Seele geformt und mir das Beten beigebracht, Mademoiselle de Brabender mußte mir nun die guten Manieren beibringen und mir zeigen, wie man die Gabel richtig in die Hand nimmt (hatte sie doch in Rußland eine Großherzogin erzogen). Sie hatte eine sanfte Stimme, aber einen rötlichen Flaum über den Lippen, einen richtiggehenden Schnurrbart, und eine unförmige Nase, doch ihre Art, sich zu bewegen, sich auszudrücken und zu grüßen, war nichtsdestoweniger respektgebietend.

Wie habe ich nur vergessen können, sie bereits zu Beginn dieses Familienrates zu erwähnen? Natürlich war sie dabei. Und spielte eine ganz und gar nicht unbedeutende Rolle.

Ich muß mich unterbrechen, meine Liebe. Man sagt, das Hirn, und damit auch das Gedächtnis, verändere sich und nutze sich vom dreißigsten Lebensjahr an bis zum Tod ständig ab. Doch was geschieht damit zwischen dem Tod und jenem Moment, wo man es wieder beansprucht? Ich liege nun immerhin über sechzig Jahre unter dem Rasen, unter der Erde vom Père Lachaise. Es gibt keinerlei Veranlassung zu glauben, daß ich hier Fortschritte gemacht habe, es sei denn in bezug auf meinen Seelenfrieden.

Françoise Sagan an Sarah Bernhardt

Liebe Sarah Bernhardt,
ich weiß nicht, in welchem indischen Buch ich gelesen habe, daß, wenn der Körper erst einmal endgültig Ruhe gefunden hat, wie Sie es selbst sagen, sich die Seele an seiner Seite ausstrecken und amüsiert über das Leben nachdenken kann, das sie in seiner Gesellschaft verbracht hat. Was bedeutet, daß man ebenso viele Leben unter der Erde verbringt wie auf

der Erde. Es bleiben Ihnen also mehr als zwanzig Jahre, schätze ich, für Ihre Erinnerungen, und ich weiß nicht, wie ich Ihnen dafür danken soll, daß Sie mir ein paar überlassen. Was Ihr Gedächtnis angeht, ich finde es – ehrlich – bewundernswert.

Nicht nur, daß Ihre Erzählung bisweilen Wort für Wort Ihren Memoiren entspricht – unter uns gesagt, das Humorvollste, das je über Sie geschrieben worden ist –, nicht nur, daß sich Ihre Erzählung stellenweise vollkommen überschneidet, sondern Sie verstehen es auch noch, Zäsuren einzubauen und andere Begebenheiten einzufügen, die genau dem entsprechen, was ich von Ihnen zu erfahren träumte. Es gibt Episoden aus Ihrer Kindheit, die Sie heute übergehen, wie übrigens auch Ihren Vater, diesen Vater, den Sie in Ihren Memoiren mit viel Liebe schildern, der aber nach Aussage Ihrer Anverwandten und äußerst gewissenhafter Spurensucher in Ihrem Leben eindeutig durch Abwesenheit glänzte. Sie übergehen auch gewisse Begebenheiten und diese oder jene für ein junges Gedächtnis unentbehrliche Sentimentalität, die in Folge Ihrer Biographen lediglich aus überflüssiger Gefälligkeit übernommen worden sind – ein Entgegenkommen, das Sie bestimmt nicht besonders geschätzt haben, davon bin ich überzeugt.

In Wirklichkeit, das wissen Sie ja – ich wiederhole mich vielleicht –, in Wirklichkeit ist das einzige einigermaßen ungezwungene und gleichzeitig einigermaßen distanzierte Buch, das je über Sie geschrieben worden ist, Ihr eigenes. Alles andere ist Phantasie, haßerfüllt oder schmeichelhaft, und zwar in einem Maß, daß jegliche Objektivität gegenüber Ihrer Person unnatürlich erscheint oder zumindest forciert – forciert sowohl in der Untertreibung als auch in der Übertreibung. Ihre Biographie zu schreiben ist keine einfache Sache, und ich bin sehr glücklich, daß Sie mir dabei helfen.

Was halten Sie von Proust? Wie war er? Was für ein Glück

Sie gehabt haben! Es gibt so viele Leute, von denen ich träume, von denen ich geträumt habe, die Sie gekannt haben und die Ihnen zu Füßen lagen. Das Wunderbare an Ihnen ist, daß Sie hartgesottene Kerle ebenso fasziniert haben wie alte Haudegen, Anarchisten und Männer mit grimmigen Moralvorstellungen wie Jules Renard, Wirrköpfe, Melancholiker und Schwärmer wie Reynaldo Hahn! Ob Sie nun Matrosen betört haben, Boxer, Verbrecher oder Diebe (wie jener in einem amerikanischen Hafen, dessen Name mir vielleicht wieder einfällt), oder die versnobtesten der versnobtesten Salonlöwen von damals fasziniert und sozusagen versnobt haben, um nur Montesquiou zu nennen. Sie mußten etwas an sich haben ..., das ... was denn? Kurz ..., worum man Sie heute noch und überall auf der Welt beneidet, in Paris wie in New York, in Sydney und in Tokio. Doch lassen wir das.

Sprechen wir von dieser Mademoiselle de Brabender, die Ihnen gute Manieren beigebracht hat, wenn Sie das nicht langweilt, und erzählen Sie mir nebenbei etwas über »Ihren« Proust ... bitte!

Sarah Bernhardt an Françoise Sagan

Meine Liebe,
Proust? Ich soll Ihnen von Proust erzählen? Wenn es nichts Weiteres ist! Er war so reizend ... Als ich ihn kennenlernte, war er noch so jung und doch bereits ein alter Mann ... Er war groß, sehr dunkelhaarig, sehr blaß, er hatte vielleicht die seltsamsten Augen, die ich je gesehen habe, die von Loti ausgenommen (denn Lotis Augen! ... Na ja ...). Prousts Augen waren länglich, oval, und liefen schmal zusammen, wie ein Fischleib. Lesen Sie doch in den Büchern Ihrer Colette

nach, sie spricht sehr schön von ihm. Und in diesen Augen glänzten tiefe, feuchte Pupillen; er hatte den Blick eines Rehs, eines gehetzten Tieres. Es lag auch etwas wie permanentes Entsetzen darin, eine übermäßige Bescheidenheit, doch ab und zu blitzte darin Ironie und Stolz auf, ganz unerwartet, aber unbezwingbar. Wie soll ich Ihnen diesen jungen Mann beschreiben, diesen jungen alten Mann, der erstaunlicherweise nur für meine Persönlichkeit Interesse zeigte – ich möchte das ausdrücklich festhalten –, nicht aber für meine Person? Sie werden einwenden, seine Veranlagung habe ihn daran gehindert. Ich bitte Sie, ist jemals irgend jemand von seiner Veranlagung daran gehindert worden, von mir hingerissen zu sein? Nein, und dafür danke ich Gott. Ihr Proust aber, der hat sich tatsächlich nicht in mich verliebt! ... Ich war sogar anfänglich ziemlich abweisend ihm gegenüber, denn er soll in einem seiner ersten Bücher behauptet haben – so hat man mir wenigstens erzählt –, als Kind von einer Aufführung meiner Phädra enttäuscht gewesen zu sein, von »meiner Phädra« im Français. Ich war empört, ich verheimliche es Ihnen nicht: Erstens einmal, weil er behauptete, mich bereits in der Rolle der Phädra gesehen zu haben, als er selbst noch ein Kind war ... das war an sich schon eine Ungehörigkeit. Doch daß er mich schlecht fand ... das war die Höhe! Nun handelte es sich aber um die arme Eugénie Segond Weber, und auf seinen Irrtum aufmerksam gemacht, besann er sich eines Besseren und widmete mir später (auch das hat man mir erzählt) ein bewundernswertes, weil bewunderndes, und zwar kühl distanziert bewunderndes Porträt.

Sind Sie nun zufrieden, was Proust angeht? Fügen Sie dem noch bei, daß er tadellose Manieren hatte, daß er von ausgesuchter Höflichkeit war, die nichts mit der Unterwürfigkeit zu tun hatte, die man ihm zuschreibt. Es war etwas an diesem Mann, in seiner Art, sich zu geben, in seiner Haltung, in seinem Blick ... er war im besten Sinne des Wortes der Stolz und die Einsamkeit selbst. Ich habe diesen Ausdruck schon bei manchem großen Geist gesehen, bevor er von der Welt als solcher entdeckt wurde. Der Erfolg ersetzt dieses gewisse Etwas oft durch gesellschaftliche Allüren oder ebenso hochmütige Bescheidenheit – die allerdings weit weniger erfreulich wirkt.

Gut. Vergessen wir Proust und kehren wir zu meiner teuren Mademoiselle de Brabender zurück.

Sie hatte die Aufgabe, mir gutes Benehmen beizubringen, und das ist ihr auch gelungen, denke ich. Es ist allgemein bekannt, daß ich mein Leben lang aufbrausend, kapriziös, unberechenbar und streitsüchtig gewesen bin, doch ich wüßte nicht, daß man mir die kleinste Unhöflichkeit hätte nachsagen können, die kleinste ordinäre Bemerkung oder, in der Öffentlichkeit wenigstens, auch die kleinste Unbeherrschtheit. Man kann sich in Paris, und natürlich auch überall sonst, alles erlauben, vorausgesetzt, man tut es mit Anmut. Das muß ich Ihnen nicht sagen, weder Ihnen noch sonstwem. Selbstbewußtsein, das ist alles, sich nicht entschuldigen und sich nicht beklagen; Schuldgefühle und Reue sind an sich schon lästige Gefühle und zudem auch noch peinlich zuzugeben.

Um auf Mademoiselle de Brabender und Petite Dame zurückzukommen: Diese beiden Frauen haben in meinem Leben die Rolle des Zerberus gespielt, der liebevoll über einem glimmenden Feuer wachte und dafür sorgte, daß die Glut nicht Funken sprühte und meine Habe und meine Umgebung in Flammen aufgehen ließ. Keine einfache Aufgabe, denn ich war oft ein ungestümes Feuer. Ihre Gefühle mir gegenüber waren ganz unterschiedlicher Art: Mademoiselle de Brabender interessierte sich als gläubige, ihrer Religion ergebene Orthodoxe, auch für meinen Charakter und meine Ansichten während Petite Dame ihrerseits nur eine götzenanbetende Heidin war, für die alles, was ich tat, gut war, wie und was auch immer. Die eine wollte nur mein Bestes, und die andere wollte nur mein Glück. Doch ich bin fest davon überzeugt, beide liebten mich mehr, als ich es verdiente. Sie hegten für mich eine so herzliche und einhüllende Zuneigung, daß ich manchmal wie ein Kind weinen muß, in meinem Alter und unter dem Boden, wenn ich mich an ihren treuen Blick erinnere, an den Schnurrbart der einen und an die Bänderhauben der anderen. Sie hätten für mich leichten Herzens alle Qualen auf sich genommen, und im übrigen haben sie es vielleicht oft getan, doch es geschah, ohne daß ich es gewußt oder gewollt hätte.

Noch heute finde ich es pietätlos und ungehörig, wirklich, daß man mich nicht zwischen die beiden zur letzten Ruhe gelegt hat, im »Père-Lachaise« oder sonstwo. Mit der Güte von Petite Dame und den guten Manieren von Mademoiselle de Brabender hätten wir drei zusammen die Erde und die Insekten nähren können oder den armen Pariser Löwenzahn düngen, der von meinem Standort aus, von unten nämlich, bereits ebenso verwahrlost, kläglich und ungenießbar zu sein scheint wie die Gemüse des armen Gustave Doré.

Ich stelle übrigens fest, daß ich mit viel Gelassenheit von meiner gegenwärtigen Lage im Père-Lachaise spreche! Ein Quartier, das ich sonst nie besonders gemocht habe. Meine einzigen einigermaßen dauerhaften Lagerstätten sind das 8. Arrondissement, die großen Boulevards gewesen ...

Erinnern Sie sich, was man uns in der Schule lehrt:

> Je serai sous la terre et fantôme sans os
> Par les ombres myrteux, je prendrai mon repos.
> (Unter der Erde werde ich liegen,

eine knochenlose Hülle
Im Schatten der Myrthen werde ich meine
letzte Ruhe finden.)

Mein Gott! Wie weit das alles zurückliegt. Doch schweifen wir nicht ab. Ich denke, daß gewisse Männerwitze in der Gesellschaft unverändert die Jahrhunderte überdauern und daß bei der Erwähnung gewisser Adjektive die Griechen des klassischen Altertums ebenso gegrinst haben wie die bärbeißigen Ritter des Mittelalters, oder wie die schnurrbärtigen Männer meiner Zeit und die uns als bartlos angekündigten Ihrer Zeit. Der Ausdruck »horizontal« im Zusammenhang mit einer Frau zum Beispiel, hat bestimmt sämtliche Generationen seit dem Neandertaler in schallendes Gelächter ausbrechen lassen. Das Adjektiv »horizontal« ist in gewissen Zeiten sogar zu einem eindeutigen Begriff geworden: das »horizontale Gewerbe«; der Ausdruck »horizontal« ist auch substantivisch verwendet worden – die »Horizontale« –, doch immer nur im Zusammenhang mit dem weiblichen Geschlecht, dem man unterstellt, für diese Lage, für diesen Zustand eine besondere Veranlagung zu besitzen, die, je nach Temperament, als anstößig oder besonders raffiniert gilt.

Wenn hingegen der Mann sich den gleichen lasziven Aktivitäten wie seine Gespielin hingibt, läßt er dieses Adjektiv für sich nicht gelten. Ich habe für meinen Teil nie von einem Mann sagen hören, wie besessen er von dieser Neigung auch gewesen sein mag, er sei ein »Horizontaler«. Ein »Horizontaler« ... das gibt es nicht. Tatsächlich gehören zu dieser Volksbelustigung zwei Darsteller: die Frau in der Rolle der Horizontalen, und der Mann in der Rolle des Läufers; mit anderen Worten, der Mann läuft auf die Frau zu, die – horizontal – auf ihn wartet.

Das entspricht falschen Tatsachen – oder von der männlichen Bevölkerung wenigstens als solche angesehen –, wonach der Mann, aufgeweckter, intelligenter und aktiver als das Weib, als erster auf den Gedanken gekommen sein soll, sich auf die Hinterbeine zu stellen, und wonach der Mann, dieses dank seines besser durchlüfteten Gehirns zu einem Zweibeiner gewordene Tier, kaum sei er aufrecht gestanden, nichts Eiligeres zu tun gehabt haben soll, als zu jener zu laufen, für die er geschaffen worden war und die ihrerseits diesen Geistesblitz noch nicht gehabt hatte, die Ärmste. Und so wurde der Läufer zum Schürzenjäger, und die Frau blieb die Horizontale.

Ich kann mir vorstellen, daß Ihnen diese verallgemeinernde Theorie absolut deplaziert vorkommt; seien Sie beruhigt, sie ist immer deplaziert gewesen, und sämtliche meiner Freundinnen haben es nie unterlassen, mir zu verstehen zu geben, sie fänden sie deplaziert, vor allem Quiu-Quiu, Robert de Montesquiou, einer meiner teuersten Freunde, leider auch einer der versnobtesten, dem ich hartnäckig mit diesen verworrenen und absurden Theorien zusetzte, was er durchaus nicht ertrug. Merkwürdig, wie Männer, die einen nur aus der Ferne lieben, es nicht ertragen, daß man ihnen gewisse Dinge ins Gesicht sagt ...

Wie auch immer, ich habe mich tatsächlich mit Quiu-Quiu beinahe zerstritten, nach einem Essen, wo er, vielleicht verärgert über meine Sarkasmen, vielleicht auch gereizt durch das Gekicher meiner Freundinnen, sich ganz unerwartet zum Verteidiger der Männlichkeit der »Läufer« aufschwang und mich öffentlich herausforderte.

»Hat es schon Männer in Ihrem Leben gegeben, Sarah, von denen Sie nach einer gemeinsam verbrachten Nacht beim Abschied das Gefühl hatten, mit einem ›Horizontalen‹ geschlafen zu haben? Haben Sie Männer gekannt, die in Ihren Augen tatsächlich so tief gesunken sind?«

»Ich weiß es nicht, mein lieber Quiu-Quiu«, habe ich ihm lachend geantwortet. »Ich weiß es nicht, wenn ich es mir genau überlege, so habe ich immer nur mit ›Missionaren‹ geschlafen.«

Alles lachte. Quiu-Quiu war mir vierzehn Tage gram. Geistreiche Männer mögen es nicht, daß man über die Späße anderer lacht. Geistreiche Frauen übrigens auch nicht, ebenso wie sich langweilige Männer und Frauen darüber ärgern, wenn sie mit geistreichen Leuten am gleichen Tisch sitzen.

Doch was spielt das für eine Rolle.

Ich weiß, ich weiß, ich komme vom Thema ab, ich verliere den Faden meiner Lebenserinnerungen, ich verliere mich in belanglose und uninteressante Gedankengänge, und wer weiß, ob ich Sie in diesem Moment nicht anlüge ... Wer weiß, ob ich diese Episode mit Quiu-Quiu nicht soeben erfunden habe ...? Jedoch, wäre ich der Ansicht, Sie seien jemand, der von mir die Wahrheit hören will, würde ich hier abbrechen; ich würde meine Füllfeder hinlegen und ihnen Lebewohl sagen. Ich bin eine Schauspielerin, vergessen Sie das nicht. Und auch wenn ich kein Theater spielen würde, so bin ich nun einmal einer jener Menschen, für welche die Wahrheit im Wahrscheinlichen liegt und in gewissen Fällen in der Wirklichkeit.

Wer hat das schon wieder gesagt? Ich weiß es nicht mehr. Von Zeit zu Zeit frage ich mich, ob all die schönen Sätze, die ich Ihnen da schreibe, nicht von mir selbst stammen.

Bah! Was soll's! Wie Sie sagen, wie Ihr Hindu sagt, es bleiben nie mehr als zwanzig Jahre, um über die sechzig Jahre nachzudenken, die vergangen sind.

Um auf mein eigenes Leben zurückzukommen und nicht mehr auf diese wirren Theorien: Ich hatte ziemlich schnell – wie jede Schauspielerin, wie jede unverheiratete Frau damals und dank meiner teuren Freundin Marie Colombier, auf die ich, ich habe es vielleicht schon erwähnt, noch zurückkommen werde, falls ich genügend Kraft und Bosheit dazu habe –, ich hatte mir in Paris sehr schnell, dies jedoch erst später, den Ruf einer »Horizontalen« erworben, der in meinem Fall von einer weit unseligeren, weit verhängnisvolleren Aura umgeben war, der Aura einer Nekrophilen nämlich.

Als ich sechzehn war – aus Gründen, die ich Ihnen später erklären werde –, wurde ein Sarg in mein Zimmer gestellt, ein offener, entzückender, mit weißem Satin ausgeschlagener Sarg, ein reizendes, blitzsauberes Möbel, das ich alle zwei Jahre, wenn der Satin jeweils vergilbt war, neu beziehen ließ. Was regelmäßig alle vierundzwanzig Monate der Fall war und mich jedesmal ruinierte; ich weiß nicht, warum die Ausstatter ein Vermögen für diese Art Polsterarbeit verlangen – ein Sarg, trotz seiner einfachen und schlichten Form, kostet zweimal mehr als ein ganzes Kanapee.

Wie der Sarg in mein Zimmer gekommen ist, das werde ich später erzählen, doch die Folgen waren unabsehbar.

Dieser Sarg stand nun also in meinem Zimmer, und natürlich wurde er von einem intimen Freund bemerkt, dessen Diskretion in keinem Verhältnis zu seiner Intimität stand, dann von Freunden, dann von Neugierigen, denen man davon erzählt hatte, kurz, schließlich wußte ganz Paris – das »Tout-Paris« zumindest, das sich um meine Angelegenheiten kümmerte –, daß ich in einem Sarg schlief, glaubte es zumindest, denn in Wirklichkeit zog ich es natürlich vor, in meinem Bett zu schlafen.

Ich schlief also in einem Sarg: ich flüchtete mich damals in meinen Sarg – ich war sechzehn – aus den unterschiedlichsten Gründen, und mit der Zeit gewöhnte ich mich schließlich daran, denn ich habe ihn mein Leben lang gehütet, diesen Sarg.

Mit sechzehn schlief ich darin, weil es »mein« Sarg war, weil es der einzige Gegenstand im Haus war, der »mir« gehörte, weil es meine Zuflucht und mein Obdach war. Ich fühlte mich in meinem Zimmer, wo meine Schwestern und die halbe Welt ein und aus gingen, wie in einer Bahnhofshalle, nicht zu Hause; ich fühlte mich in jenem Bett nicht zu Hause – meinem Bett –, das ich manchmal einer Freundin meiner Mutter, die bei uns zu Besuch weilte, abtreten mußte; ich fühlte mich nirgends zu Hause in dieser Wohnung, die wir gezwungenermaßen eines Tages, je nach den Wechselfällen unseres Lebens, gegen eine größere oder kleinere tauschen würden. Ich fühlte mich eines schönen Tages nur in diesem Sarg zu Hause, der genau auf mich zugeschnitten war, der bequem war, der eng an meine Schultern und an meine Hüften anlag, der mich festhielt wie ein widerspenstiges Pferd an den Zügeln, geschmeidig, aber bestimmt.

Kurz, dieser Sarg war in meiner frühen Jugend mein Zuhause, eine Rolle, die er merkwürdigerweise und aus völlig entgegengesetzten Gründen auch später beibehalten sollte.

Später, sehr viel später, flüchtete ich mich nicht vor der Einsamkeit, sondern vor den Leuten in meinen Sarg. Er war nicht mehr das Obdach, wo ich so etwas wie Geborgenheit und ein Zuhause suchte, oder ein Schlupfwinkel, wo ich mich verkriechen konnte, er war im Gegenteil die Zuflucht, wo ich endlich etwas Einsamkeit fand.

Es war ein echter Sarg, den man unmöglich, mit wem auch immer, teilen konnte. Man hätte dazu nicht nur Akrobat sein müssen, sondern auch noch spindeldürr, und obwohl ich es zwar war, hätte das nicht genügt, um darin von etwas anderem zu träumen als von Schlaf oder Friede. Nun gab es Tage, oder Abende, wo ich mir nichts sehnlicher wünschte als das, ein Wunsch, den mein jeweiliger Begleiter verständlicherweise nicht teilte – ich wollte ihn ja nicht verletzen, den Ärmsten –, und dessen Glut unweigerlich erlosch, wenn er zusehen mußte, wie ich mich freiwillig, mit aufgelöstem, nach hinten geworfenem Haar und aufeinandergepreßten Lippen in diesen sozusagen weltlichen und – sagen wir es einmal so – zweckentfremdeten Sarkophag legte.

Sehr merkwürdig immerhin, daß keiner von diesen Männern, die mich – in ihren Schnurrbart über ihr Mißgeschick fluchend – verließen, je daran gedacht hat, die Aufrichtigkeit oder Echtheit meiner plötzlich auftretenden mystischen Krisen in Frage zu stellen, wenn sie mich in meinen Sarg klettern und auf dem etwas vergilbten Satin ausstrecken sahen, die Hände über der Brust und mit geschlossenen Augen, einen Ausdruck absolut ungewohnter Frömmigkeit im Gesicht, ohne daß der eine oder der andere mich je aufgefordert hätte, mit dieser demütigenden Komödie Schluß zu machen.

Die Berühmtheit oder die komische Perversität dieses Sarges hat immerhin dazu geführt, daß man ihm so etwas wie Respekt zollte, Respekt, vermischt mit einem gewissen Entsetzen und so etwas wie Abneigung, was bei den Journalisten oder all den Lästermäulern mehr als lächerliche Kommentare auslöste, ohne daß sie sich dessen bewußt gewesen wären: »Sarah und ihr Sarg«, sagten sie, »Ihr Sarg«, »dein Sarg«, »mein Sarg«, mein Sarg da, mein Sarg dort ... Wenn man ihnen zuhörte, so hätte man wahrhaftig meinen können, jedermann in Paris, oder alle, die zum Klüngel des »Tout-Paris« gehörten, hätten ihren ganz persönlichen Sarg – ob sie ihn nun den ganzen Tag mit sich herumschleppten oder in ihrem Schlafzimmer stehen hatten wie ich – und ihr Sarg sei schicklicher als meiner. Ich bin sicher, daß in der Presse mehr von meinem Sarg als je von einer meiner Rollen die Rede gewesen ist. Aber schließlich – warum nicht?

Er hat mich treu sein Leben lang begleitet, der Gute, genauer, mein Leben lang – außer ausgerechnet in jenem Augenblick, wo er mich für alle Unkosten hätte entschädigen können, die ich in ihn investiert hatte. Er starb vor mir, so unglaublich das für einen Sarg auch klingen mag. Er starb vor lauter Reisen, Umzügen, verärgerten Fußtritten und vielleicht auch an meinem Gewicht, das er immer wieder zu tragen hatte. Er brach zusammen, der Ärmste, kurz bevor ich selbst zusammengebrochen bin: Man teilte es mir zwar mit, doch es kümmerte mich nicht besonders. Erstens einmal habe ich nie sehr an Zeichen geglaubt, und dann muß man ohnehin jung sein, um sich dafür zu interessieren.

Ich ließ ihn in meinem Garten verbrennen. Man kann so ein Ding ja niemandem schenken, es ist ein unentbehrlicher Gegenstand, unbezahlbar, den man nicht einfach so weggeben kann; das Leben ist manchmal wirklich komisch.

Ich weiß, daß Sie mit mir nicht zufrieden sind, mit all diesen Nebensächlichkeiten, die ich Ihnen da erzähle, das gibt keine Biographie ab. Ich müßte wohl genauer vorgehen, damit Sie das erfahren, was Sie von mir wissen möchten. Es gibt Tage, da befasse ich mich nur mit Allgemeinheiten, oder dann nur mit Einzelheiten, oder ich schweife müßig ab.

Aber ich habe schließlich Zeit, nicht wahr, nach der Theorie Ihres Freundes, des Hindu? Sechzig Jahre liege ich nun da unten, unter diesem Gras; es bleiben mir also noch zwanzig Jahre, wenn ich nicht irre, um über die achtzig Jahre fertig nachzudenken, die ich oben verbracht habe. Zwanzig Jahre! Nicht schlecht! Noch zwanzig Jahre, es sei denn, daß auch Sie mich angelogen haben ...

Ich weiß, ich weiß, ich habe den Faden meines Lebens

verloren, ich schlage mich mit Allgemeinplätzen herum, ich verärgere Sie: Kehren wir also zu unserer Geschichte zurück, zu unserem kleinen Familienrat, zu unserem Lämmchen, zu der kleinen Sarah Bernhardt, die von ihrer Familie beinahe vom rechten Weg abgebracht worden wäre ...

Die Anregung, die der arme Morny vor seinem Abgang erschöpft in die Runde geworfen hatte, fand schließlich aus zwei Gründen allerseits einmütige Zustimmung: wohlwollende vorerst, dann ablehnende. Der erste Grund war, daß seltsamerweise meine religiöse Berufung sowohl meiner Mutter als auch meiner Schwester wie eine Gotteslästerung vorkam, wie eine verabscheuungswürdige Perversität. Sein Leben in einem Kloster verbringen ... geradezu eine Sünde für eine Frau, so kam es ihnen wenigstens vor, und ich muß sagen, daß ich heute ihre Auffassung weitgehend teile. Hinzu kam, daß ich durch diese vorzeitige Weltentsagung der hunderttausend Francs verlustig gegangen wäre, die mir von meinem Vater, dem geheimnisvollen Bernard, zugedacht worden waren und die der Notar, so behauptete er wenigstens, nur bei meiner Heirat freigeben würde. Und wenn die Abkehr von der Welt eine läßliche Sünde war, der Verzicht auf hunderttausend Francs wäre ebenfalls eine Sünde gewesen, und zwar eine eindeutige Todsünde. Schließlich, so überlegte man an meiner Statt, wenn man um jeden Preis einen Mann für mich finden mußte, um an diese hunderttausend Francs zu kommen, bestand eher die Möglichkeit, ihn in den Kulissen einer Bühne als im Kreis meiner Familie aufzustöbern. Männern auf der Suche nach jungen und vornehmlich appetitlichen Damen standen in Paris in der Tat ein paar Kemenaten zur Verfügung, um nur die »Opèra« zu nennen, die Kabaretts, die Operetten und Theater, wobei das Konservatorium natürlich als die berühmteste und vornehmste galt. Und in einem dieser modernen Serails könnte ich vielleicht eher den Blick eines Galans auf mich lenken – warum auch nicht, schleierverhüllt à la Racine würde mein flacher Busen weniger auffallen, und meine schmalen Hüften ließen sich unter einem Zofenschürzchen à la Molière besser verstecken. So wenigstens dachten diese Damen mit den schmachtenden Augen und dem Blick eines Pferdehändlers – ich meine damit meine Mutter und meine Tante.

Ich urteile hart über die zwei Frauen, und im Grunde tue ich ihnen Unrecht. Sie hatten hart und unermüdlich gearbeitet, um sich ihre gegenwärtige Stellung zu erkämpfen, die eine recht luxuriöse war; und es war nicht einfach gewesen, einen Mann dazu zu bringen, nicht nur die Stunden zu bezahlen, die er in ihren Armen verbrachte, sondern auch die Stunden, die zwischen den Umarmungen lagen – eine einfache Ausdehnung, die nichtsdestotrotz den wesentlichen Unterschied zwischen einer Kurtisane und einer Prostituierten ausmacht, zwischen einer Frau und einem Straßenmädchen, einer Gewohnheit und einer Aufwartung. Ein harter Weg also, und meine träge Weigerung, meine mageren Reize wirkungsvoll einzusetzen, mußte ihnen tatsächlich skandalös vorkommen. Wäre ich hübsch gewesen, wäre ihnen diese Trägheit vielleicht als Bedachtsamkeit vorgekommen, als Vorsicht, als List sogar. Doch mein Äußeres, hélas, ließ eindeutig auf sträflichen Leichtsinn schließen.

Wie viele müßige Frauen verwandelten sich meine Mutter und meine Tante, wenn es um die Verwirklichung eines Vorhabens ging, in die personifizierte Eile. Eine Stunde nach Mornys Abgang waren eine Droschke und drei Plätze in der »Comédie Française« reserviert, wo ich mit meiner Mutter und Mademoiselle de Brabender der Aufführung von »Britannicus«, dem Theaterereignis der Saison, beiwohnen sollte.

Und so kam es, daß ich etwas merkwürdig angezogen, halb Frau, halb Kind, auf der einen Seite von meiner entzückenden Mutter bewacht – die von vielen Herren gegrüßt wurde – und auf der anderen von Mademoiselle de Brabender, deren Schnurrbart jeden Satyr in die Flucht gejagt hätte, die Stufen zur Comédie Française hinaufschritt. Ich verkroch mich in einer Loge im ersten Rang, meine Mutter zu meiner Rechten und hinter mir meine Gouvernante, deren spitze Knie mir durch das Rückenpolster meines Sessels einen gewissen Rückhalt gaben. Im Publikum wimmelte es von Herren und Damen in ihren schönsten Toiletten, die Kronleuchter funkelten, die Monokel und die Lorgnons blinkten, und das Rot der Sessel kam mir purpurn, geheimnisvoll vor, wie auch der Bühnenvorhang vorn.

Endlich verdunkelten sich die Kronleuchter, das Stimmengewirr verstummte, und der Vorhang ging auf. Ich hatte keine Zeit, das häßliche Bühnenbild zu bewundern, eine Mischung aus Stuckverzierungen und falschem Marmor; Britannicus betrat die Bühne. Das Stück begann, und nach Aussage von Mademoiselle de Brabender, die hinter meinem Sessel meine Reaktionen betrachtete, rührte ich mich keinen Millimeter und kein Wimpernzucken lang. Ich sei bewegungslos wie ein Stein gewesen, erzählte sie mir später, so bewegungslos, daß sie einen Moment geglaubt habe, ich sei von Starrsucht befallen. Erst am Schluß hätte ich meiner Mutter und ihr mein tränenüberströmtes Gesicht zugewandt – und ausnahmsweise seien es stumme Tränen gewesen, »ganz neue Tränen«, erklärte Mademoiselle de Brabender. Ich muß allerdings gestehen, daß diese Tränen nicht allein der Schönheit des Stückes zuzuschreiben waren, den Schauspielern oder den Versen Racines. In mir war noch etwas anderes vorgegangen: Kaum hatte sich der Vorhang gehoben, kaum hatten die Schauspieler die ersten Sätze deklamiert, da hatte ich die absolute Gewißheit verspürt, mein Schicksal erfülle sich hier, vor mir, unter meinen Augen; ich wußte, daß diese Bühne, diese Bretter der Schauplatz meines Lebens sein würden, meine Welt – eine Gewißheit, die um so verwirrender war, als mir das Stück gar nicht besonders gefallen hatte. Es war mir vielmehr so – was für eine Fünfzehnjährige ziemlich ungewöhnlich ist –, als betrachte ich mein Schicksal: Es lag da, zu meinen Füßen, unabänderlich, besiegelt und unausweichlich. Was für Verlockungen oder was für Schwierigkeiten würde dieses Schicksal mir in der Folge aufzuzwingen, was für Ängste würde ich zu überwinden haben, um eine jener sonderbaren Gestalten dort unten zu werden, um meinerseits vor diese schweigende, gierige und zweifelsohne unbarmherzige Menge zu treten, um sie zum Verstummen zu bringen und sie zu unterhalten oder ihr Tränen zu entlocken, was für Qualen würde ich auszustehen haben, um meine Angst zu überwinden, und was für eine Lust würde ich empfinden, bejubelt zu werden, was für Niederlagen, was für Erfolge und was für Abenteuer würde ich dort erleben? Daran dachte ich überhaupt nicht. Ich war ganz einfach niedergeschmettert von der geradezu banalen Gewißheit, daß mein Leben, mein wirkliches Leben vor mir lag.

Man nennt das Vorahnung; man glaubt selten daran, und hätte ich es nicht selbst erlebt, ich würde heute nicht daran glauben. Daher werde ich Sie erst gar nicht bitten, daran zu glauben; ich habe genug Dummheiten und genug Lügen erzählt – ganz wie der Hirte und der Wolf von La Fontaine –, um darüber ungehalten zu sein, wenn man mir nicht glaubt, sogar wenn ich die Wahrheit sage, vor allem, wenn ich die Wahrheit sage. Es ist das Los der geborenen Lügner: Man glaubt ihnen ihre Lügen nur noch, wenn sie lügen.

Meine Begleiterinnen waren ob meiner Tränen besorgt. Mademoiselle de Brabender schrieb sie meiner Sensibilität zu und meine Mutter meiner Sentimentalität. Anschließend wurde »Amphitryon« aufgeführt, was mich weniger faszinierte, doch »Britannicus« hatte mich genügend aufgewühlt, so daß die Malheurs der armen Alkmene mir trotzdem diesen und jenen nervösen Schluchzer der Erleichterung zu entlokken vermochten, derart herzzerreißende allerdings, daß meine Mutter, rasend vor Wut, weil alle auf uns aufmerksam wurden, mich aus der Loge führte und mehr tot als lebendig hinter sich her schleppte, in eine Kutsche und bis in mein Bett. Man wickelte mich in die Laken und zog mir die Decke bis unter die Nase. Ich schlief auf der Stelle ein, von einem seltsamen Glücksgefühl erfaßt, von einer tiefen Ruhe. Ich wußte nun, was ich mit meinem Leben anfangen wollte. Und ich sah mich nicht etwa von Jubel, von Applausen, von Blumen überschüttet. Ich stellte mir in Wirklichkeit nichts vor, kein einziges Bild glitt unter meine geschlossenen Lider. Ich hatte ganz einfach das Gefühl, in einem Augenblick erfaßt zu haben, was mich während meiner ganzen Kindheit unbewußt gequält hatte. Und wenn Monsieur de Morny nicht gewesen wäre, hätte ich vielleicht nie erfahren, so seltsam das auch klingen mag, daß es das Theater gewesen war. Kurz, es erging mir wie allen begabten Menschen: Ich setzte mir kein Ziel, sondern ich stellte mir eine Diagnose. Ich beschloß nicht, Schauspielerin zu werden, ich entdeckte, daß ich es war. Alle begabten oder genialen Menschen werden Ihnen bestätigen, daß es sich so und nicht anders abspielt.

Françoise Sagan an Sarah Bernhardt

Liebe Sarah Bernhardt,
ich gestehe, Ihre Entdeckung des Theaters hat mich einigermaßen erstaunt, wenigstens, was Ihre Schilderung angeht. Ich erwartete das große Entzücken, die große Offenbarung, und ich finde es schlicht und einfach wunderbar, daß sie dieses ach so schöne Sprungbrett vermieden haben, das zu einem lyrischen Höhenflug gehört, und daß Sie sich auf die Realität beschränkt haben, die Sie banal nennen. Das weckt in mir neues Vertrauen in Ihre Ehrlichkeit, wenn das noch nötig wäre. Und wenn dies letztlich unsere Leser überrascht, so ist es im wahrsten Sinne des Wortes ganz nach meinem Geschmack.

Wie war dieser Graf de Morny? Ach, und bitte verzeihen Sie, ich sollte Sie nicht ständig mit nebensächlichen Fragen unterbrechen. Es tut mir leid. Tatsächlich dürften *Und dann? Und was geschah am nächsten Tag?* meine einzigen Zwischenfragen sein.

Sarah Bernhardt an Françoise Sagan

Am nächsten Tag? Nichts ... Ich bin im Bett geblieben, leidend, träumend, in die Erinnerung an den vorangegangenen Abend versunken, damit beschäftigt, meine Erlebnisse auszuschmücken und zu verherrlichen. Denn so plötzlich, so unerwartet ... nun, Sie wissen ja ... Wenn Sie es sich überlegen, wenn Sie an die paar Blitze aus heiterem Himmel denken, die Ihr Leben durchkreuzt haben –ich hoffe für Sie, daß Ihnen das passiert ist –, was ist Ihnen davon in Erinnerung geblieben? Das Bild einer Sonne, einer unendlichen Landschaft, der Nachhall einer sanften oder einer schrillen

Melodie? Nein. Die Liebe auf den ersten Blick, da sind wir uns wohl einig, äußert sich in einer Art Teilnahmslosigkeit, in einer Art Beklemmung, in trostloser oder seliger Ruhe,je nachdem, ob man sich von der eigenen Leidenschaft hinreißen läßt oder nicht.

Die Liebe auf den ersten Blick ... ich erinnere mich, daß mir dies ein paarmal passiert ist und daß ich diese sozusagen vom Blitz getroffenen Männer dann verlassen habe, ohne daß wir uns etwas Besonderes zu sagen gehabt hätten, ohne daß ich weder von ihrer Konversation noch von ihrem Charme auch nur im geringsten beeindruckt gewesen wäre. Ich war schlicht und einfach durch einen unerklärlichen Zwang an sie gekettet, das einzige, was ich wußte, war, daß ich mich für eine gewisse Zeit damit herumquälen würde, was nicht unbedingt sehr angenehm ist.

Mademoiselle de Brabender brachte mich wieder zur Vernunft. Ob ich nun begabt war oder nicht: Wenn ich tatsächlich zum Theater wollte, mußte ich erst einmal arbeiten. Ich hatte weder von Lyrik noch von Literatur eine große Ahnung; ich hatte weder im Kloster noch im Hause meiner Mutter sehr viel davon mitbekommen; hier wie dort lagen höchstens romantische Liebesgeschichten herum. Die Entdeckung Racines kam mir wie der Gipfel an Kühnheit vor (und im übrigen weigerte sich Mademoiselle de Brabender, mich »Phädra« lesen zu lassen). Meine unglückliche Gouvernante hatte alle Hände voll zu tun, ihrer Tugendhaftigkeit Nachdruck zu verleihen, denn man schickte mir von allen Seiten Bücher zu, von Racine, von Corneille, von Molière ... aus denen ich allerdings nicht klug wurde und die ich schnell zuklappte, um mich meinem geliebten La Fontaine zuzuwenden. Ich hegte eine wahre Leidenschaft für La Fontaine, und ich kannte alle seine Fabeln.

Mein Pate, Monsieur de Meydieu, der allwissende, unausstehliche Freund meiner Mutter, hatte beschlossen, mir zu helfen, denn ich mußte am Konservatorium unter dem Blick von Monsieur Aubert – einem wohlwollenden Blick übrigens, hatte doch Monsieur de Morny kurz dort vorbeigeschaut – eine Prüfung ablegen. Ich stattete also Monsieur Aubert, einem reizenden alten Herrn mit weißem Haar und sanften Gesichtszügen, einen Besuch ab; er musterte mich mit Güte und Bedacht und lachte, als er erfuhr, daß ich vor allem deswegen zum Theater wollte, um unabhängig zu sein.

»Na ja«, sagte er zu mir, »vergessen Sie das! Es gibt wenig Berufe, die so abhängig machen.«

Dann wünschte er mir viel Glück, und ich kehrte wieder nach Hause zurück, um mich auf die Prüfung vorzubereiten.

Mama kannte niemanden beim Theater. Monsieur de Meydieu, der älteste Freund der Familie, wollte mich die Rolle der Ximene im »Cid« einstudieren lassen, die wenigstens ein paar tugendhafte Züge aufwies. Doch zuvor erklärte er, ich würde die Zähne zu fest zusammenpressen – was stimmte – und ich würde das »O« zu wenig öffnen und das »R« nicht genügend rollen. Also stellte er eine Anleitung für mich zusammen, ein kleines Heft, das meine arme, meine liebe, gute Petite Dame sorgfältig aufbewahrt und mir einige Zeit später übergeben hat. Und so stellte sich der verhaßte Freund meiner Mutter mein Tagespensum vor: Jeden Morgen eine Stunde lang mit *do, re, mi* das Vibrato der Stimme üben. Vor dem Mittagessen vierzigmal *un très gros rat dans un très gros trou* wiederholen, um das »R« richtig rollen zu lernen. Vor dem Abendessen vierzigmal *combien ces six saucisses-ci? C'est six sous ces six saucisses-ci! Six sous ces six saucisses-ci?* undsoweiterundsofort. – dies, um mein zischendes »S« auszumerzen. Und schließlich am Abend vor dem Einschlafen zwanzigmal *Didon dîna, dit-on, du dos d'un dodu dindon* und zwanzigmal *le plus petit papa, petit pipi, petit popo, petit pupu,* um zu lernen, den Mund rechtecktig für das »D« zu öffnen und die Lippen für das »P« zu spitzen. Das war nun also meine tägliche Fron.

Monsieur de Meydieu legte diese Methode Mademoiselle de Brabender sehr ernsthaft ans Herz, und die Gute gab sich alle erdenkliche Mühe, sie mir ebenso ernsthaft beizubringen. Mademoiselle de Brabender war wunderbar; Gott weiß, wie sehr ich sie geliebt habe! Nur, nachdem sie mich »T«, »D« – das »D« war noch erträglich – und *un très gros rat* hatte wiederholen lassen, stimmte sie die *saucisses-ci* an – und da passierte es jeweils: Ich konnte nicht anders, ich platzte beinahe vor Lachen. In ihrem zahnlosen Mund verwandelten sich die *six sous* in eine Kakophonie von Zischlauten, die sämtliche Hunde in Paris hätten aufjaulen lassen; und wenn dann, vom *plus petit papa* begleitet, *Dindon dîna ...* hinzu kam, befürchtete ich ernsthaft, die gute Frau habe den Verstand verloren. Sie war ganz rot im Gesicht, hielt die Augen halb geschlossen, der Schnurrbart sträubte sich, die Lippen streckten sich zu einem Sparbüchsenschlitz oder zogen sich kreisförmig zusammen: Sie schnurrte, zischte, plätscherte, plapperte ... es nahm kein Ende.

Ich ließ mich vor Lachen in meinen Rohrsessel fallen; ich war dem Ersticken nahe, die Tränen rollten mir über die Wangen, und meine Füße zuckten auf dem Parkettboden. Meine Arme hingegen schienen verzweifelt irgendwo Halt zu suchen oder zogen sich krampfartig zusammen. Es schüttelte mich, ich fiel vornüber und warf mich heftig wieder zurück – kurz, ich war außer mir, so sehr, daß Mama, vom Lärm angezogen, erstaunt zur Tür hereinschaute, worauf Mademoiselle de Brabender ihr ernst die Methode von Monsieur de Meydieu erklärte. Meine Mutter versuchte, mich zur Räson zu bringen, doch es war hoffnungslos: Ich wälzte mich vor Lachen. Schließlich führte sie Mademoiselle de Brabender aus dem Zimmer und ließ mich allein, denn sonst wäre ich wohl übergeschnappt.

Alleingelassen, versuchte ich mich zu beruhigen, indem ich meine *te-de-de* trällerte, im gleichen Tonfall wie die Vaterunser im Kloster, die ich jeweils in einem ähnlichen Rhythmus als Buße hatte vorbeten müssen. Ich kam schließlich wieder zu mir, wusch mir das Gesicht mit kaltem Wasser und suchte meine Mutter auf, die mit meinen Musiklehrern Whist spielte. Ich umarmte liebevoll Mademoiselle de Brabender, die mir immer verzieh, die immer so nachsichtig mit mir war, daß ich mich nachträglich ein bißchen schämte. Aber das Lachen! Mein Gott, das Lachen! Ich habe mich nie gegen diese Lachanfälle wehren können. Was Sie meine »unbeirrbare Ausgelassenheit« nennen, ist tatsächlich eine unbezähmbare Heiterkeit. Ich wüßte nicht, wie und wer und was auch immer dieses überbordende Gelächter hätte eindämmen können, wenn es mich jeweils packte; ein Lachen, das je unangebrachter desto unbezwingbarer war und das ich zu ignorieren versuchte.

Ich war diesem gnadenlosen Übel ausgeliefert wie niemand sonst. Es begann jeweils mit einem Prickeln an der Oberlippe, das sich ausbreitete, sich in meinen Wangen festsetzte und mir stechend in die Augen stieg, dann bildete sich ein kleiner Knoten im Hals, der größer wurde, sich ausdehnte, sich in meinen Rippen breitmachte, während mir das Blut ungezügelt in den Kopf schoß.

O Gott! Wie oft habe ich später diese Anfälle – es war wirklich eine Art Delirium – verflucht, die mich tausend Gelegenheiten haben verpassen lassen, tausend Pläne und langjährige Anstrengungen zunichte machten, die dazu führten, daß ich mich mit einflußreichen Persönlichkeiten und – was schlimmer ist – mit Freunden, mit Liebhabern zerstritt. Wie oft habe ich bei den ersten Anzeichen versucht, dieses schreckliche Lachen durch ernste oder düstere Gedanken zu unterdrücken! Nichts zu machen, es gab kein Mittel dagegen. Das Lachen nahm mein Lebtag von mir Besitz, beherrschte mich, wie der glühendste Liebhaber es nicht hätte tun können. Und trotzdem ... trotzdem ist dieser lebenslängliche Feind vielleicht mein liebster Freund gewesen. Kann man einem Feind böse sein, der einen so wunderbar leer zurückläßt, zerstreut, glücklich und in Frieden mit einem selbst, sorglos und unbeschwert, tausend Meilen vom grauen Alltag und von allen Kümmernissen entfernt, auch wenn diese vor der Tür nur darauf warten, sich auf einen zu stürzen. Das Lachen ist eine magische Rüstung gegen Anwürfe, gegen Verletzungen, gegen die Angriffe des Schicksals und des eigenen Charakters. Das Lachen ... ach, dieses Lachen ... ich kann nicht aufhören, davon zu reden!

Mein letzter Lachanfall, der hat sich noch nicht herumgesprochen; das ist ja auch noch nicht so lange her – am Tag, als ich gestorben bin, nämlich: Meine vor Trauer gebrochene Familie hatte einen Priester herbeigerufen, einen braven Priester, der mit zwei Chorknaben kam, um mir das letzte Sakrament zu spenden. Ich lag im Bett, tief in den Kissen, erschöpft, und der arme Mann beschwor mich feierlich und mit fester Stimme, mich auf eine bessere Welt vorzubereiten. Die zwei Chorknaben antworteten gehorsam mit ihren glockenhellen Kinderstimmen. Doch ... hélas, einer von den beiden schielte! ... Er schielte, sage ich Ihnen, es hätte einem schwindlig werden können. Ich versuchte verzweifelt, ihn nicht anzuschauen, er hingegen hielt sein rechtes Auge streng auf mein Gesicht gerichtet, während das andere, sein linkes Auge, vergnügt in die Runde blickte oder neugierig den hintersten Winkel meines Zimmers inspizierte. Ich war nicht in der Lage, aus diesem letzten kirchlichen Beistand den Nutzen zu ziehen, den er mir hätte gewähren sollen, so sehr war ich damit beschäftigt, das Lachen zu unterdrücken.

Am Tag meiner Aufnahmeprüfung für das Konservatorium hatte ich allerdings weit weniger Lust zu lachen. Dank Mornys Einfluß – zugegeben – hatte ich ein paar Stufen übersprungen und trat genau einen Monat nach jenem denkwürdigen Familienbeschluß zur Prüfung an.

Ich erwachte zitternd wie Espenlaub und ließ mich in einer Art Koma von sämtlichen Frauen des Hauses waschen, kämmen und ankleiden.

Meine Mutter beschwerte sich bei einem jungen Mann, der hinzugezogen worden war, mein Kleid sei zu kurz, worauf er ihr dezidiert antwortete, das sei nicht weiter erstaunlich, denn mit zu »blauen« Seidenstoffen erlebe man eben solche Überraschungen. Der Gedanke, mein Kleid könne irgendwo zu »blau« sein, bedrückte mich, reizte mich aber gleichzeitig zum Lachen.

Man setzte mich in eine Droschke, bewacht von Petite Dame auf der einen und Mademoiselle de Brabender auf der anderen Seite, was mich daran hinderte, während der Fahrt aus dem Wagen zu springen.

Schließlich landeten wir in einem großen Saal, wo bereits eine stattliche Anzahl von Jünglingen und jungen Damen in Begleitung ihrer Eltern – ich betone: ihrer Eltern! – und unter unglaublichem Lärm, Gelächter und Gegluckse der Dinge harrten, die da kommen sollten.

Ich war lediglich von zwei Anstandsdamen begleitet, und eine von ihnen kam – zugegeben – recht sonderbar daher.

Mademoiselle de Brabender hatte eine Art, sich – wie sie meinte – schicklich und zugleich originell zu kleiden, mit flatternden, um den Körper geschlungenen indischen Seidenschals und runden Hüten, die ihren Schnurrbart und ihre großen Augen wie mit einem Glorienschein umgaben.

Die jungen Kandidaten musterten sie staunend und spöttisch, was mich wütend machte. Ich verdoppelte meine Aufmerksamkeit ihr gegenüber, damit sie das ironische und unhöfliche Geflüster nicht hörte. Doch es waren laute, servile und gleichzeitig arrogante Leute. Meine Empörung erreichte den Höhepunkt, als eine Mutter ihre Tochter ohrfeigte, weil sie sich offenbar nicht mehr an ihren Text erinnerte – ein armes, bläßliches Ding mit Tränen in den Augen. Ich erhob mich, um mich für sie zu schlagen, doch meine zwei Schutzengel hielten mich zurück. Es ging in diesem Moment nicht darum, vor den Wartenden die Selbstsichere zu spielen, es ging darum, im Raum nebenan selbstsicher aufzutreten, auf einer Bühne und vor Leuten, deren Beruf darin bestand, das entsprechend zu würdigen. Der alte Hausmeister, der sich um diesen Ort kümmerte und der sich hochnäsiger benahm als jeder abgebrühte Schauspieler, fragte mich, was ich rezitieren werde und mit wem:

»Mit wem? Was meinen Sie damit?«

»Eben ... mit wem ... was tragen Sie denn vor?«

»Die Ximene, was sonst«, antwortete ich und schaute ihn von oben herab mit einem Ausdruck verletzter Unschuld an, und mir war in jenem Moment, als würde ich bereits auf der Bühne stehen.

»Die Ximene geht in Ordnung! Doch wer spielt den Cid?« beharrte dieses störrische Individuum.

»Wir haben doch keinen Cid!« riefen Mademoiselle de Brabender und Petite Dame entsetzt und wie aus einem Mund.

»Wir haben nicht daran gedacht, einen Cid mitzubringen!« stöhnten sie und blickten mich mit vor Schrecken weit aufgerissenen Augen an.

»Ich brauche keinen Cid!« erklärte ich ungerührt, »ich brauche keinen Cid, ich habe ohne ihn geprobt, also ...«

»Einer dieser jungen Herren wird mit Vergnügen einspringen, nicht wahr?« meinte der Hausmeister fröhlich und zeigte auf einen baumlangen pickligen Kerl mit einem hämischen Lächeln, der mit Rodrigo ebensowenig Ähnlichkeit hatte wie der Pförtner mit Don Diego.

»Ich werde ›Die zwei Tauben‹ rezitieren«, erklärte ich kurzerhand.

»›Die zwei Tauben‹ von La Fontaine?« Der Mann war erschüttert. »›Die zwei Tauben‹? ... Bitte, wie Sie wollen, ›Die zwei Tauben‹ also!« Und spöttisch kichernd trug er die »Die zwei Tauben« ein und schlurfte mißbilligend vor sich hin brummelnd davon.

Die Zeit verging und ging doch nicht vorbei. Die jungen Leute gingen kalkweiß vor Angst hinein, kamen hochrot vor Aufregung heraus und erzählten ihren Angehörigen wild gestikulierend, was sie gesagt hatten, was die anderen gesagt hätten, was man noch mehr von ihnen verlangt habe, um diesem unerbittlichen Gremium zu gefallen, was man... was dann ... Jeder von ihnen glaubte, bestanden zu haben, klar, und ich, mit meinen »Zwei Tauben« im Kopf und meinen zwei treuen Wachteln zur Seite, fühlte mich aufgeregter denn je. So gar nicht wie ein Adler, der sich geschickt aus dem Hühnerhof davonmacht, sondern eher wie ein Spatz, den man ganz allein seinem Schicksal überläßt.

Und genauso war es.

Mein Name wurde aufgerufen. Meine zwei Zerberusse standen auf und schoben mich zitternd – sie zitterten viel mehr als ich – auf die Tür zu. Als ich die beiden verließ, wurde mir ganz seltsam; ich wurde mir erst jetzt bewußt, daß ich nie allein gewesen war, daß ich nie allein irgendwohin gegangen war, daß ich nie allein etwas unternommen hatte. Zuerst war es meine Ziehmutter gewesen und ihre Aufregung, wenn ich mich entfernte, dann das Kloster und meine Mitschülerinnen oder die guten Schwestern, die einen nicht einen Millimeter aus den Augen verloren, und schließlich mein Zuhause, wo meine Schwestern, die Zofen, Petite Dame und Mademoiselle de Brabender mir keinen Augenblick Zeit zum Nachdenken ließen (obwohl dies zweifellos kein großer Verlust gewesen ist, das versäumte Nachdenken, meine ich).

Ich betrat tastend einen großen schwarzen Saal, ich erkannte im Dunkeln die hellen Gesichter meiner Richter auf ihren Sesseln, schön aufgereiht wie Zwiebelsetzlinge, und ich stieg auf das Podium.

»Die Reihe ist an Ihnen, Mademoiselle«, sagte ein Mann mit tiefer Stimme zu mir. »Was werden Sie uns vortragen?«

»›Die zwei Tauben‹«, piepste ich. Ich brachte nichts anderes hervor, und meine Stimme war heiser und schrill.

»Was soll das denn: ›Die zwei Tauben‹? ... Das wird ja sterbenslangweilig ...« rief in der Dunkelheit unter mir eine Frauenstimme, die ich vergeblich auszumachen versuchte.

»Fangen Sie an, Kleines, fangen Sie an!« erwiderte die Männerstimme ruhig, und ich legte los:

»Zwei Tauben liebten sich zärtlich ...«

Und dann blieb ich stecken, endgültig vor Aufregung zu Eis erstarrt. Mein zu »blaues« Kleid – wie konnte es anders sein – gab mir nicht den geringsten Halt. Alles an mir gab nach, die Schultern, die Hüften, ich sackte zusammen, ich zitterte ... Einer der Richter sah es:

»Mut, Mademoiselle, wir sind doch keine Menschenfresser! Los, fangen Sie nochmals an!«

»Also, wenn sie immer wieder von vorn beginnt, wird das kein Ende nehmen«, entgegnete die Frauenstimme aus dem Hintergrund, und ganz plötzlich begann ich sie zu hassen.

Ich stellte mir vor, ich säße dort, an ihrer Stelle, wartend, ganz ruhig, bereits berühmt, und vor mir stünde ein eingeschüchtertes junges Ding, das um sein Schicksal spielte, das seinen Ehrgeiz, sein Leben, seinen kostbarsten Traum vor mir ausbreitete, und es war mir unvorstellbar, daß man in einem solchen Augenblick selbst dem unbegabtesten Kandidaten nicht mit Aufmerksamkeit – und nicht etwa mit Mitleid – zuhörte. Ich verachtete diese Person, kaltblütig, nur eine Sekunde lang, bevor mich das Zittern wieder packte – doch diese Sekunde hatte gereicht ... ich hatte mich wieder in der Hand. Der Zorn, die Verachtung, die Empörung haben mir immer wieder eine außerordentliche Seelenstärke und physische Widerstandskraft verliehen. Ich hob den Kopf und begann von vorn:

»Zwei Tauben liebten sich zärtlich,
doch die eine grämte sich im Nest ...«

und ich vergaß meine Zwiebel-Richter etwas, denn ich liebte diese Verse von La Fontaine über alles, liebte die Anmut, den Humor und die Zärtlichkeit dieser Fabel.

An der Stille im Saal erkannte ich, daß ich fertig war, und ich warf einen ängstlichen Blick in Richtung meiner Scharfrichter. Sie schauten mich wortlos an, und einer von ihnen bedeutete mir, herunterzusteigen.

»Kompliment!« sagte er.

Er hatte einen Bart, ein gutmütiges Gesicht. Ich erkannte die Stimme, die mir vorhin Mut gemacht hatte.

»Kompliment, Mademoiselle. Sie haben Ausstrahlung und

eine sehr schöne Stimme. Möchten Sie in die Klasse von Monsieur Beauvallet oder zu Monsieur Provost?«

»Ich habe bestanden?«

»Aber ja, gewiß!« bestätigte er lächelnd.

Ohne mich zu bedanken, eilte ich davon, kletterte wieder auf das Podium, überquerte die Bühne, öffnete die Flügeltüre weit und stürzte wie eine Rakete in diesen entsetzlichen Wartesaal. Ich warf mich auf meine Zerberusse, die, wie mir schien, noch blasser waren als zuvor, wenn das überhaupt möglich war.

»Bestanden!« sagte ich. »Ich habe bestanden!«

Ich wirbelte meine treuen Begleiterinnen in einem halsbrecherischen Walzer herum, was meinen Schicksalsgenossen sehr peinlich gewesen sein muß, vor allem jenen, die nicht aufgenommen worden waren.

»Gehen wir!« sagte ich, denn ich duldete nicht die kleinste Trübung meines Glücks, meines Stolzes, dieses Gefühls, das mich soeben in diesem Saal überflutet hatte. Gehen wir! Ich muß es der Familie erzählen ... Gehen wir! Und ich zog die beiden hinter mir her, stürzte auf eine Mietdroschke zu und ließ mich in die Polster fallen.

Ich zitterte, ich zappelte, ich fuhr hoch, ich kaute auf den Fingernägeln herum, ich streckte den Kopf zum Fenster hinaus, ich war zehnmal nervöser und aufgeregter als auf dem Hinweg; schon immer hat mich die Freude mehr aufgeregt als die Sorgen und die Anerkennung mehr erschöpft als die Anstrengung. Und dann wollte ich nach Hause, so schnell wie möglich. Merkwürdig, wie Kinder so dringend ein Elternhaus brauchen, wohin sie heimkehren können, um ihre Erfolge zu feiern oder sich für die Mißerfolge tadeln zu lassen – im übrigen ist das wohl ein Urtrieb.

Mochte bei mir zu Hause auch eine endlose Reihe von

Kavalieren sich die Klinke in die Hand geben, mochte mein Zuhause auch so etwas wie eine Absteige sein – sagen wir das einmal so –, es war eben doch meine Familie, zu der ich nun mit meinen Lorbeeren zurückkehrte.

Ich sprang als erste aus dem Wagen, stieß im Flur auf die Tochter der Concierge, die mich beglückwünschte, und hörte gerade noch Petite Dame meiner Mutter durch das Küchenfenster zurufen: »Sie hat bestanden, sie hat bestanden!«

Ich stürzte mich auf sie, doch zu spät: Sie hatte alles verdorben, die Überraschung, die ich mir während der ganzen Fahrt ausgemalt hatte. Ich wollte klingeln, warten, bis meine Mutter aufmacht ... und meine Schwester ... und meine Tante ... alle würden unter der Tür stehen, gespannt, und ich selbst wäre ganz niedergeschlagen, und sie würden mich fragen: »Es hat also nicht geklappt?« – und ich, jubelnd: »Aber doch, aber doch, ich habe bestanden, ich habe bestanden!«

Die ganze sorgfältig und in allen Einzelheiten vorbereitete Wirkung war zum Teufel. Und ich muß an dieser Stelle hinzufügen, daß Petite Dame ihr ganzes Leben lang, mein ganzes Leben lang, unser ganzes gemeinsam verbrachtes Leben lang es sich nie hat verkneifen können, mir die Pointe meiner Geschichten zu stehlen und den Schluß meiner Erzählungen. Es hat keine lustige Episode gegeben und kein Abenteuer, das sie nicht lange vor mir mit einem *es muß allerdings gesagt werden, daß er krank war...*, *es muß allerdings gesagt werden, daß er mit der Dame verheiratet war* usw. ... fertig erzählt hätte – eine Präzisierung, die unweigerlich meine Geschichte und das Interesse, das sie vielleicht geweckt hätte, platzen ließ. Doch Schwamm darüber.

Vier Stufen auf einmal nehmend, stürmte ich die Treppe hinauf und flehte meine Mutter an, die mich – immerhin – im Laufen zu küssen versuchte, ich flehte sie an, ins Haus zurückzugehen und die Tür zu schließen und so zu tun, als wüßte sie von allem nichts. Sie erklärte sich bereit, meine Tante auch, meine Schwestern auch.

Ausnahmsweise einmal waren sie meinen Launen gewachsen, und wenn sie darob auch ziemlich verblüfft waren, so gaben sie es zumindest zu. Ich läutete also ein zweites Mal. Meine Mutter machte wieder auf, schaute mich fragend an. Ich blickte niedergeschlagen zu Boden, sie hob die Brauen, und ich jubelte: Ich habe bestanden, ich habe bestanden!, bevor ich mich ihr um den Hals warf, genau, wie ich es mir erträumt hatte. Das Seltsame war, daß dies auf mich die gleiche Wirkung hatte, wie wenn es wahr gewesen und meine Mutter tatsächlich überrascht gewesen wäre. Eine theatralische Ader, die besaß ich weiß Gott, und zwar schon viel länger, als ich geglaubt und ohne daß ich es gewußt hatte, und es sollte von jenem Tag an immer so bleiben. Ich muß sagen, dieser Hang zum Theatralischen ist der angenehmste Gefährte gewesen, den eine Frau, welche die Dinge nicht so ernst nimmt, sich erträumen kann, um sich ein rechtes Bild von ihrem Leben zu machen und – wenn erforderlich – diesem Leben die notwendige Würze zu verleihen.

Françoise Sagan an Sarah Bernhardt

Madame,
ich muß schon sagen, ich war auf einiges gefaßt, aber diese letzte Überraschung ist überwältigend. Dem Leben die notwendige Würze verleihen! Daß Sie, ausgerechnet Sie, es nötig gehabt haben sollten, Ihrem Leben die notwendige Würze zu verleihen, kommt mir vor, als ob jemand eine Currysoße mit Pfeffer würzen wollte. Doch im Vertrauen, wie erklären

Sie sich Ihren spontanen Erfolg bei den Leuten vom Konservatorium, einem immerhin recht anspruchsvollen Publikum? Es sind doch bestimmt nicht »Die zwei Tauben« gewesen, ich denke, die Fabel war allen bekannt, und Ihre Erscheinung war, wie Sie selbst gesagt haben, nichts weniger als originell. Warum also haben sich diese hartgesottenen Theaterleute von den »Zwei Tauben« zu Tränen rühren lassen? War Mornys Einfluß tatsächlich so groß? Haben Sie – später – einmal darüber nachgedacht?

Sarah Bernhardt an Françoise Sagan

Ah ja, da haben wir einmal eine Frage, die man mir zu Lebzeiten nie gestellt hat, tatsächlich. Das wäre skandalös gewesen, sogar damals. Meine Verehrer wären vielmehr überrascht gewesen, daß man mich nach den ersten drei Worten nicht sogleich zum Mitglied des Theâtre Français auf Lebenszeit ernannte. Nein, Spaß beiseite! Warum? Warum wohl ...? Auf Grund meiner Stimme, ganz einfach. Ich habe eine wunderbare Stimme, eine göttliche Stimme. Hier sind einmal die Wörter »wunderbar« und »göttlich« ganz und gar angebracht. Zwei Oktaven zu überspringen, ist für mich kein Problem, ich gehe mühelos von der tiefsten zu der höchsten über, ohne die geringste Anstrengung, was ich jeweils entsprechend wirksam einsetzte. Ich habe diese Begabung vom ersten Moment an wirksam eingesetzt, instinktiv glitt ich stufenlos von einer Tonlage zu anderen, was außer mir damals niemand konnte. Eine Theaterschauspielerin hatte zu meiner Zeit, damals, als ich begonnen habe, die Wahl zwischen zwei darstellerischen Genres: der Rasenden oder der Trauernden. Das heißt, wir mußten die Bühne betreten und uns fest auf beide Beine (die zumeist recht kräftig waren) hinstellen und aus unserem »Kasten« (den wir zuvor mit Luft vollgepumpt hatten) entweder heftigen Zorn und durch Mark und Bein gehendes Geschrei ausstoßen, das sämtliche Vögel in die Flucht gejagt hätte und jeweils sogar die Platzanweiserinnen zu Tode erschreckte, oder aber in eine Art klagenden und herzzerreißenden Singsang verfallen – dies in der höchsten Stimmlage wenn möglich.

Außerhalb dieser Extreme – hoffnungslos! Wir mußten toben oder kreischen, klagen oder drohen. Der arme Racine, der immerhin auch andere psychologische Finessen in seine Stücke eingebaut hat, muß sich wohl im Grab umgedreht haben. Ich hatte eine schöne Stimme, und ich wußte es. Das ist mir früh klargeworden, als ich im Kloster vor meinen kleinen Schulkameradinnen Gedichte aufsagte. Ich habe manchmal sogar Schwester Cécile ihre geflüsterte Gebetlektüre unterbrechen sehen, wenn ich im Pausenhof rezitierte; ich habe gesehen, wie ihr Blick, ihr Gesichtsausdruck nachdenklich wurde, wie ihre Augen leuchteten, genau wie ich es später bei den empfindsamsten und verschiedensten Leuten gesehen habe.

Ich habe eine liebkosende Stimme, was zur Genüge wiederholt worden ist, denke ich, und ich glaube, daß meine Stimme tatsächlich die Nerven liebkost. Das Ohr ist ein sehr empfindliches Organ, und meine Stimme wirkte wie eine Art »Verband« – vielleicht ist dieses Wort zu prosaisch. Etwas in meiner Stimme hat – je nachdem, was ich erreichen wollte – meine Zuhörer immer entweder besänftigt oder verwirrt, verführt oder beruhigt, eingelullt oder aufgebracht. Die menschliche Stimme kann eine vernichtende Waffe sein, ich sage das für jene, die es noch nicht wissen sollten. Ich warne mit dem tiefsten Ernst die Politiker und die Ärzte und die

Advokaten – und die Schauspieler natürlich, die sogar so weit gehen, einen Beruf daraus zu machen: Es gibt eine bestimmte Art, mit der Stimme umzugehen und sich ihrer zu bedienen, die es einem ermöglicht, sowohl einen einzelnen Menschen wie auch eine Masse zu beherrschen. Wie hätte Danton über Wochen die unbarmherzigen Ankläger des Revolutionskomitees in Schach halten können, wenn nicht dank seiner Stimme? (Und fragen Sie mich nun bitte nicht, ob ich Danton gekannt habe, unhöflich wie Sie sind!)

Ja, die große Neuerung, die ich im Theater eingeführt habe, war die, daß ich zwischen dem Rot und dem Schwarz – den zwei unabdingbaren Farben der Dramatik – die ganze Palette, einen ganzen Regenbogen von Gefühlen, eingebracht habe. Ah! Sie haben keine Ahnung ... Sie haben keine Ahnung, wie berauschend ein langer, langgezogener, endloser, eintöniger Monolog sein kann, was das für ein Gefühl ist, ein Publikum vor sich zu haben, das langsam unruhig wird, und man diese Unruhe wachsen spürt, und dann, im letzten Moment, ein Schrei, und die Monotonie zerreißt jäh, und man haucht ihr eine Intonation ein, einen Hauch von Gefühl, und man taucht mitten ins Leben, in das wahre Leben, in das empfundene und dramatische Leben! Man kann sich nicht vorstellen, was das bedeutet! Die Minuten, bevor man sich hineinstürzt, sind – so stelle ich mir das wenigstens vor – mit dem Gefühl zu vergleichen, das Leute haben müssen, die mit ihren Fallschirmen aus Luftschiffen springen, die im freien Fall zur Erde niederschweben, langsam, endlos, und die Schnüre oder Hebel ihrer Gondel erst im letzten Moment betätigen. Der Rausch dieser schwindelerregenden Entrücktheit, dieser absoluten Lautlosigkeit vor dem Aufprall, dieser Stoß, der einen selbst wieder dem Leben oder das Publikum der Leidenschaft zurückgibt. Ja, das Theater ist eine göttliche Kunst, eine gewaltige, von der man keine Ahnung hat, wenn man ganz allein in seinem Kämmerchen sitzt und mit der Feder kleine rätselhafte Zeichen auf ein schneeweißes Blatt Papier malt. Armes Kind, ich bedaure Sie manchmal! Wirklich! Sie sind nie im Scheinwerferlicht gestanden, Sie haben sich nie als Göttin oder als Bettlerin gefühlt. Sie sind nie gehaßt oder vergöttert worden. Ihr kennt nichts außer diesen kläglichen Lichtern in Euren winzigen Studios, wo Ihr Euch zu Dutzenden drängt, um Euch gegenseitig zu bebauchpinseln, in Sendungen wie jener, die ich mir kürzlich angeschaut habe, als ich aus meinem Grab gestiegen und durch die Straßen von Paris flaniert bin, das kommt ab und zu tatsächlich vor: durch diese Straßen, denen – ja, das ist es –, denen die Heiterkeit von früher abhanden gekommen ist, die Lebensfreude, die Menschenmenge – durch leergefegte Straßen, leergefegt von diesem kleinen schwarzen Kasten, genannt Fernseher, wo Sie und Ihre Zeitgenossen vor abgestumpften Volksmassen mühsam etwas herunterleiern, bedeutungslose Texte, nicht einmal vorbereitete, nicht einmal einstudierte, nicht einmal rezitierte. Ein Skandal!

Und Eure Schauspielerinnen, Eure Stars, wie Ihr sie nennt. Ich bitte Sie, was für eine Sprache sprechen die denn? Sie sprechen wie meine Tischnachbarin im Restaurant, sie sprechen wie meine Concierge, sie sprechen wie die Königin von Belgien, sie sprechen wie niemand und wie jedermann, doch nie und niemals wie eine Schauspielerin, wie eine vom Theater. Nie und nimmer! Eine Schande ist das! Oh, Sie glauben doch nicht etwa, eine Ihrer Größen sei je vergöttert worden? Sie scherzen wohl! Man sieht sie in Euren Magazinen in der Küche stehen, sieht sie ihre Kinder wickeln, hört sie in aller Öffentlichkeit erklären, wie sie es anstellen, jung zu bleiben, was sie anziehen, um wie jedermann auszusehen, wie sie sich mit jedermann zu Tisch setzen ...!

Glauben Sie, daß alle Welt es gemocht hätte, wenn ich ausgesehen hätte wie alle Welt? Glauben Sie, daß mich die ganze Welt in den Himmel gehoben hätte, wenn ich eine gewöhnliche Sterbliche gewesen wäre? Ich weiß wirklich nicht, was dieser groteske Ehrgeiz soll, um keinen Preis aufzufallen! Ist denn niemand unter Euch, der einzigartig sein will? Ist denn niemand unter Euch, der sich vom gewöhnlichen Volk abheben will? Ist denn niemand unter Euch, der die anderen überflügeln, der von den Massen vergöttert sein möchte, der hoch über den Massen schwebt und eben deshalb bewundert wird, weil er darüber schwebt? Was für eine Zeit, mein Gott, wo man alles durcheinanderbringt ...!

Ich bedaure Sie, wirklich, ich bedaure Sie aus ganzem Herzen.

Françoise Sagan an Sarah Bernhardt

Liebe Sarah Bernhardt,
Sie haben recht, ganz und gar, und wir sind traurige Insekten, Dummköpfe, Narren, uns so in aller Offentlichkeit gegenseitig zu hofieren. Es stimmt, dieses liebenswürdige Getue kann einem wirklich auf die Nerven gehen. Es ist beängstigend, tatsächlich, denn wenn mal einer von uns sich zufällig nicht mehr beherrscht und seinem Zorn in aller Öffentlichkeit freien Lauf läßt, so findet man dies geradezu eine großartige Sache.

Nein, Sie haben recht, durchaus! Doch uns dies so hochmütig vorzuwerfen ...! Gewiß, das Leben ist hart! Das Fernsehen ist stumpfsinnig, sicher. Wir haben keine großen Tragödinnen, das ist unbestritten; die letzte Ihrer Schwestern, Ihrer Töchter, ist vor vierzig Jahren gestorben; sie hieß Marie Bell, und sie spielte »Phädra«, auch sie. Und auf Ihrem letzten Foto sieht Ihr Gesicht Zug um Zug genau aus wie ihr Gesicht auf ihrem letzten Foto; ein scharfer Blick, eine Adlernase, ein Kopf, der vor Alter nicht mehr ganz so stolz auf dem Hals sitzt ... ein Blick, als ob Ihnen nichts entginge ... scharfzüngig wie eh und je ... als ob Sie demnächst in Lachen ausbrechen würden. Ein wunderliches Bild, muß ich schon sagen. Haben Sie Marie Bell gekannt?

Sarah Bernhardt an Françoise Sagan

Ja, ich habe die Kleine in der Tat debütieren sehen!

Ich glaube, sie war in der Klasse von Doucet. Sie mühte sich tatsächlich mit der »Phädra« ab (heimlich allerdings, denn ich geisterte in den Gängen umher, und es wäre niemand auf den Gedanken gekommen, in meiner Gegenwart »Phädra« zu spielen). Doch ich fühlte, daß sie eines Tages dazu in der Lage sein würde.

Ja, die Kleine muß es weit gebracht haben, und schnell und mit Aplomb, auch sie. Doch antworten Sie auf meine Frage: Hat es eine andere gegeben seither? Hat es eine gegeben, die so überspannt gewesen wäre, daß sich Ihre Zeitgenossen für ihre Überspanntheit interessieren würden?

Nein! Ihr könnt auf der Bühne nur Hausfrauen, Lehrerinnen und Flittchen vorzeigen. Ihr habt keine einzige richtige Frau, geben Sie es zu!

Françoise Sagan an Sarah Bernhardt

Wir werden uns deswegen doch nicht streiten! Ich finde, Sie sind hart und ungerecht. Vielleicht haben Sie recht, und natürlich hat keine von ihnen so gelebt, wie Sie gelebt haben. Doch ich denke, viele haben wenigstens davon geträumt, was bereits gar nicht so schlecht ist!

Sarah Bernhardt an Françoise Sagan

Wirklich? Was mich angeht, ich habe nie davon geträumt, eine andere zu sein als die, die ich gewesen bin. Ich habe dagegen Millionen andere gespielt. Doch lassen wir das, ich will Sie ja nicht kränken.

Ich nehme meine Geschichten wieder auf, da Sie so sehr Wert darauf legen. Oder sind Sie wirklich der Ansicht, ich sei zu hart, zu kritisch? Nicht menschlich und demagogisch genug?

Françoise Sagan an Sarah Bernhardt

Ich betrachte Sie als die beste Biographin Ihres Lebens, die ich kenne.

Nach Ihrer Aufnahme in die »Comédie-Française«, was ist dann passiert? Mit Ihnen, mit Ihrem Erfolg und mit Ihrer wunderbaren Stimme?

Ich überhöre den ironischen Unterton ... Nach bestandener Prüfung mußte ich eine Tragödie und zwei Komödien für den *Grand Concours* einstudieren. Ich machte mich also an die Arbeit. Ich arbeitete wie eine Besessene an zwei verschiedenen Aufgaben: Die erste bestand darin, die Texte zu lernen, sie zu verstehen, sie in Erinnerung zu behalten, und die zweite bestand darin, es tunlichst zu vermeiden, die Ratschläge meiner Lehrer, der Herren X und Y, zu befolgen. Der eine wollte mich natürlich, und der andere möglichst geziert. Die beiden hatten diametral entgegengesetzte Ansichten über das Theater, die in Tat und Wahrheit überflüssig waren. Beim Theater hat man entweder Talent und setzt es ein, oder man hat Talent und weiß nichts damit anzufangen. Doch wenn man kein Talent hat, läßt man es lieber sein und setzt sich zum Publikum. Zu meiner Zeit war das schnell entschieden! Auf der Bühne wußte man sofort, woran man war. Man sah keine falschen Stierkämpfer und keine falschen Stiere in den Kulissen herumstehen. Im Gegensatz zu heute, wo Eure Arenen, wie es scheint, von morgens bis abends von seltsamen und undefinierbaren Wesen bevölkert sind, die in den Kulissen und auf den Bühnen herumgeistern, ohne den Schatten einer Stimme oder einer Haltung. Na ja!

Ich arbeitete ernsthaft an der Tragödie und an der Komödie. Ich entdeckte Racine, ich entdeckte alles und war von der Literatur fasziniert, und da ich im Kloster nicht viel gelesen hatte, packte mich eine wahre Leidenschaft für gewisse Schriftsteller, die ich immer noch nicht fertiggelesen habe, jetzt, wo mich – ach ja – so viel Erde von ihnen trennt. Ich habe immer den Ruf gehabt, oberflächlich zu sein, was mich jedoch nicht daran gehindert hat, zu lesen, und zwar mehr als viele sogenannte gebildete Leute. Ein Buch – das ist für mich ein Gegenstand, den ich liebe, den ich gerne in der Hand halte, über dem ich träume, davon träume, was ich damit anfangen könnte; ich träume das Ende der Geschichte und was und wie die Heldin das sagen müßte, was sie dem Helden sagt oder verheimlicht. In Wirklichkeit kann ich beim Lesen sehr gut vergessen, wer ich bin; im Gegensatz zu gewissen meiner Kolleginnen erwarte ich von einem Text, selbst von einem sehr umfangreichen, nie auch nur ein Stichwort für meine schönen blauen Augen.

Doch ich war noch nicht so weit. Ich war sogar noch sehr weit davon entfernt. Ich habe die Kunst des Theaters sehr schnell gelernt, instinktiv, doch »spielen«, das habe ich viel langsamer gelernt. Dem Publikum zu gefallen und dem Autor zu gefallen, den Wünschen des einen zu entsprechen und die Bedürfnisse des anderen zu erfüllen, dazwischen liegen Welten. Und ich bemühte mich darum, ohne es genau zu wissen. Meine ganze Umgebung half mir dabei.

Ich verbrachte die folgenden Tage in einer Hochstimmung, berauscht von den Glückwünschen und Komplimenten; ich war gar nicht daran gewöhnt. Ich war bis zu jenem Tag eine Bürde gewesen, und nun war ich plötzlich eine Hoffnung.

Jedermann sagte mir, ich hätte Glück gehabt, doch mich zu meiner Leistung zu beglückwünschen, daran dachte kaum jemand, und ich gestehe, daß ich darüber nicht weiter ungehalten war. Wenn man etwas bekommt, das man weder erhofft noch gewollt hat, spricht man gerne von Glück, und doch hatte ich irgendwie das Gefühl, daß dies nicht alles war. Es schien mir, daß es hier nicht nur um einen von Monsieur de Morny nachgeholfenen Zufall ging, sondern vielmehr um ein Zusammentreffen von Zufall und Begabung, einer mir bis zu jenem Tag unbekannten Begabung, der ich diesen Erfolg verdankte.

Ich war in der Lage ... ich durfte ... man bat mich ... man hatte festgestellt, daß ...; kurz, ich zählte und war in den Augen von ein paar Leuten jemand – einmal abgesehen von Familienbanden oder spontaner Zuneigung.

Ich war in der Lage ... und das Leben, alles lag vor mir: Ich war siebzehn, und ich konnte mein Schicksal selbst in die Hand nehmen ... und dies ohne auf einen »Opa« angewiesen zu sein, ohne auf Schmeicheleien oder rein pragmatische Tücken zurückgreifen zu müssen. Ich war vielleicht sogar in der Lage, mir dank der Kunst den Lebensunterhalt zu verdienen, und zwar dank einer absolut ehrbaren, allgemein anerkannten Kunst.

Sie werden einwenden, ich sei da etwas voreilig, und obwohl ich mit einer Fabel von La Fontaine ein paar kritische Erwachsene gerührt oder überrascht hatte, sei dies allein noch kein Beweis für meine Begabung gewesen ... Ich gebe Ihnen recht! Aber ich war schließlich erst siebzehn. Bitte! Und ich war berauscht – um so mehr, als mein Glücksstern mir wirklich hold zu sein schien. Von einem Tag auf den andern brachte ich es nicht nur fertig, etwas zu erreichen, sondern auch noch, jemanden zu verführen: Ein Freund der Familie bat mich um meine Hand.

Es war ein junger und reicher Gerber, ein liebenswürdiger Mann, der jedoch durch seinen Bartwuchs so dunkel und so finster, so haarig und so bärtig war, daß er mich abstieß. Ich lehnte ab. Was einen Skandal hervorrief, denn mein »haariger Bärtiger« war obendrein auch noch unglaublich reich; er hatte – ließ mich mein Pate eindringlich wissen – eine große Anwartschaft zu erhoffen ... worauf ich entgegnete, auch ich hegte ein paar Hoffnungen, was in meinen Augen eine schönere Zukunft versprach.

Mein Pate lachte mich zuerst aus und beschuldigte mich, verantwortungslos zu sein; er ging so weit, ein Bild von der Ehe zu zeichnen, das erstaunliche Ähnlichkeit mit einem Kaufvertrag aufwies. Nun war ich zwar noch sehr jung und naiv, was mich nicht daran hinderte, mir gewisse Vorstellungen von der Liebe zu machen. Im Konservatorium hatte ich neue Freunde gefunden, und ... kurz, nicht nur der Gerber fand Gefallen an mir, sondern ich gefiel auch ein paar anderen, bartlosen jungen Männern, und obwohl ich noch keinen erhört hatte – im biblischen Sinne des Wortes –, hatte ich doch immerhin genügend Spaß an einem Kuß oder an dieser oder jener zärtlichen Berührung gehabt, um mir vorstellen zu können, was im gleichen Rahmen Widerwille oder Gleichgültigkeit bedeuten.

Mein Pate schwang sich – und so schwangen wir uns gemeinsam – zu einer Szene auf, die mich bereits auf die Rolle der Marguerite Gautier vorbereitete. Meine Mutter – erklärte er mir beschwörend – würde später nur über eine magere Rente verfügen, die mein Vater ihr zugesichert habe, der aber seinerseits schon bald gezwungen sein würde, die Zahlungen einzustellen, denn der Haß der Familie seiner Frau auf meine Mutter sei grenzenlos. Sie würde keinen Rappen mehr haben, und es wäre dann an mir, dank meinem »behaarten Mann« (der nicht nur eine Erbschaft von zwei Millionen zu erwarten hatte, sondern überdies bereit war, jetzt schon dreihunderttausend für mich locker zu machen), es wäre dann also an mir, sie zu unterhalten, sie und meine zwei armen Schwestern.

Leider – leider für ihn – hatte ich »Die Kameliendame« noch nicht gelesen und hatte noch keine Ahnung von der

Schönheit der Rolle, ahnte aber bereits deren grausame Sinnlosigkeit. Ich klammerte mich an meine Abneigung, wie man sich selten an eine Zuneigung klammert. Ich konnte mich nicht in diesem Dschungel von Körperhaaren vorstellen – und wären sie aus purem Silber gewesen.

Mein Pate drohte, berief sich auf meine Vernunft, obwohl er wußte, daß meine Vernunft bei meiner Geburt gestorben war, berief sich auf mein Herz, an das er nicht glaubte, beschwörte eine Zukunft, für die ich meinerseits nicht das geringste Interesse zeigte. Kurzum, ich lehnte ab. Ich lehnte ab, ungeachtet der rührenden und flehenden Blicke meiner Mutter, ungeachtet der ungewohnten Stimmung, in der ich mich plötzlich wohl und irgendwie angebetet fühlte; ich war sozusagen das goldene Kalb der Familie geworden – das goldene Kalb, das Wohlstand und Sicherheit versprach.

Doch das änderte nichts an meinem Entschluß. Ich ging zu Madame Girard, um mich bei ihr zu beklagen und mir meinen Standpunkt von ihr bestätigen zu lassen, doch ich lief geradewegs meinem Verehrer in die Arme, meinem pelzigen Bär, der in Tränen aufgelöst meiner Petite Dame sein Leid klagte. Sie war so rücksichtsvoll, uns allein zu lassen. Mein Gerber erklärte mir, er liebe mich bis zum Wahnsinn, er gebe mir alles, was ich wünsche, jetzt und auf der Stelle – gemeint war natürlich Geld –, und wenn ich nein sage, so wäre das sein Tod.

Er redete mit Feuer, und unter den Tränen sah sein Fell etwas weniger dicht aus. Ich gestehe, ich war hingerissen – nicht etwa vom Geld, auch nicht von den Versprechen –, denn endlich sprach jemand mit mir wie im wirklichen Leben (ich meine, wie in den Romanen).

Schließlich lehnte ich seinen Antrag ab, versteht sich, und er starb trotz seiner Beteuerungen nicht. Im Gegenteil, er machte ein Vermögen, und mit dem Alter nahmen sein Haar und sein Bart, nahm sein Vließ tatsächlich ein leicht bläuliches Weiß an, das ihn erträglich machte. Zu spät! ... Doch kehren wir zum Theater zurück!

Françoise Sagan an Sarah Bernhardt

Liebe Sarah Bernhardt,
darf ich Ihnen eine unverblümte Frage stellen, bevor wir uns wieder ernsteren Dingen zuwenden?

Sie wissen, daß Ihre liebe Freundin Marie Colombier und eine triste Legende Ihnen ein mehr als kühles Temperament nachgesagt haben, und damit wollte man andeuten, daß die Liste Ihrer Verflossenen – die doch einigermaßen erstaunlich ist, das muß man zugeben, und zwar sowohl hinsichtlich der Anzahl als auch der Mannigfaltigkeit –, daß diese Liste auf eine gewisse Gleichgültigkeit, wenn nicht gar auf ein Versagen im Bett zurückzuführen sei. Ich stelle mir vor, daß diese Freuden, wie andere Freuden auch, Ihnen nach sechzig unter der Erde verbrachten Jahren recht oberflächlich vorkommen müssen – trotzdem, würde es Ihnen etwas ausmachen, mir ein wenig zu erzählen, was daran wahr ist und was Sie davon halten?

Gott weiß, daß diese Angelegenheiten nicht zu den Dingen gehören, die mich bei den Leuten am meisten interessieren ...! Doch es soll sich um ein wesentliches Merkmal unserer Persönlichkeit handeln, die Sexualität, meine ich. (Sprach man damals, 1910, bereits viel von Freud?) Und von Ihrer eigenen Sexualität zu reden, kommt Ihnen das unschicklich vor, oder scheint es Ihnen vielmehr dazu angetan, Ihr Porträt zu bereichern? Ich meine das Bild, das ich mir von Ihnen zu machen versuche? Es steht Ihnen frei, mir mit Nein oder mit Ja zu antworten.

Sarah Bernhardt an Françoise Sagan

Meine Liebe,
ich spaziere hin und wieder (ich habe es bereits erwähnt) durch Paris und stelle fest, daß die »Belange des Fleisches« – wie wir diese Dinge nannten – für Ihre Zeitgenossen tatsächlich zu einem dominierenden Faktor geworden sind, was zu meiner Zeit nicht in diesem Ausmaß der Fall war. Für die Frauen war die Sexualität ein Tauschmittel: Fleisch gegen Geld, etwas, worüber sich unter anderem die Romanschriftsteller Gedanken machen konnten, ein Spaß für die einen, eine Fron für die anderen – eine sehr private Angelegenheit jedenfalls (und daher nicht so wichtig, was natürlich zu wilden Spekulationen Anlaß gab).

Jedenfalls war Sex nicht der Stoff, das Rohmaterial, aus dem unsere Persönlichkeit geformt wurde. Nein, Gott sei Dank, so war es nicht! Mein eigenes Leben zum Beispiel würde Freud ziemlich aus dem Konzept gebracht haben, könnte ich mir denken. Nein! Ich hatte damals einen Liebhaber – ich war noch sehr jung –, dessen Namen ich Ihnen gleich verraten werde, und ich habe in der Folge zahllose andere gehabt. Diese Art Beziehung mochte ich nämlich sehr: Es amüsierte mich, ich konnte nicht genug kriegen davon, und ich fand, die Männer seien im Bett gelöster und gesprächiger als anderswo – und, was soll's, die Treue war nicht eben meine Stärke.

Und weiter? werden Sie mich fragen. Ja bitte, bedeutet das etwa, daß da etwas nicht stimmt? Es ist wie die Sache mit den Horizontalen und den Läufern. Von einem Mann, der hinter den Schürzen herläuft, sagt man, er sei ein Schürzenjäger und er liebe die Liebe so sehr, daß er es nicht unterlassen könne, seine Frau zu betrügen. Von einer Frau, die das gleiche tut, sagt man, sie sei frigide. Soll da einer was begreifen!

Ich habe mit vielen schönen Männern meinen Spaß gehabt und auch mit vielen häßlichen, ohne mich deswegen den gutbürgerlichen Frauen, die nur einen Mann gekannt haben, auch nur eine Spur unterlegen zu fühlen – allerdings auch nicht überlegen. Ob ich nun tausend Liebhaber oder nur einen einzigen gehabt habe ... ich wäre darauf nicht mehr und nicht weniger stolz. Was zählt, ist die Tatsache, daß meine Neugier, meine Fantasie und meine Kaprizen immer auf ihre Kosten gekommen sind, wie übrigens auch meine Lust an der Liebe. Das ist bereits nicht schlecht.

Daß die Urteile des lieben Gottes, der Menschen und der Psychiater übereinstimmen und mich als frigide erklären, stört mich überhaupt nicht. Wie auch immer, das kleine Bündel Knochen, zum dem ich nun zusammengeschrumpft bin, mag alles mögliche heraufbeschwören, nur nicht den Gedanken an die Liebe! Ach ja! Das vergängliche Fleisch, das einst meine Knochen umhüllte – diese zarten, jetzt so sauberen und blanken Knöchelchen –, dieses vergängliche Fleisch ist einst leidenschaftlich vergöttert worden – und liebte es leidenschaftlich, vergöttert zu werden!

Und doch! Und doch! Es ist ein großer Verlust, wenn einem das Leben abhanden kommt ...

Françoise Sagan an Sarah Bernhardt

DANKE!
Dachte ich mir's doch ..., Sowohl Ihr letzter Satz als auch das Vorangegangene haben mich vollends überzeugt! Ich kann sie mir als ich weiß nicht was vorstellen, nur nicht als frustrierte Frau ...

Sarah Bernhardt an Françoise Sagan

Doch kehren wir zur »Comédie-Française« zurück.

Daß ich's schaffte, verdanke ich einem Wunder. Diese Episode wird in allen meinen Biographien mit gebührendem Pathos erwähnt, doch in Wirklichkeit war es ganz einfach so, daß ich an jenem Tag einen meiner schlimmsten Wutanfälle gehabt hatte.

Am Morgen des großen Tages ließ meine Mutter ihren Frisör kommen, der mein Haar malträtierte, der es kräuselte, der es lockte, kurz, der meinen achtzehnjährigen Kopf in ein Medusenhaupt verwandelte – er war wohl mächtig stolz auf sein Werk! Dann steckte man mich in ein gräßliches Kleid und schickte mich in dieser unmöglichen Aufmachung zur Prüfung. Ich fand mich häßlich, also war ich es auch! Und da ich mich häßlich fand – und dementsprechend häßlich war – kam ich mir sterbenslangweilig vor, was dazu führte, daß ich in der Tragödie tatsächlich einen sterbenslangweiligen Eindruck hinterließ.

Ich tat mein Bestes, ich spielte, wie eine Frau, die sich häßlich fühlt, eben spielen kann, und es war dementsprechend ein totaler Mißerfolg. Für die Komödie, die etwas später an die Reihe kam, entwirrte ich meine Medusenfrisur so gut wie möglich und wirkte nun eher wie eine Amazone, was mir ein gewisses Selbstvertrauen verlieh; mit der Komödie wurde ich nun also zweite, hinter einem reizenden und hübschen Ding, das die Celimene mit der größten Anmut und ebensogroßer Unbedarftheit spielte – Eigenschaften, die ihr angeboren waren, kein Wunder also, daß sie sich in dieser Rolle selbst übertraf.

Es ist mir immer schwer gefallen, mich zu fügen, doch diesmal tat ich es, denn diese reizende Person, die Mary Lloyd hieß und die man nun von allen Seiten überschwenglich beglückwünschte, während ich an meinen Fingernägeln kaute, sagte zu mir:

»Den ersten Preis hättest eigentlich du bekommen müssen! Willst du mich nicht zum Essen einladen?«

Und ich sah an ihrem Blick, daß sie niemanden hatte, dem sie von ihrem Erfolg hätte erzählen können, was mich mit Nachsicht erfüllte und mich meine Bitterkeit vergessen ließ. Mary Lloyd wurde mir von jenem Tag an eine gute Freundin und ist es auch über all die Jahre hinweg geblieben.

Ich werde mich nicht länger bei dieser Geschichte aufhalten, obwohl meine Biographen ich weiß nicht was alles daran geknüpft haben. Ich werde mich nicht länger damit aufhalten, weil ich durchgefallen bin und weil ich es hasse, auf meinen Mißerfolgen herumzureiten.

Es war einfach so, daß ich noch lange auf meine Mutter wütend war und auf die ganze Welt und natürlich auch auf den Frisör!

Ich schaffte es trotzdem, in die »Comédie-Française« aufgenommen zu werden, auf Umwegen allerdings; ich weiß zwar nicht auf welchen krummen Wegen, aber ich weiß, wer den geraden Weg umgangen hat: Camille Doucet, mein Lehrer, der sich unermüdlich für mich eingesetzt, der unermüdlich von mir erzählt hatte, brachte es schließlich doch noch fertig, mir im »Français« eine Chance zu geben. Zu meiner größten Überraschung, denn nach jenem Essen, an dem ich unter den mitfühlenden Blicken der einen und den hämischen der anderen Höllenqualen ausstand, während Mary Lloyd artig mit jedermann konversierte, nach jenem Essen also sperrte ich mich in meinem Zimmer ein, drehte den Schlüssel zweimal im Schloß, legte mich mit verheulten, verschwollenen Augen und mir den Tod wünschend ins Bett (der Wunsch zu sterben, ist einer der unerfülltesten Wünsche auf der Welt, oder vielmehr, er wird nur einmal erfüllt ... was ein Glück ist).

Als ich erwachte, fand ich eine Notiz von Petite Dame auf meinem Nachttisch: Der Herzog de Morny teilte mir mit, ich sei an der »Comédie-Française« engagiert. Ich kniff mich erst einmal, um mich zu vergewissern, daß ich nicht träumte ... Dann schaute ich zum Fenster hinaus: Der Himmel war schwarz. Schwarz, doch für mich war er sternenübersät ...

Und dann benahm ich mich vor Freude so närrisch, wie man sich vor Freude eben närrisch benimmt, wenn man achtzehn ist. Ich tollte auf dem Bett herum, bis es zusammenkrachte, ich aß nacheinander drei Tafeln Schokolade, ich stieß die Möbel um, ich hielt der Heiligen Jungfrau eine Rede, ich küßte ihr die Füße, ich hüpfte auf meinem Federbett herum ... kurz, nachdem ich mich am Morgen einfältig benommen hatte, benahm ich mich nun am Abend kindisch. Doch was kümmerte mich das ... Ich war an die »Comédie-Française« verpflichtet, das Leben begann ...!

Am nächsten Tag mußte ich meinen Vertrag in der »Comédie« abholen und ihn meiner Mutter bringen, damit sie ihn unterzeichne. Ich glaube, es ist das einzige Mal gewesen, wo meine Mutter vergaß, daß ihr gesellschaftlicher Aufstieg in den Augen der Leute nicht unbedingt als ein Zeichen von Ehrbarkeit galt. Man schickte mich in einem extravaganten Seidenkleid in die »Comédie«, in der Equipage von Tante Rosine, in einem prächtigen, von prächtigen Pferden gezogenen Wagen, der für mein Alter mehr als unpassend war ... Ich erregte entsprechend Aufsehen, doch nicht das beabsichtigte, ganz und gar nicht, kein seriöses jedenfalls. Und Monsieur Doucet, der zufällig vorbeiging, sah sich veranlaßt, einem angesehenen Schauspieler namens Beauvallon zu erklären, die Equipage gehöre meiner Tante.

»Besser so!« antwortete Beauvallon barsch, und ich bestieg möglichst unauffällig den Wagen, der das ganze Theater in Aufregung versetzt hatte und dem ich kurz zuvor großspurig entstiegen war.

Zu Hause unterschrieb Maman den Vertrag, den ich ihr hinhielt, ohne ihn auch nur eines Blickes zu würdigen. Es war ihr völlig egal, was darin stand. Doch ich beschloß, »zum Trotz« jemand zu sein.

Ein paar Tage später gab meine Tante eine große Einladung. Eine sehr große Einladung, an der selbstverständlich Morny teilnahm, ferner Camille Doucet, der Kultusminister, Monsieur de Walewzski, Rossini, meine Mutter, Mademoiselle de Brabender ... und ich natürlich.

Nach dem Essen kamen viele Leute hinzu, tonangebende Leute und gebildete Leute und Leute von Welt. Ich war sehr elegant gekleidet, sehr dekolletiert, und fühlte mich im übrigen sehr verlegen, dies um so mehr, als sich alle Gäste um mich scharten, und Rossini, einer plötzlichen verrückten Eingebung folgend, mich bat, etwas zu rezitieren.

Ich warf mich entzückt in Positur, stützte mich mit dem Ellbogen auf das Klavier und rezitierte mit schmachtender

Stimme »Seele der Dämmerung« von Casimir Delavigne. Der Applaus war frenetisch.

»Himmlisch, Sie müßten zu Musikbegleitung rezitieren«, sagte Rossini, der – zugegeben – wohl etwas zuviel getrunken hatte.

Die Zuhörer waren begeistert, und Walewzski wandte sich an Rossini.

»Die junge Dame wird ihre Darbietung wiederholen, und Sie werden dazu improvisieren, verehrter Meister!«

Der »verehrte Meister« begann hinter mir fröhlich zu klimpern, ich rezitierte, und der Applaus kannte diesmal buchstäblich keine Grenzen.

Ich konnte die Tränen der Rührung über mich selbst nicht zurückhalten; ich hielt den Kopf in den Nacken geworfen, ich war vor Freude trunken, und sogar meine Mutter schien auf mich stolz zu sein, was sehr selten vorkam. Sie sagte es mir übrigens auch:

»Es ist das erste Mal, daß du mich wirklich bewegt hast!«

Eine eher nüchterne denn mütterliche Feststellung, vor allem wenn man bedenkt, daß sie die Musik über alles liebte und daß Rossinis Improvisation sie wohl mehr aufgewühlt hat als meine Darbietung.

Françoise Sagan an Sarah Bernhardt

Liebe Sarah Bernhardt,
in Ihren Memoiren – die Sie selbst »Mein Doppelleben« betitelt haben – haben Sie tatsächlich alles haargenauso erzählt, wie Sie es mir soeben (in allen Einzelheiten) beschrieben haben.

»Ich kehrte als ein ganz anderer Mensch nach Hause zurück; ich blieb lange auf meinem Jungmädchenbett sitzen.

Ich kannte das Leben nur durch die Arbeit, durch meine Familie ... Die Heuchelei der einen, die Überheblichkeit der anderen hatten mich verwirrt.« (Ich zitiere Ihre Memoiren.) »Ich fragte mich bange, was aus mir werden würde, war ich doch so schüchtern und so arglos ...« undsoweiterundsofort. [aus: Sarah Bernhardt, »Ma double vie«, Ed. des Femmes]

Bedeutet diese Wiederholung, daß ich diesen kurzen Abschnitt tatsächlich ernst nehmen muß? Oder haben Sie einfach abgeschrieben, was Sie selbst früher einmal geschrieben haben?

Unter uns gesagt: Was ist an jenem Abend zwischen Ihnen und Keratry gewesen? Was bedeutet dieses: »Ich kehrte als ein ganz anderer Mensch nach Hause zurück?« Und das so schüchtern und so arglos?

Sie und schüchtern? Ich bitte Sie! Sie zanken sich mit aller Welt! Sie packen die einen an den Haaren und prügeln sich mit den anderen! Nein, wirklich! Sie und schüchtern! Das kann doch nicht Ihr Ernst sein. Und warum legen Sie so viel Wert auf dieses kleine Bravourstück, auf dieses reizende Märchen? Was war an jenem Abend mit Keratry? Wenn die Frage Ihnen nicht zu indiskret vorkommt ... versteht sich.

Sarah Bernhardt an Françoise Sagan

Wissen Sie eigentlich, teure Freundin, daß Sie manchmal schlicht und einfach unerträglich sind? Ob Sie sich nun irren oder darauf bestehen, die Wahrheit zu erfahren. Das ist ja ein regelrechtes Verhör! Natürlich ... aber natürlich landete ich an jenem Abend in Keratrys Armen! In jenem Boudoir! Meine Angehörigen sind in einem anderen Wagen weggefahren. Ja und ...? Was soll ich schreiben, ich bitte Sie? Soll ich in alle Welt hinausposaunen: Ich bin als ein anderer Mensch nach Hause gekommen, weil ich nicht mehr jungfräulich war ... weil mein Bett mir nicht mehr angemessen war ... weil ich kein unbeschriebenes Blatt mehr war und obendrein noch glücklich darüber ...? Solche Dinge schreibt man doch nicht – oder? Was erwarten Sie eigentlich von mir? Ein Geständnis etwa? Oder eine Geschichte?

Françoise Sagan an Sarah Bernhardt

Ich habe gar nichts von Ihnen verlangt, höchstens eine mehr oder weniger wahre Geschichte. Nun ist aber ein Geständnis keine mehr oder weniger wahre Geschichte; ein Geständnis ist eine rührselige Geschichte, und ich verlange von Ihnen keineswegs, daß Sie herzbewegend schluchzen. Ich habe Sie nur gebeten, mir hin und wieder die Wahrheit zu erzählen. Können Sie sich wirklich nicht dazu durchringen zuzugeben, daß Sie an einem festlichen Abend, an dem Sie Rossini gesungen und Casimir »Ich-weiß-nicht-was« rezitiert haben, einen feschen Husaren erhörten, der Ihnen den Hof machte? Warum sollte das ehrenrührig sein? Warum es verheimlichen? Und vor allem, warum es bemänteln? Könnten wir uns nicht gegenseitig etwas Offenheit entgegenbringen ...? Und auch den Lesern, die vielleicht diese Korrespondenz verfolgen?

Sarah Bernhardt an Françoise Sagan

Einverstanden! Sie haben recht!

Ich habe mich einmal mehr von meiner eigenen Geschichte fortreißen lassen, von ihrer jungfräulichen Seite ... doch Sie müssen mir zugestehen, daß es eines der letzten Male sein dürfte, wo ich Gelegenheit habe, sie auszuspielen ...

Gut! Ich bin also nicht mehr jungfräulich – nicht einmal mehr Jungfrau. Ich bin die Geliebte eines Mannes, eines jungen Mannes, der mir über alles gefällt und der mir – ungeachtet der Behauptungen, die meine Biographen später aufgestellt haben – keineswegs gleichgültig ist.

Keratry war ein erfahrener junger Mann; er hatte vor mir bereits viele Mätressen gehabt. Die Tatsache, ein unberührtes junges Mädchen in seinem Bett zu haben, beflügelte ihn zu den zartesten Liebkosungen, was genügte, mich von jenem Abend an die Liebe lieben zu lassen – nicht ganz zwar, doch immerhin intensiv genug, daß ich mühelos den Weg zur Lust fand.

Ich habe Keratry wiedergetroffen, im späteren Leben, doch ich glaube, ich hätte mich an jenem Abend wirklich in ihn verlieben können, wenn ich nicht bereits in das Theater verliebt gewesen wäre. Doch ich weiß: Keratry ist für mich ein glücklicher Zufall gewesen, ein einmaliger Glücksfall. Ja, so war es. Ich hätte mich in ihn verlieben können, hätten nicht am Morgen bereits die Proben für die »Iphigenie« begonnen. Es war das erste Mal, daß ich auf einer Bühne, daß ich vor einem Publikum spielen würde.

Wegen dieser ersten Nacht und dieser ersten Begegnung, wegen dieses ersten Mannes und dieses ersten Publikums konnte ich die ganze Nacht kein Auge zutun und war eine Stunde zu früh in der »Comédie Française«.

Davède, der Regisseur, führte mich auf die Bühne. Das geheimnisvolle Dämmerlicht, die starren Kulissen, der nackte Bretterboden, die unzähligen Seile, der Bühnenhimmel und die Scheinwerfer über meinem Kopf, der gähnende dunkle Zuschauerraum, die nur vom Knarren des Bretterbodens unterbrochene Stille, die Grabeskälte – all das jagte mir eine schreckliche Angst ein. Es war mir, als sei ich nicht von Schauspielern, von Lebenden umgeben, die jeden Abend Tränen, Lachen und Applause hervorriefen, sondern von toter Pracht, von hämischen Spukerscheinungen, meinen kindlichen Träumen entsprungen.

Gott sei Dank trafen die Schauspieler nach und nach ein, unausgeschlafen, schlechtgelaunt. Sie würdigten mich kaum eines Blickes und begannen zu proben, ohne sich um mich zu kümmern, und zwischendurch fluchte jemand, was mich einigermaßen erstaunte (bei mir zu Hause war man ebenso zurückhaltend in der Sprache wie freizügig in den Sitten; was das Kloster angeht, muß ich wohl nicht besonders erwähnen, daß ich dort nie auch nur ein einziges annähernd unpassendes Wort gehört habe). Kurz, ich lernte während meiner ersten Zeit am »Français« weit mehr Gotteslästerungen als Racinsche Verse. An jenem ersten Tag, der weiß Gott schon aufregend genug war, mußte ich mich auch noch mit der Garderobiere herumschlagen, die, um das Maß vollzumachen, mich ein absolut unmögliches Kleid anprobieren lassen wollte! Ich machte eine solche Szene, daß die gute Frau mir erschöpft riet, mir mein Kleid selber zu kaufen ... ungefähr so, wie wenn sie mir vorgeschlagen hätte, mich ins Wasser zu stürzen.

»Gut, bitte sehr, ich werde mich selbst darum kümmern!« erwiderte ich hochnäsig, wobei ich allerdings etwas errötete. Wieder zu Hause, schilderte ich meiner Mutter den Vorfall mit zu Herzen gehenden Worten, worauf sie mir unverzüglich einen weißen Schleier kaufen ging, der sich wunderschön drapieren ließ. Eine Krone aus Heckenröschen und ein Paar Kothurne von einem anständigen Stiefelmacher vervollkommneten meine Verwandlung. Als ich zum ersten Mal die Bühne betrat, fühlte ich mich einmalig schön ... wenn auch halbtot vor Angst. Es war der 1. September 1862, der Tag meines ersten Bühnenauftrittes.

Ich verbrachte den Nachmittag vor den Theater-Plakaten an der Rue Duphot; ich konnte mich nicht sattsehen am Plakat der »Comédie Française«: »Debüt von Mademoiselle Sarah Bernhardt« war darauf zu lesen. Und dann betrat ich schließlich um 5 Uhr nachmittags mit weichen Knien das »Théâtre Français«.

Ich benötigte unendlich viel Zeit, um mich anzukleiden; ich fand mich einmal gut, und dann wieder schlecht. Petite Dame fand mich sehr blaß im Gesicht, Mademoiselle de Brabender fand mich sehr rot im Gesicht; doch als der Beginn der Vorstellung ausgerufen wurde, war ich von Kopf bis Fuß von heißem und eiskaltem Schweiß bedeckt – wenn das überhaupt möglich ist. Ich betrat zähneklappernd die Bühne.

Der Vorhang ging hoch. Ich schaute ihm nach, wie er im Schnürboden, wie er in der Nacht verschwand. Ich konnte mich nicht von der Stelle rühren, ich war wie festgebannt, die Augen starr nach oben gerichtet: Der Vorhang hob sich langsam, feierlich, es kam mir vor, als zerreiße ein Schleier ... und dahinter lag meine Zukunft. Während ich ihm nachsah, wie er sich hob und verschwand, wurde ich von der gleichen schwindelerregenden Angst erfaßt, die einen packt, wenn man kurz vor einem epileptischen Anfall die Wirklichkeit entschwinden sieht ... ja, so muß es damals gewesen sein, als ich mein Leben entschwinden sah.

Dieses läppische römische Bühnenbild, das war nun also mein Leben ... diese trügerischen Scheinwerfer, diese geschminkten Fratzen um mich herum. Mein Leben! Das war es nun, hier, vor mir ausgebreitet. Mein wirkliches Leben, mein normales, instinktives und animalisches Leben blickte mir aus diesen Klamotten und Nachahmungen entgegen. Hier würde es sich abspielen. Das Blut dröhnte mir in den Ohren, es übertönte alles. Doucet mußte mir einen Stoß geben, damit ich auf die Bühne hinaustrat, mit den Augen, mit den Händen einen Halt suchend. Ich erblickte Agamemnon, und ich stürzte mich auf Agamemnon! Ich wollte ihn von diesem Augenblick an für immer festhalten, ich mußte jemanden haben, an den ich mich klammern konnte. Der Schauspieler »Agamemnon« machte sich alsbald erschrokken und wütend aus dem Staub – was übrigens seine Rolle verlangte. Dann sah ich meine Mutter Iocaste die Bühne betreten, und ich warf mich ihr entgegen. Auch ihr gelang es, dieser wahnsinnigen Debütantin zu entkommen, doch ich lief hinter ihr her, verließ die Bühne und raste vier Stufen auf einmal nehmend in mein Kämmerchen. Und ob Sie es glauben oder nicht: Ich begann mich zu entkleiden! Petite Dame kam herein und fragte mich, ob ich den Verstand verloren habe: Vor mir lagen noch vier Akte.

Ich spürte, daß ich mich nicht gehen lassen durfte, daß dies sehr gefährlich sein konnte. Ich raffte mich auf, nahm allen meinen Willen zusammen und befahl mir, mich zu bezähmen, mich zu beruhigen. Ich weiß nicht, wie es mir gelungen ist, dieses zu Tode verschreckte Tier in mir zu bezwingen, doch ich schaffte es. Und das wär's denn auch gewesen. Ich war in jener Rolle übrigens absolut nichtssagend, ruhig und kühl.

Was Sarcey in seiner Besprechung nur bestätigte: »Mademoiselle Bernhardt, die gestern in ›Iphigenie‹ ihr Debüt gab, ist eine gutaussehende, schlanke, anmutige junge Person, vor allem ihr Gesichtsausdruck ist von außergewöhnlicher Schönheit. Sie tritt sicher auf, ihre Diktion ist perfekt. Das ist alles, was man vorläufig über sie sagen kann.«

Es gab tatsächlich nichts anderes zu sagen. Ich fühlte, daß er recht hatte, und lehnte mich nicht einmal dagegen auf. Auch bei meinem zweiten Debüt nicht, in »Valerie«, wo ich immerhin einen ganz kleinen Erfolg verzeichnete.

Mein dritter Auftritt in der »Comédie« war in der »Schule der Frauen« von Molière. Der gleiche Sarcey fand folgende Worte dafür: »Mademoiselle Bernhardt, welche die Rolle der Henriette spielte, war ebenso schön und nichtssagend wie in den vorangegangenen Rollen. Die anderen Schauspieler waren nicht viel besser, obwohl sie die größere Bühnenerfahrung haben; sie haben den Stand erreicht, den Mademoiselle Bernhardt in zwanzig Jahren erreicht haben wird, wenn sie sich an der ›Comédie Française‹ hält«.

Sarcey war zwar eher Richter als Prophet, doch ich hielt mich tatsächlich nicht. Nicht seinetwegen, sondern wegen einer Kleinigkeit, wegen einer Lappalie; eine dieser Lappalien, die einmal zufällig für das Leben eines Menschen entscheidend sein mögen, die aber in meinem Fall zu oft entscheidend gewesen sind; vor allem, wenn die Dinge nicht zum besten standen und es jeweils nur noch des Zufalls bedurfte, um meine Verbitterung zu bestätigen.

Ich war in die »Comédie« eingetreten, um – ich wiederhole es – für immer dort zu bleiben; ich hatte gehört, wie mein Pate die verschiedenen Stufen meiner Karriere erläuterte: Die Kleine wird die ersten fünf Jahre so viel verdienen, später dann so viel, und schließlich, nach dreißig Jahren, wird sie ihre Pension bekommen usw.

Mein Schicksal, so dachte ich, war also vorgezeichnet; meine Familie zumindest war davon überzeugt. Ich persönlich hegte gewisse Zweifel, ob das gar so einfach und reibungslos vor sich gehen würde. Es schien mir unmöglich – und auch anstößig –, einen so brav vorgezeichneten Weg zu gehen, der unweigerlich ebenso brav und langweilig sein würde.

Es passierte an Molières Geburtstag, an dem alle Mitglieder des Hauses traditionsgemäß der Büste des großen Dichters die Ehre erweisen mußten. Es war das erste Mal, daß ich einem feierlichen Akt beiwohnte. Meine Schwester ließ sich widerstrebend dazu überreden, mich zu begleiten, und wir bestaunten mit weit aufgerissenen Augen die vollzählig im Foyer versammelte »Comédie Française«.

Als verkündet wurde, der Festakt werde demnächst beginnen, drängte sich jedermann in den »Büsten-Korridor«. Ich hielt meine Schwester bei der Hand. Vor uns ging die sehr dicke, sehr würdige, alte, bösartige und zänkische Mademoiselle Nathalie, ein langjähriges Mitglied der »Comédie«, und im Bemühen, dem wehenden Umhang einer anderen Schauspielerin auszuweichen, stieg meine Schwester über die Schleppe von Mademoiselle Nathalie. Diese wandte sich um und stieß sie heftig gegen eine Säule. Meine Schwester schrie auf und wandte mir ihr sanftes blutüberströmtes Gesicht zu. Mir stieg etwas in die Kehle, nicht das Lachen diesmal.

»Sie sind dumm und bösartig!« rief ich, stürzte mich auf die verdutzte Nathalie und verpaßte ihr ein paar schallende Ohrfeigen.

Sie fiel auf der Stelle in Ohnmacht, während sich Stimmengewirr, Entrüstung, Zustimmung, unterdrücktes Lachen, befriedigte Rachegelüste und Rührung der Schauspieler um meine Schwester scharten, die zu mir hinsah und stammelte:

»Ich habe es nicht absichtlich gemacht, ich schwöre es dir! Die alte Kuh hätte nicht auszuschlagen brauchen!« – denn meine kleine Schwester, dieses engelhafte Geschöpf, dieser goldlockige Serafim, der die Engel hätte vor Neid erblassen

lassen, hatte eine Art, sich auszudrücken ... (sie hat übrigens ihr Lebtag wie ein Fuhrmann geflucht).

Diese unhöfliche Bemerkung erheiterte die Wohlwollenden und empörte die Feindseligen. Indessen klatschte das Publikum bereits im Saal: Wir waren um zwanzig Minuten verspätet.

Ein paar Schauspieler umarmten mich – jene, welche die Nathalie haßten –, anderen hingegen warfen mir wütende Blicke zu. Die Achtung vor dem Alter gehörte an der »Comédie Française« immerhin zu den Pflichtgefühlen. Ich hatte gut lachen, mein Instinkt warnte mich, daß ich diese Familienangelegenheit teuer würde bezahlen müssen.

Am nächsten Tag bekam ich einen Brief von der Theaterverwaltung, mit welchem man mich aufforderte, um Punkt 13 Uhr vorzusprechen. Ich verbarg den Brief vor meiner Mutter und meldete mich bei Monsieur Thierry, dem Oberintendanten, der ein blasses und abweisendes Gesicht hatte, dessen rote Nase aber eher auf gewisse Ausschweifungen schließen ließ.

Er hielt mir eine tödliche und endlose Predigt über meine Disziplinlosigkeit, mein skandalöses Benehmen undsoweiterundsofort, und zu guter Letzt befahl er mir, mich bei Mademoiselle Nathalie zu entschuldigen.

»Ich habe sie hierher bestellt«, sagte er, »und Sie werden sie in Gegenwart von drei Mitgliedern des Ausschusses um Verzeihung bitten. Wenn sie bereit ist, Ihre Entschuldigung anzunehmen, wird der Ausschuß darüber beraten, ob es sich empfiehlt, Ihnen eine Buße aufzuerlegen oder Ihren Vertrag aufzulösen.«

Ich schaute ihn einen Moment wortlos an. Ich stellte mir bereits das Schlimmste vor: meine in Tränen aufgelöste Mutter, meinen spöttisch lächelnden Paten, meine triumphierende Tante – »Dieses Kind ist wirklich unmöglich!« –, Mademoiselle de Brabender, die auf ihrem Schnurrbart herumkaute, die sanfte und schüchterne Madame Girard, die versuchte, mich in Schutz zu nehmen ... kurz eine Hölle!

»Mademoiselle, ich warte«, wiederholte Thierry unwirsch, und als ich immer noch stumm blieb: »Ich werde nun also Mademoiselle Nathalie rufen lassen, und bitte Sie, die Sache möglichst schnell hinter sich zu bringen. Ich habe weiß Gott wichtigere Dinge zu tun, als Ihre Kindereien in Ordnung zu bringen.«

»Sie brauchen Mademoiselle Nathalie nicht kommen zu lassen, Monsieur, ich werde mich nicht bei ihr entschuldigen. Ich will von allem nichts mehr wissen, und zwar sofort!« sagte ich – oder hörte ich mich vielmehr sagen, denn ich stand wie unter Zwang.

Ich wußte ganz einfach, daß ich mich bei dieser dicken und verhaßten Person nicht entschuldigen konnte. Ich war todunglücklich, doch es war stärker als ich. Thierry war verwirrt. Er empfand so etwas wie ... wie Mitleid mit dem Stolz, den ich da an den Tag legte, einem Stolz, der – so dachte er – aus reinem Hochmut meine Zukunft vernichten würde. Er versuchte mich beschwörend von den Vorteilen der »Comédie« zu überzeugen, und was das für böse Folgen haben könne; er führte hundert andere sehr gute und sehr vernünftige Gründe ins Feld; ich war gerührt, wirklich. Doch als er glaubte, mich überredet zu haben, als er Mademoiselle Nathalie rufen lassen wollte, bäumte ich mich wie eine Raubkatze auf:

»Sie soll sich hier nicht blicken lassen, ich haue ihr sonst nochmals eine runter!«

»Nun gut, dann werde ich eben Ihre Mutter kommen lassen müssen!«

»Das ist mir egal, ich bin emanzipiert, ich bestimme frei

über mein Leben, ich bin allein für meine Handlungsweise verantwortlich.«

»Gut«, sagte er, »ich werde es mir überlegen!«

Ich konnte gehen.

Ich kehrte nach Hause zurück, fest entschlossen, kein Sterbenswörtchen verlauten zu lassen, doch meine kleine Schwester hatte bereits für Aufregung gesorgt und die Sache gewaltig aufgebauscht. Die ganze Familie war außer sich, hysterisch, schadenfroh, doch was mich betraf, ich war lediglich etwas nervös. Ich ertrug die Vorwürfe nicht, die von allen Seiten auf mich niederprasselten, und schloß mich in meinem Zimmer ein.

Dieses Zimmer mußte einen besonders segensreichen Einfluß haben, denn am nächsten Tag traf eine Aufforderung zu einer Leseprobe für die »Dolores« von Monsieur Bouillé ein, ein Stück, das zum ersten Mal aufgeführt werden sollte.

Ich war noch nie aufgefordert worden, ein neues Stück vorzulesen, und ich jubelte: Man würde mir eine Rolle in einer Uraufführung geben, endlich! Obwohl ich im Theater zwar vernahm, die erkrankte Favart sei eigentlich für diese Rolle vorgesehen gewesen, jubelte ich vor freudiger Überraschung; doch ungeachtet dessen quälte mich eine Vorahnung, eine dieser beklemmenden Vorahnungen, die mich immer und unweigerlich vor drohendem Unheil gewarnt haben. Und es ließ denn auch nicht lange auf sich warten: Zehn Tage später begegnete ich auf der Treppe Mademoiselle Nathalie, die mich liebenswürdig und schadenfroh lächelnd begrüßte – und mit der Rolle war es aus. Ich konnte dieses zufällige Zusammentreffen nicht ertragen. Ich meldete mich beim Intendanten, beim unglücklichen Monsieur Thierry, und im Laufe einer lauten und erhitzten Szene teilte ich ihm mit, ich verließe die »Comédie Française«.

Ich sollte sie erst zwölf Jahre später wieder betreten, im vollen Bewußtsein meines Triumphes. Doch meine Familie konnte das einstweilen nicht ahnen und zeigte mir die kalte Schulter, bis meine Mutter durch ein Wunder ein Engagement in der »Comédie du Gymnase« für mich fand.

Françoise Sagan an Sarah Bernhardt

Liebe Sarah Bernhardt,
Verzeihung, daß ich Sie unterbreche, doch es will mir scheinen, daß Sie Ihre Erzählung etwas allzusehr beschleunigen ... Was ist mit Ihnen los? Oder besser, was war damals mit Ihnen los?

Sarah Bernhardt an Françoise Sagan

Was mit mir los war ... es war einfach so, daß damals gar nichts los war, kein einziger Erfolg, weder an der »Comédie Française« noch am »Gymnase«. Im »Gymnase« gab man mir nur stumpfsinnige Rollen, das war los, stumpfsinnige, idiotische Rollen. Und da ich mich getreulich an den Autor hielt, konnte ich zwangsläufig nur mittelmäßig sein. Ich war darob so verzweifelt, daß ich mich nach Spanien flüchtete, in Begleitung einer unglücklichen Soubrette, die in unserer Nachbarschaft wohnte und die ich überredete, mitzukommen. So verbrachte ich also ein paar schrecklich langweilige Tage in Spanien und kehrte dann zu meiner Mutter zurück.

Françoise Sagan an Sarah Bernhardt

Ich weiß, ich weiß! Die Geschichte mit Spanien! Ein schönes Märchen mehr, diese Reise mit der unglücklichen Soubrette ...!

Wie soll ich Ihnen denn glauben? Wie soll man Ihnen denn glauben? Sie, auf und ab nach Madrid, aus einer Laune heraus, ausgerechnet Sie? Was wollten Sie dort? Die Stierkämpfer sehen vielleicht? Das Prado-Museum besuchen? Wozu?

Sarah Bernhardt an Françoise Sagan

Also, ich muß schon bitten! Sie gehen mir am Ende wirklich auf die Nerven ... was sage ich da: von allem Anfang an ... Ich verreiste mit Keratry, natürlich, was sonst ...? Und zwar nicht nach Ihrem Madrid – ein unmöglicher Ort übrigens (was für eine Idee: Madrid!). Ich fuhr tatsächlich weg, aber nach Palma, wo wir unter Orangenbäumen zehn wunderbare Tage verbrachten; die Soubrette ihrerseits war bestens in einem Hotel untergebracht, in Madrid, mit einem jungen Mann, den sie überaus liebte. Und wenn ich »Spanien« gesagt habe, so nur, weil ich nicht »Keratry« sagen wollte, ganz einfach ...

Ich weiß, ich weiß, ich klage in meinen Memoiren, ich sei so verzweifelt und so allein gewesen in Madrid. Ich weiß, daß ich von einer schrecklichen Reise in einem Küstenschlepper erzählt habe, die in einem düsteren Hotel endete, in einem einsamen Zimmer ... ein trostloser Aufenthalt, den ich zudem mit vielen Unannehmlichkeiten ausgeschmückt habe, die mir gar nicht passiert sind!

Denn in Tat und Wahrheit ist es eine wunderbare Liebessiesta mit Keratry gewesen. In Palma badeten wir zusammen täglich im Meer, sozusagen nackt, mitten in der Nacht – und was für Nächte! Dann fuhren wir vierzehn Tage nach Madrid, wo ich verwöhnt wurde, verhätschelt, gefeiert, und wo ich die Stierkämpfer entdeckte. In Madrid vergaß ich für kurze Zeit mein bisheriges Leben. Ich vergaß jede meiner Enttäuschungen, jede meiner ehrgeizigen Hoffnungen, ich vergaß in den Armen Keratrys alles, alles, und ich hätte um ein Haar bis an mein Lebensende in Spanien bleiben mögen. Doch das Schicksal wachte. Meine Petite Dame sandte mir ein Telegramm: Maman sei krank, sehr krank. Und so blieb mir nichts anderes übrig als abzureisen.

Das war das Ende der Liebesgeschichte mit Keratry. Er wollte, daß ich in Spanien bleibe; er glaubte nicht, daß meine Mutter krank sei, er glaubte, daß ich nicht unglücklich darüber sei, zurückzufahren, er ahnte schließlich, daß mir das Theater fehlte. Keratry war verrückt nach mir, damals, er wäre sogar bereit gewesen, mich zu heiraten, mit mir dort unten zu bleiben, sein Leben mit Reiten und dicke Zigarren rauchend in der Rolle des »Ruy Blas« zu verbringen. Keratry war ganz einfach verrückt nach mir.

Doch meine Sehnsucht nach dem Theater regte ihn auf: Wenn er mich in dramatischen Posen vor dem Spiegel überraschte, lachte er mich aus, unbarmherzig. Die Männer ertragen es eher, glaube ich, einen Rivalen aus Fleisch und Blut zu haben als einen abstrakten. Ich behaupte das heute, doch ganz so sicher bin ich da nicht ... Nichts ist sicher, mein armes Kind, das ist das einzige, dessen ich ganz sicher bin. Kurzum, ich habe Keratry verlassen. Wir haben uns verlassen. Er sagte, er werde mich nie wiedersehen; er täuschte sich.

Ich sagte zu ihm, ich würde keinen anderen jemals so lieben wie ihn, und auch ich täuschte mich. Auf dem Bahnsteig beschwörte ich das Bild meiner Mutter herauf, doch ich hatte bereits nur das Theater im Kopf. Im übrigen, als ich nach Hause kam, fand ich meine Mutter auf dem Kanapee liegend, etwas abgemagert zwar, doch wunderbar schön wie immer und wunderbar gesund.

Sie hatte eine leichte Brustfellentzündung gehabt, war aber bereits auf dem Weg zur Besserung. Meine Anwesenheit war ganz eindeutig überflüssig. Ich bezog wieder mein Jungmädchenzimmer und beschloß, in aller Ruhe mein eigenes Leben zu leben. Ich war nun eine Frau, eine junge Frau; ich kannte die Männer, den Umgang mit Männern, ich kannte die Liebe und die Lust, ich hatte in kurzer Zeit viele Dinge gelernt, viel schneller als erhofft – dank Keratry gar noch auf so angenehme Art und Weise.

Ich mußte weg von meiner Mutter, ich durfte nicht länger in einem Haus bleiben, wo die Liebe nur allzuoft als Einnahmequelle oder als Lebensunterhalt angesehen wurde. Denn ich wußte, daß ich eines Tages – aus Schwäche oder ganz einfach aus Langeweile – der gleichen Ansicht sein würde und mit weit weniger triftigem Grund als dem, der mich in Keratrys Arme getrieben hatte. Ja, so war es. Meine Mutter verlassen, bedeutete, einen Ort verlassen, der mir zuwider war, gewiß, der mich aber auch ein klein wenig faszinierte. Weiß man denn überhaupt, wer und was man mit neunzehn oder mit zwanzig ist? Nach fünfzehn im Kloster verbrachten Jahren, nach einem Jahr in einer galanten Umgebung und nach einem Monat in den Armen eines Mannes? Ich jedenfalls wußte überhaupt nicht mehr, woran ich war, und im übrigen war es mir auch egal. Was auch geschehen mochte, welcher Art meine Leidenschaften auch sein mochten, wie intensiv auch meine Freude am Leben oder mein Hang zum Sterben sein würde ... ich wußte, daß ich immer und unweigerlich im gegebenen Augenblick mir selbst gegenüber stehen würde ... Mir selbst! Mir selbst auf einer Bühne, allein vor tausend Menschen.

Françoise Sagan an Sarah Bernhardt

Liebe Sarah Bernhardt,
ich habe Ihren letzten Brief bekommen, und ich finde nur ein Wort dafür: Hut ab! Es muß hart gewesen sein für Sie, für Ihre kleine Familie aufzukommen mit Ihren Gagen, die, ich weiß, lächerlich waren. Das muß hart gewesen sein, doch um so verdienstvoller; es liegt mir sehr daran, Sie dazu zu beglückwünschen. Ich versichere Sie undsoweiterundsofort ...

Sarah Bernhardt an Françoise Sagan

Meine liebe junge Freundin, behalten Sie Ihre Ironie für sich, ich bitte Sie. Dieser fast englische Humor, diese skeptische Art, die Sie mir gegenüber an den Tag legen, beschämt mich nicht etwa, nein keineswegs, sie erheitert mich, wenn Sie es genau wissen wollen. Ja, sicherlich, sicher! Natürlich habe ich Männer gehabt, wie alle unverheirateten Frauen, wie alle emanzipierten Frauen meiner Zeit. Wenn ich das Haus meiner Mutter verlassen habe, so nicht etwa, weil das Leben, das sie führte, mich belastet oder gestört hätte, keineswegs, sondern weil ich ihrem Beispiel folgen wollte, was in einer eigenen Wohnung einfacher war. Ich habe Männer gehabt, weil es mir Spaß machte, weil es mich nicht störte und weil ich mir das Leben, das ich in Paris führen wollte, mit den Gagen der »Comédie Française« oder von welchem Theater auch immer nicht leisten konnte. Ich stand am Anfang meiner Karriere.

...Ich war achtzehn Jahre alt. Am Morgen meiner Aufnahmeprüfung für das Konservatorium setzte man mich in eine Droschke, bewacht von Petite Dame auf der einen und Mademoiselle de Brabender auf der anderen Seite, was mich daran hinderte, während der Fahrt aus dem Wagen zu springen...
Photo Nadar, Koll. Sirot-Angel

...Bei der Rolle der Doña Sol bestand die große Neuerung, die ich damals im Theater eingeführt hatte, vor allem darin, daß ich in dieses Stück eine ganze Palette, einen ganzen Regenbogen von Gefühlen eingebracht habe... (»Hernani« von Victor Hugo).
Photo Nadar, Koll. Sirot-Angel

…Ja, die Schauspielerei, das ist eine wahrhaft sublime Kunst, die man nicht kennenlernen kann, wenn man nur wie Sie sein Leben lang kleine kabbalistische Zeichen auf ein Papier gekritzelt hat, mutterseelenallein in seinem Kämmerchen… (»Macbeth« von Shakespeare)
Photo Nadar – B.N. Paris – Arch. F.R.L.

…Mit sechzehn schlief ich darin, weil es »mein« Sarg war. Später, sehr viel später flüchtete ich mich nicht vor der Einsamkeit, sondern vor den Leuten in meinen Sarg: es war ein echter Sarg, den man unmöglich, mit wem auch immer, teilen konnte…
Photo Nadar, Kol. Sirot-Angel

Ich spielte den ermordeten Pierrot in »Fleurs« von Jean Richepin – und dennoch welch Gelächter! Ich habe nie diesen verrückten Lachanfällen widerstehen können. Und was Sie meine »unbeirrbare Heiterkeit« nennen, ist eigentlich nichts anderes als eine unbesiegbare Lust am Leben...
Photo Nadar – B.N. Paris – Arch. E.R.L.

... Ich habe es erst neulich Rostand und Rosemonde Gérard erzählt, daß ich immer Lust hatte, bei Begräbnissen zu lachen, bei Hochzeiten zu weinen und bei Taufen gotteslästerliche Flüche auszustoßen. Ich war nie in der passenden Stimmung und Verfassung, und vielleicht habe ich gerade deshalb das Theater so geliebt, außer in jenen Fällen, wo man mir eine streng festgelegte Rolle zugeteilt hatte ... *Photo Nadar?, Koll. Sirot-Angel*

... Gott weiß, wie gern ich mich mit Zierat, mit Nippsachen umgebe, doch sie müssen apart arrangiert oder originell zusammengestellt sein, ich mag es nicht, wenn sie nur lieblos nebeneinander aufgereiht sind ... *Photo Roger-Viollet*

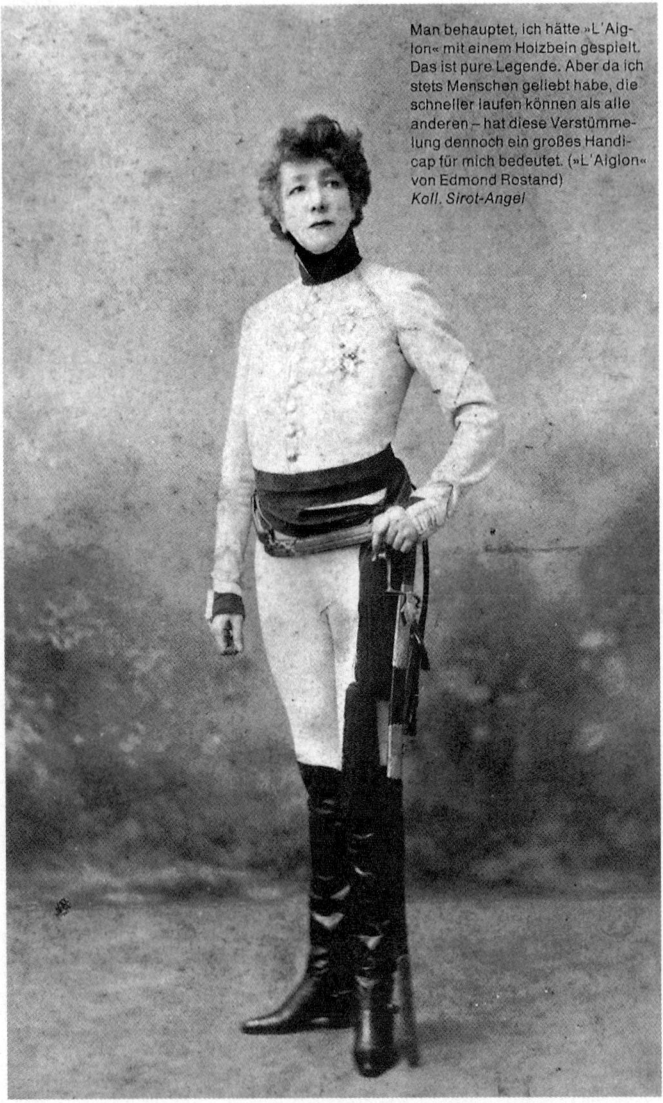

Man behauptet, ich hätte »L'Aiglon« mit einem Holzbein gespielt. Das ist pure Legende. Aber da ich stets Menschen geliebt habe, die schneller laufen können als alle anderen – hat diese Verstümmelung dennoch ein großes Handicap für mich bedeutet. (»L'Aiglon« von Edmond Rostand)
Koll. Sirot-Angel

Meine Kleider, mein Schmuck, mein Lebensstil, meine Umgebung, mein Wagen und auch meine Familie kosteten mich viermal mehr, als ich verdiente. Also suchte ich mir Männer aus, die – sie wenigstens – über genügend Geld verfügten, um mich unterhalten zu können. Ich suchte mir aber gleichzeitig auch Männer aus, die ihrerseits Charme genug hatten, um mir zu gefallen. Ich nahm solche, die Geld hatten, und solche, die mir gefielen. Das ist alles! Das schloß sich damals nicht aus, auch wenn dies heute nicht mehr möglich zu sein scheint, wenigstens nach dem, was ich habe feststellen können: Männer mit Geld haben entweder einen Schmerbauch oder Schrullen oder ein protziges Auftreten. Zu meiner Zeit floß den reichen Männern das Geld munter aus den Taschen wie Milch aus dem Euter der Kühe – und wir nahmen es. Es war nicht das goldene Kalb, das wir anbeteten, es war das süße Leben. Ich kann wirklich nicht behaupten, daß alles, was seither geschehen ist, und das, was heute geschieht, ein Fortschritt sei, wenigstens nicht, daß ich wüßte.

Françoise Sagan an Sarah Bernhardt

Liebe Sarah Bernhardt,
Sie haben absolut recht, und ebenso recht, was mich angeht! Ich glaube, ich habe aus reiner Eifersucht so reagiert, als ich Sie von diesen schönen, strammen, großzügigen und steinreichen Männern schwärmen hörte! Ich für meinen Teil habe nie reiche Verehrer gehabt. Die wenigsten sind es gewesen, und obwohl das für mich eine untergeordnete Rolle gespielt hat – denn wie durch ein Wunder habe ich mir meinen Lebensunterhalt schon sehr früh verdient –, so muß ich doch gestehen, das mir dies nicht unangenehm gewesen wäre, ganz

und gar nicht, oder vielmehr, es hätte mich beruhigt. Glauben Sie mir, ich habe mich den Männern nie überlegen gefühlt, ich bin nie stolz darauf gewesen, mehr Geld zu verdienen als sie, oder gar, weil sie in dieser Hinsicht von mir abhängig waren – sie waren deshalb in meinen Augen nicht weniger ehrbar oder weniger männlich. Es war rein zufällig, es war einfach so. Daß Sie die Männer gebraucht haben, um anständig zu leben, das scheint mir absolut normal, ich hätte mich nicht anders verhalten, wäre ich an Ihrer Stelle gewesen. Und zudem, wirklich, wenn jemand sich dazu berufen fühlte, Ihnen Vorhaltungen über Ihren Aufwand zu machen, dann bestimmt nicht ich; Sie haben, soviel ich weiß, unglaublich viel Geld verdient, wie ich übrigens auch, und doch sind Sie Ihr Leben lang vor den Gläubigern auf der Flucht gewesen – einmal mehr wie ich auch. Mir ist das Geld immer durch die Finger geronnen, und es bedeutet mir nicht mehr als etwas, was zur Tür hereinkommt und gleich wieder zum Fenster hinausfliegt. Ob nun unter diesem Fenster sich bedürftige Hände hilfeheischend ausstreckten oder teuflische Spielhöllen oder Papierkörbe – wie oft behauptet worden ist –, das geht nur mich etwas an, so wie Ihr Luxus nur Sie etwas angeht.

Aber Sie haben recht mit dem goldenen Kalb. Vor allem, weil unser Kalb ein rasendes ist, ein verderbtes, ein zorniges und ansteckendes. Wenn irgendein Bewohner von einem anderen Planeten unsere Geschichte lesen würde, wäre wohl der einzige Schluß, zu dem er käme: »Am Ende des zweiten Jahrtausends teilten sich die Bewohner dieses Planeten wie folgt auf: Die eine Hälfte verhungerte, die andere Hälfte wandte drei Viertel ihres Einkommens dafür auf, irgendwelche Dinger zur eigenen Vernichtung zu produzieren.« Und er hätte recht, ganz und gar! Ist das nicht der Gipfel an Lächerlichkeit, der Gipfel an Unmenschlichkeit? Sollten wir tatsächlich von der Bildfläche verschwinden, so haben wir es bestens verdient – das ist das einzige, was sich dazu sagen läßt.

Sarah Bernhardt an Françoise Sagan

Meine Liebe ... was sind das denn für düstere Gedanken, die unsere kleinen Geldsorgen bei Ihnen geweckt haben? Raffen Sie sich endlich auf, ich bitte Sie! Ich habe es schon einmal erwähnt: 14-18 war man bereits auf das Schlimmste gefaßt: Die berühmten Gase, erinnern Sie sich? Haben sie etwa funktioniert? Machen Sie sich keine Sorgen, die Erde hält einiges aus, und es werden wohl nicht diese paar Dummköpfe sein mit ihrem Zahlengekritzel, mit ihren schwarzen Tafeln und ihren kleinlichen Kalkulationen, die diesen herrlichen Planeten zerstören könnten, Gott sei Dank! Wissen Sie, warum ich – und zweifellos auch Sie – verschwenderisch mit Geld umgehe? Weil Sie und ich darüber nachgedacht und folgendes festgestellt haben: Wir sind ein Teil jener kleinen Minderheit, die dank einer besonderen Begabung, dank eines Geschenks des Himmels ihren Lebensunterhalt selbst bestreiten – sofern das Publikum, die Gunst des Publikums uns dabei hilft. Zudem sind wir innerhalb dieser Minderheit Teil jener verschwindenden Minderheit, die dieses Geld nicht auf die hohe Kante legt. Und warum? Weil Geld haben und Geld sparen bedeutet, zehnmal am Tag Menschen, die es nötig haben (unser Geld meine ich), nein zu sagen, und weil wir nicht nein sagen können, wenn wir ja meinen. Drittens – und dies als letzten Trost: Wir gehören zu jener winzigen, verschwindend winzigen Minderheit, die es versteht, ihr Geld auszugeben. Das ist unsere Rache: Wir, die wir kein Geld haben und mit etwas Glück und dank dem

Zufall Geld verdienen und es täglich aus Notwendigkeit wieder ausgeben – wir, die wir nie reiche Leute sein werden – Leute also, die sich nicht um Geld kümmern müssen –, wir haben immerhin und zum Ärger der anderen Sinn für Feste, für Späße, für Geschenke und Vergnügen, wenn uns der Sinn danach steht. Glauben Sie mir, das ist selten, o ja, sehr selten! Bereits zu meiner Zeit – und das waren damals noch gnädige Zeiten – gab es Leute, die auf ihren Banknoten schliefen und auf ihren Goldstücken, der Länge nach darauf ausgestreckt und hartnäckiger an ihren Geldbeutel geklammert als Napfschnecken an ihrem Kliff. Heute aber ist diese Spezies verbreiteter, als man es sich zu meiner Zeit überhaupt hätte vorstellen können ...

Ist Ihnen nie aufgefallen, daß die Geschenke reicher Männer nie so kostbar sind wie jene, die man ihnen macht ...? Und warum? Weil sie vielleicht zu sehr befürchten, die Ärmsten, nur ihres Geldes wegen geliebt zu werden? Wie auch immer, ihre Geschenke sind meist eher dürftig, während man sich seinerseits mit prächtigen Geschenken selbst übertrifft! Oder aber es sind Geschenke, mit denen sie sich brüsten können – oder, noch besser, daran teilhaben: eine gemeinsame Reise, ein Schmuckstück, dessen Herkunft sie ausdrücklich erwähnen, eine Badekur in Rumänien ... oder gar ein hübsches Häuschen, wo sie ihre freien Stunden verbringen (die sie ihren Gattinnen stehlen) und für das sie die Miete bezahlen! Nein, nein ... Sie dürfen es mir glauben, die Geschenke reicher Männer sind nie uneigennützig. Schade, wirklich schade! Es wird nie vorkommen, daß ein reicher Mann still und heimlich – ohne daß es seine Freunde erfahren – einen ansehnlichen Betrag auf deinem Bankkonto hinterlegt für den Fall, daß du einmal in Not bist. Nie wird dir ein reicher Mann eine Wohnung überschreiben (wonach manchmal die Angst vor der Zukunft in dir ängstlich fragt), wo du in Ruhe deine alten Tage verbringen kannst – man weiß ja nie. Nein, nein, merken Sie sich das! Wer auch immer Ihre männlichen Liebhaber oder ihre weiblichen Freundinnen sein mögen: Die Geschenke reicher Leute sind immer absolut banal, so alltäglich, daß man sie nicht unterschlagen kann – oder aber so protzig, daß man wohl oder übel gezwungen ist, den Spender zu erwähnen. Die liebevoll ausgesuchten Geschenke aber, die man ihnen macht, um zu beweisen, daß einem nichts an ihrem Geld liegt, sondern daß man ihnen damit ganz einfach eine Freude bereiten wollte – diese Geschenke verschwinden zusammen mit irgendeiner Sammlung in der Tiefe und in der Dunkelheit einer ihrer unzähligen Schubladen. So ist das! O nein, befreit mich von den Reichen, sie sind zu kostspielig!

Das ist alles wirklich mehr als albern. Wir lieben die Reichen ihres Geldes willen, zugegeben! Das verleiht ihnen eine Verfügbarkeit und eine luxuriöse Aura, in der wir unter ihrem Schutz ganz ruhig dahinschweben. Ja und? Verlangen schöne Männer etwa, daß wir sie um ihrer Intelligenz willen lieben? (Wobei zu sagen ist, daß dies tatsächlich ab und zu der Fall sein kann, hélas! Eine kleine Zwangsvorstellung, Gott sei Dank meist vorübergehender Natur!)

Jedenfalls bin ich sehr froh, o ja wirklich, daß Sie nicht mehr am Geld hängen als ich! Ich weiß nicht warum, ich habe mir überhaupt keine Gedanken darüber gemacht, doch jetzt stelle ich fest, daß es mich sehr daran gehindert hätte, mich so offen mit Ihnen zu unterhalten. Aber wie ich Sie kenne, wäre es Ihnen wohl nie in den Sinn gekommen, die Biographie oder das Porträt einer knauserigen Frau zu schreiben.

Doch kehren wir lieber zu meinem Beruf zurück, darüber wollten Sie ja etwas erfahren – oder? Jetzt bin ich es, die Sie zwischendurch zur Ordnung rufen muß. Kaum zu glauben! Also – nachdem ich von zu Hause weggezogen war, begann ich mir in Paris einen Namen zu machen. Die Zeitungen begannen von mir zu reden, die Männer, die Kurtisanen, kurz, alles, was man damals das »Tout-Paris« nannte – nicht dank meiner Begabung allerdings, sondern aus ganz anderen Gründen und in einem ganz anderen Stil als dem Racinschen. Ich wurde dank meiner Flatterhaftigkeit berühmt, dank meinem Charme, dank meiner Ausgelassenheit und meiner Eleganz. Ja, so war es! Ich wurde als Frau berühmt und nicht als Schauspielerin, und merkwürdigerweise – ich möchte sogar sagen unmoralischerweise – verhalfen mir jene wilden Jahre schneller zum Ruhm als die zwei Jahre ernsthafter und ausdauernder Bemühungen. Wissen Sie, der Satz von Musset trifft genau zu: »Ich verlor sogar die Heiterkeit, die an meine Genialität glauben ließ.« Ich konnte nie so richtig verstehen, was er damit meinte, doch nun stellte ich fest, daß man in Paris mühelos Erfolg hat, wenn man diesen Erfolg laut genug hinausposaunt – vorausgesetzt natürlich, man beweist irgendwie, daß man diesen Erfolg tatsächlich verdient. Kurzum, als mir zu Ohren kam, das »Odéon« suche Schauspielerinnen, ging ich beherzten Schrittes hin und in einer jener Equipagen, die mir dank ganz anderen Künsten zustanden. Es war der Intendant des »Odéon«, ein gewisser Monsieur Duquesnel persönlich, der die Schauspielerinnen engagierte.

Eines schönen Morgens also, um 10.30, machte ich mich schön. Ich zog ein kanarienvogelgelbes Kleid an, mit einem schwarzen Spitzenumhang und einem mit Ähren besteckten spitzen Strohhut, der mit einer schwarzen Seidenschleife unter dem Kinn gebunden wurde. Ich war überzeugt, entzückend originell auszusehen, und so machte ich mich voller Selbstvertrauen auf den Weg zu Duquesnel. Man ließ mich in einem reizend möblierten Salon warten, wo sich alsbald ein charmanter, gleichaltriger junger Mann einfand, ein fröhlicher und unbeschwerter junger Mann, zweifellos auch ein Schauspieler, was mich einigermaßen aufatmen ließ.

»Sie wissen gar nicht, wie froh ich bin, daß Sie da sind«, sagte ich zu ihm, »so können wir wenigstens zu zweit zittern.«

»Zittern?« antwortete er. »Aber warum sollten Sie denn zittern?«

»Weil ich diesen Duquesnel nicht kenne«, erwiderte ich, »und weil ich wirklich im »Odéon« spielen möchte. Ich sehne mich nach dem Theater, und der bloße Gedanke an diesen Herrn, den ich nicht kenne, macht mich mit den Zähnen klappern!«

Und ich begann geräuschvoll und mit Überzeugung mit den Zähnen zu klappern, genau wie ich es im »Français« gelernt hatte.

Der junge Mann begann zu lachen, unbändig zu lachen, dann warf er sich zu meiner größten Überraschung vor mir auf die Knie.

»Hören Sie auf, mit den Kastagnetten zu klappern«, sagte er, und konnte nicht aufhören zu lachen. »Hören Sie auf! Duquesnel, das bin ich, und ich bin es, der Sie auf den Knien bittet, bei mir zu spielen.«

Er streckte mir seine Hände hin, und ich legte meine Hände in seine. So einfach war das. Ein paar Tage später legte ich auch den Rest in seine Hände. Duquesnel war außerordentlich charmant, wirklich, sein Partner hingegen, ein gewisser de Chilly, war unausstehlich. Duquesnel wurde nun also erst einmal mein Intendant, dann mein Liebhaber ... na ja, ich erinnere mich nicht mehr genau an die richtige Reihenfolge, denn – später – wurde er wieder mein Liebhaber, und dann wieder mein Intendant, und schließlich – wie immer in solchen Fällen – mein Freund. Duquesnel war großgewachsen, kräftig, männlich, heiter, liebenswürdig, vertrauenserweckend, sehr verliebt in seine Frau übrigens, die ebenfalls entzückend war und angemessen geistesabwesend.

Felix Duquesnel ist mein treuster Freund geblieben, über all die Jahre hinweg. Ganz wie jener junge blonde Mann, dem ich an einem schönen Frühlingstag in einem reizenden Salon begegnet war, und der mir sein Herz, sein Bett und seine Bühne für lange Monate öffnete.

Gewisse Männer tauchen einfach so, unerwartet, in deinem Leben auf, und sie sind ein wahres Geschenk Gottes.

Kaum hatte ich unterschrieben, eilte ich zu Mademoiselle de Brabender. Die Ärmste lag seit dreizehn Monaten in einem Kloster mit schrecklichem Rheumatismus an allen Gliedern. Sie war nicht mehr zu erkennen, so sehr war sie von den Schmerzen entstellt; sie lag da, in ihrem Bettchen, mit einer Haube, unter der ihre blassen Augen und ihre schlaffe Nase hervorschauten. Einzig ihr außergewöhnlicher Schnurrbart sträubte sich in ihrem von den Schmerzen verkrampften Gesicht.

Ich umarmte sie sanft, zärtlich, voller Mitleid und Liebe, was ihr Herz zu erwärmen schien. Ich sah es an ihren Augen, die einen kurzen Augenblick aufleuchteten. Ich stellte drei Rosen in ein Wasserglas, wo bereits ihre armen Zähne schwammen, und verließ sehr, sehr beklommenen Herzens das Kloster.

Ich kam drei Tage später wieder. Ich habe viel von Mademoiselle de Brabender gelernt, bevor sie starb.

Ich habe an ihrem Krankenbett mehr von ihr gelernt als in all den Jahren zuvor. Sie ist mir ein Beispiel an Mut, an Ruhe und einer Art Zuversicht angesichts des Todes gewesen (die ich bei sehr wenig Menschen erlebt habe), was sehr erstaunlich war für eine Frau, die nichts vom Leben wußte, für eine Frau, die durch ihren Schnurrbart auf alle Freuden in einem Frauenleben verzichten mußte und die nichtsdestotrotz im Todeskampf eine Art erfüllten Frieden ausstrahlte, als habe ihr das Leben alles gegeben, wovon sie geträumt hatte. Es scheint kein Zusammenhang zu bestehen zwischen Bedürfnissen und Wünschen und den angeborenen Gaben – den scheinbaren Gaben, die man mit auf den Weg bekommt. Es besteht sogar ein kleiner Widerspruch zwischen den vermeintlichen Wünschen eines menschlichen Wesens und deren hypothetischer Erfüllung. Ich für meinen Teil habe immer wieder erlebt, daß Menschen, die vor Entbehrungen ausgehungert sein müssen, ruhig und erfüllt gestorben sind, während andere, die alles im Leben gehabt haben, im Sterben den Tag ihrer Geburt verfluchten.

Mademoiselle de Brabender, die Gute, starb sehr schnell, nicht ohne mir einen letzten Streich zu spielen. Ich machte ihr einen letzten Besuch. Sie lag da, aufgebahrt. Ich traf zehn aufgeregte Nonnen an, die den Sarg umstanden, in dem ein mir ganz fremdes Wesen ruhte; meine arme, steife und starre Gouvernante hatte ein Männergesicht. Ihr Schnurrbart war gewachsen, ein zentimeterlanger Bart umrahmte ihr Kinn, und über ihrem zahnlosen, eingefallenen Mund senkte sich die Nase und versank im Schnurrbart. Es war wie eine schreckliche und lächerliche Maske über ihrem sanften Gesicht. Es war die Maske eines Mannes, doch die zartgliedrigen, schlanken Hände waren die einer Frau.

Ich war wirklich traurig. Am Tag nach der Beisetzung trat ich zum ersten Mal im »Odéon« in »Das Spiel von Liebe und Zufall« auf. Ich war nicht die richtige Person für Marivaux, der eine Verspieltheit, eine Preziosität verlangt, die mir nicht liegen. Die mir nie gelegen sind. Außerdem war ich zu mager. Kurzum, ich hatte an jenem Abend überhaupt keinen Erfolg, und Chilly, der in den Kulissen auftauchte – nachher, als Duquesnel mich auf die Schläfen küßte und mir Mut machte –, Chilly sagte grinsend zu ihm:

»Eine Nadel mit vier gestikulierenden Stecknadeln, die Kleine!«

Ich fuhr zornig auf, das Blut stieg mir ins Gesicht, doch ich dachte sofort an Camille Doucet, an das Versprechen, das ich ihm gegeben hatte, ruhig zu bleiben, und ich hielt mich zurück. Im übrigen kam bald darauf Doucet persönlich und meinte tröstend, meine Stimme sei immer noch sehr schön und mein zweiter Auftritt würde ein Triumph werden. Da er nicht nur immer sehr höflich, sondern auch immer sehr aufrichtig war, schöpfte ich neue Hoffnung.

Ich arbeitete hart im »Odéon«, immer alle Rollen im Kopf, immer bereit, für jemanden einzuspringen. Ich verzeichnete diesen oder jenen Erfolg, bei den Studenten vor allem, die eine besondere Schwäche für mich zeigten. Es war ein langer Weg, ein langer, ein sehr langer Weg, wie mir schien, doch endlich, endlich kam der Erfolg, der langersehnte ...

Felix Duquesnel hatte die Idee, »Athalia« mit den Mendelssonschen Chören wiederaufzuführen. Die Proben waren katastrophal, absolut katastrophal verlaufen; Boivallé, der berühmte Schauspieler, der den Joas spielte (während ich den Zacharias spielte), stieß ein entsetzliches »Herrgottnochmal« nach dem anderen aus. Man nahm die Stelle wieder auf, fing wieder von vorn an – es klappte einfach nicht. Die vom Chor des Konservatoriums gesungenen und gesprochenen Chöre waren unmöglich ... Als plötzlich Chilly, einer genialen Eingebung folgend, ausrief:

»Ich hab's, soll doch dieses dumme Ding« (ich ...!) »alle

gesprochenen Chöre rezitieren, das dürfte für sie kein Problem sein mit ihrer schönen Stimme, wo sie doch eine schöne Stimme hat, wie alle behaupten!«

Duquesnel antwortete nichts, er zupfte an seinem Schnurrbart, um das Lachen zu verbergen. Er schien sich eines Besseren zu besinnen, sein Kompagnon, er schien sich tatsächlich der kleinen Sarah Bernhardt zu besinnen! Duquesnel setzte also seine gleichgültige Miene auf und begann von vorn, doch mit mir an Stelle der Chöre. Am Schluß applaudierten alle wie wild, und der Dirigent jubelte; er hatte unsägliche Qualen ausgestanden, der Ärmste ...!

Die Première wurde für mich zu einem wahren kleinen Triumph. Ein kleiner, sicher, doch ein klarer, voller Lichter! Ein Erfolg auf der Bühne, wie wunderbar, wie einmalig, wie berauschend das sein kann! Das Publikum, von meiner Stimme ergriffen, von der Reinheit meiner kristallklaren Stimme, forderte stürmisch ein Bis der gesprochenen Chöre, und man dankte mir mit einem orkanartigen Beifallssturm.

Der Vorhang fiel, und Chilly trat zu mir:

»Du bist wunderbar gewesen«, sagte er und duzte mich, was mich keineswegs erstaunte (denn immer, wenn man auf der Bühne Applaus erntet, wird man nicht nur mit Blumen, sondern mit ebenso vielen plumpen Vertraulichkeiten überschüttet!)

Ich antwortete lachend:

»Bin ich vielleicht molliger geworden?«

Er brach in unbändiges Lachen aus, in ein wahrhaftig unbändiges ...

Von jenem Tag an duzten wir uns, und wir wurden die besten Freunde der Welt. Der Humor untergräbt Feindseligkeiten und fördert Freundschaften – zwischen Leuten, die Humor haben, selbstverständlich ...

Das »Odéon« ...! Es ist das Theater gewesen, das ich auf der Welt am meisten geliebt habe. Alle fühlten sich dort wohl, und alle waren glücklich; es war wie in der Schule, es wimmelte von fröhlichen jungen Menschen, und Duquesnel war der liebenswürdigste Intendant, der geistreichste, der entzückendste Mann, den man sich vorstellen kann. Wir spielten zusammen im Luxembourg Ball, wir spielten alles Mögliche zusammen, Händchenhalten, Karten und was weiß ich..; und wenn ich an die »Comédie Française« zurückdachte und an all die kleinlichen, hochnäsigen, eifersüchtigen Klatschmäuler, wenn ich an das »Gymnase« dachte und an die Kleidersorgen, mit denen ich mich dort herumschlagen mußte, an die Hutprobleme und an das oberflächliche Geschwätz, platzte ich fast vor Freude, im »Odéon« zu sein. Wir dachten nur an neue Stücke, wir sprachen nur über Theater, es wurde ständig geprobt, am Morgen, am Mittag, am Abend. Ich war im Element. Wenn ich das Wort »Odéon« höre, sehe ich heute noch Paris vor mir, im Sommer, die Bäume entlang dem rechten Seineufer. Ich fuhr jeden Tag mit meiner kleinen Equipage ins Theater, denn ich wohnte damals an der Rue Montmorency, ziemlich weit weg, im 16. Arrondissement. Ich besaß zwei Pferde, zwei wunderbare Ponys, die Tante Rosine mir überlassen hatte, weil sie einmal durchgegangen waren und sie sich beinahe das Genick gebrochen hätte. Und ich hatte einen entzückenden Wagen (ein Geschenk übrigens von ich weiß nicht mehr, wem), der »Petit Duc« hieß und den ich selber lenkte; ich fuhr im flotten Trab die Uferpromenaden entlang; Paris funkelte in der Julisonne silbern, bläulich, schimmernd. Die Stadt war ausgestorben, herrlich und es war herrlich warm. Ich durchquerte sie mit schleifenden Zügeln, die ich erst vor dem Theater wieder anzog. Ich ließ meinen Wagen vor dem »Odéon« stehen und lief die kühlen, alten Steinstufen hinauf, ich lief in meine Loge, umarmte jedermann, ich legte ab, meinen Hut, meine Handschuhe, stürzte auf die Bühne, in die Dunkelheit: glücklich, im kühlen Schatten zu sein, nach der wilden Fahrt durch das sonnenstrahlende Paris. Dort, im spärlichen Licht der Lampe, welche die Bühne von oben beleuchtete, dort, in den Kulissen, dort, im Dunkeln, dort, vor jenen kaum wahrnehmbaren Gesichtern – dort war mein wahres Leben! Denn für mich gab es nichts Belebenderes als diese staubererfüllte Luft, für mich gab es nichts Fröhlicheres als dieses Dunkel, für mich gab es nichts Strahlenderes als diese Finsternis. Meine Mutter besuchte mich eines Tages aus Neugierde im Theater, und sie war tödlich entsetzt:

»Wie kannst du nur dort drinnen leben?« fragte sie mich.

Wie hätte ich ihr erklären können, daß ich nirgends sonst leben konnte, nie, nie mehr? Ja, ich lebte dort, ich lebte sogar nur dort …! Ich habe seither vielleicht ein bißchen dazugedichtet, doch ich habe in Wirklichkeit immer nur diese düsteren Räume geliebt, wo meine Kollegen und ich unsere Stücke zusammenbastelten, in Stücke zerlegten, genau wie ein guter Handwerker es tut … und die Dichter.

Die Tage vergingen; ich war einundzwanzig, sah aus wie siebenundzwanzig und spielte mit der gleichen Begeisterung Fünfunddreißigjährige und Fünfzigjährige. Denn das Leben war für mich ein endloser Freudentaumel. Draußen erwartete mich Paris mit seinen Pferden, mit seinem leuchtenden Himmel, seinen Platanen, seinen Männern, seinen Kaffeehäusern, seinen Bällen, seinen Morgengrauen, seinen Nächten, seinem Champagner; dabei zu sein, bedeutete für mich ein einmaliges, unnachahmliches, ungetrübtes Glück. In Paris zu leben, war wunderbar … und aufregend … und erstaunlich: Ich habe im »Odéon« alles gesehen. Ich habe Madame George

Sand gesehen, aus Bescheidenheit stundenlang in den Kulissen versteckt; ich habe erlebt, wie Dumas in seiner Loge ausgepfiffen wurde, weil er eine seiner Mätressen in aller Öffentlichkeit vorführte, ich habe einen Schauspieler den ehemaligen Prinzen Napoleon anschnauzen hören, weil dieser sich sozusagen auf seine Handschuhe gesetzt hatte, und habe gesehen, wie der Prinz besagte Handschuhe zu Boden warf, ganz erstaunt, daß die Sessel im »Odéon« so staubig waren! Ich habe ein aufgebrachtes Publikum erlebt, das Victor Hugo sehen wollte und den armen Dumas niederschrie: »Ruy Blas«! »Ruy Blas«! Victor Hugo! Victor Hugo! »Ruy Blas«! – und ich hörte mich für Dumas plädieren, der nicht Hugo sein wollte. Ich habe das Publikum kichern hören, als es mich in »Kean« als kleine Engländerin gekleidet die Bühne betreten sah, und sehr schnell, nachher, dank dem Applaus meiner Anhänger, der Studenten, hörte ich die Stille im Saal, eine andächtige, feierliche, fast benommene Stille, spürte, wie das Publikum gebannt meiner Stimme lauschte, dieser Stimme, von der die Zeitungen zu schreiben begannen ...

Ich habe vor allem eines schönen Tages den jungen François Coppée daherkommen sehen, bis über die Ohren in unsere große Agar verliebt, Coppée, der zum Verwechseln ähnlich Bonaparte glich. Er brachte ein Stück mit, das Agar mit mir aufführen wollte und wozu ich Dusquesnel mühelos überredete, denn, obwohl er in seine Frau verliebt war, so gehörte er doch immer noch mir.

Ich habe es im Grunde immer genossen, die Mätresse eines verheirateten Mannes zu sein, was einem erlaubt, die Männer unter den günstigsten Umständen zu erleben, ohne sie im ehelichen Alltag ertragen zu müssen – was manchmal recht lästig sein kann. Ich habe im übrigen immer noch nicht verstanden, warum man sich die Mätresse eines verheirateten Mannes trübselig zu Hause auf den Geliebten wartend vorstellt, während der Liebhaber einer verheirateten Frau hingegen fröhlich von Blume zu Blume flattert, von Bett zu Bett, wie ein Schmetterling. Also ... das war zu meiner Zeit eine alberne Vorstellung. Ist das immer noch so, oder hat dieses fromme Märchen heutzutage an Wirkung verloren?

Françoise Sagan an Sarah Bernhardt

Liebe Sarah Bernhardt,
es ist immer noch so: Der Liebhaber einer verheirateten Frau gilt als »Glückspilz«, und die Mätresse eines verheirateten Mannes als »armes Opfer«. Feydeau in den Salons oder »Backstreet« am Kaminfeuer. Nein, die Dinge haben sich nicht geändert, oder sagen wir einmal, man nennt sie immer noch beim gleichen Namen.

Sarah Bernhardt an Françoise Sagan

Das ist gut, das ist sehr gut so! Die Männer sehen sich gerne in ihrer Eitelkeit bestätigt; und es ist vielleicht tatsächlich besser, daß sich dies von einem Jahrhundert zum anderen nicht geändert hat; das hält sie bei guter Laune und stört uns nicht allzusehr in unserem Treiben. Denn, ehrlich, wer bestimmt den Lauf der Welt, wenn nicht wir? Um auf das Theater und François Coppée und sein Stück zurückzukommen, es handelte sich um »Le Passant«; wir begannen kurze Zeit nach meiner Ankunft mit den Proben in Anwesenheit des Dichters, der ein geistreicher Erzähler und ein außerordentlich charmanter junger Mann war. »Le Passant« hatte einen überwältigenden Erfolg, es war ein wahrer Triumph; das Publikum hörte nicht auf, Agar und mir zu applaudieren, der Vorhang hob sich achtmal. François Coppée wurde innerhalb vierundzwanzig Stunden berühmt und Agar und ich mit Lob überschüttet. Wir spielten »Le Passant« mehr als hundertmal vor ausverkauftem Saal. Wir wurden sogar von der Prinzessin Mathilde in die Tuilerien gebeten.

Dieser Tag in den Tuilerien ...! Ich fuhr mit meiner Petite Dame hin, die schrecklich aufgeregt war, um so mehr, als uns Graf de la Ferrière begleitete, als Adjutant sozusagen – ein sehr liebenswürdiger, aber zum Ersticken steifer Mann –, der uns der Kaiserin Eugenie vorstellen sollte. Als wir durch die Rue Royale fuhren und von einem Posten angehalten wurden, trat ein General, ein Freund von la Ferrière, an unseren Wagen, grüßte, trat zurück und rief uns viel Glück zu:

Im selben Moment antwortete ein Clochard, der sich zufällig dort herumtrieb:

»Viel Glück? Nicht für lange, nichtsnutziges Gesindel!«

Auch das noch! La Ferrière schien empört zu sein – doch die Worte dieses ungeschlachten Kerls klangen nach der versnobten Stimme des Generals dermaßen unpassend, und es lag ein solcher Abgrund zwischen der unverbindlichen Höflichkeit des einen und der überzeugten Unflätigkeit des andern, daß ich laut auflachen mußte. In den Tuilerien angekommen, lachte ich immer noch, und die Tränen standen mir den Augen, so sehr versuchte ich, das Lachen zu unterdrücken. Um mich einigermaßen zu beruhigen, begann ich verzweifelt, meinen Hofknicks vor Petite Dame zu üben, unterhielt mich mit ihr über tausend Nebensächlichkeiten ... und dann – Hélas – betrat der Kaiser hinter uns den Salon, sah mich meinen Knicks proben und hüstelte diskret, um meine Gymnastikübungen zu unterbrechen. Ich folgte ihm, vor Beschämung schwankend, verneigte mich recht ungeschickt vor der Kaiserin und bewunderte eher mißmutig als begeistert die fürstlichen Appartements. Im übrigen bin ich nie in der richtigen Stimmung für feierliche Anlässe gewesen: Bei Beerdigungen hatte ich immer Lust zu lachen, auf Hochzeiten Lust zu weinen und bei Taufen zu spötteln! Vielleicht ist dies der Grund, warum ich das Theater so liebe, wenigstens drückt man mir eine Wort für Wort vorgeschriebene Rolle in die Hand, die ich nur ganz genau einzuhalten brauche, während ich an andere Dinge denke, an das, was mir so durch den Kopf flattert – ich bin in meinen Gefühlen nie sehr beständig gewesen (außer Maurice gegenüber, der sich aber trotzdem schon damals beschwerte, eine Vogelmutter zu haben, »Maman-oiseau«, wie er sagte).

Françoise Sagan an Sarah Bernhardt

Maurice! Ein ganz kleiner Maurice, schau, schau …? Wer ist denn das? Was macht dieser junge Mann in Ihrem Leben? Ist dieser kleine junge Mann etwa Ihr Sohn? Sie haben mir weder von seinem Vater noch von seiner Ankunft noch irgendwas sonst erzählt – wie kommt das? Immerhin scheint er den wichtigsten Platz in Ihrem Leben eingenommen zu haben. Sie sind das Gegenteil von Ihrer eigenen Mutter gewesen, vor allem, wie man sich erzählt, Ihrem Sohn gegenüber. Werden Sie mir von ihm erzählen?

Sarah Bernhardt an Françoise Sagan

Es stimmt, ich hab Maurice nicht erwähnt. Ich habe nie Lust gehabt, Maurice in meinen Memoiren zu erwähnen. Ich habe überhaupt nie Wert darauf gelegt, ihn zu erwähnen. Er ist in meinem Leben so selbstverständlich, so folgerichtig und gleichzeitig so unbeschwerlich und unentbehrlich gewesen. Es ist vielleicht das einzige Mal in meinem Leben gewesen, daß ich mich benommen habe wie andere Frauen, ganz normal nämlich. Mutter zu sein, war für mich ebenso natürlich wie rote Haare zu haben, wie Schauspielerin zu sein. Ein sehr unhöflicher Journalist hat mich einmal gefragt, wer denn der Vater meines Sohnes sei. Ich antwortete ihm, ich vergäße immer wieder, ob es Gambetta sei, Victor Hugo oder General Boulanger – es ödete mich wirklich an. Doch jetzt, wo das alles so weit zurückliegt und wo alle tot sind, kann ich es Ihnen verraten: Prinz de Ligne war der Vater. Maurice wurde 1864 geboren, und er ist die große Liebe meines Lebens gewesen. Ich habe dem nichts beizufügen – ob der Prinz mich länger geliebt hat als ich ihn, ob er mich auf den Knien beschworen hat oder ich ihn ... Nichts. Das ist bedeutungslos: Maurice ist die Frucht unserer Liaison gewesen, und ich habe meinen Sohn geliebt wie niemanden sonst, und auch er hat mich geliebt wie niemand sonst. Alles andere ist dummes Geschwätz, Klatsch und überflüssig.

Kehren wir zum »Odéon« zurück? Einverstanden?

Françoise Sagan an Sarah Bernhardt

Liebe Sarah Bernhardt,
Sie haben ganz recht. Ich weiß sehr gut, daß Sie dieses Kind über alles geliebt haben und daß es für Sie das wunderbarste

und vergöttertste Geheimnis gewesen ist. Ich finde es sogar außerordentlich rührend, daß Sie im zügellosen Durcheinander Ihres Lebens es fertiggebracht haben, ihm die allgegenwärtige und zärtliche Mutter zu sein, die er in seinen Briefen und Erinnerungen immer wieder heraufbeschwört. Und Sie haben durchaus recht, daß Sie über seine Geburt und alles andere nicht sprechen wollen – wozu auch. Ich bin weder für Gemeinplätze noch für Lebensweisheiten, doch ich glaube, wenn es im Leben einer Frau etwas gibt, worüber Sie niemandem Rechenschaft zu geben braucht, so ist es ein Kind, das sie auf die Welt gebracht, das sie erzogen und geliebt hat. Für einmal sind wir uns einig, das freut mich.

Sarah Bernhardt an Françoise Sagan

Und ich bin erleichtert, daß wir die gleichen moralischen Prinzipien haben, etwas dürftige, gewiß, doch unumstößliche. Bravo. Kehren wir zum »Odéon« zurück! Was wollten Sie mich ganz nebenbei noch fragen?

Françoise Sagan an Sarah Bernhardt

Vorhin haben wir von Proust gesprochen, und nach Ihrer Biographie und gewissen Ihrer Briefe zu schließen, scheint es, daß Sie in das Vorbild von Swann verliebt gewesen sind. War dieser Charles Haas wirklich so verführerisch, wie sein Ruf und Proust es haben wollen ...?

Sarah Bernhardt an Françoise Sagan

Meine Liebe,
bevor ich Ihre Frage beantworte, werden Sie wohl oder übel ein paar Erklärungen über sich ergehen lassen müssen. Sie wissen ja, oft blenden die auf unser Gesicht gerichteten Scheinwerfer die anderen mehr als einen selbst; ich will damit sagen, daß die Bewunderung, die man mir entgegenbrachte, weit unumschränkter war als meine Bewunderung für andere. Sie dürfen es mir glauben, ich bin überhaupt nicht stolz darauf, doch es ist nun einmal so.

Abgesehen von den tausend Liebschaften, abgesehen von den zwei großen Leidenschaften für jene Männer, die ich dann geheiratet habe und die ich nicht einmal hätte anschauen dürfen – ich werde Ihnen später davon erzählen –, habe ich auch ein paar Enttäuschungen erlebt; doch die ganz große Liebe, das ist mir selten passiert. Charles Haas ist eine dieser großen Lieben gewesen. Unter Liebe verstehe ich ein ganz einfaches, ein ganz selbstverständliches Gefühl, dessen man sich ganz selbstverständlich bewußt ist. Charles Haas besaß alle Vorzüge. Er war unwiderstehlich charmant – ein Charme, der so unwiderstehlich echt war wie gewisse Gemeinplätze richtig – und er war von vollendeter Lebensart; Charles Haas war großzügig, er war selbstsicher, er sprühte Eleganz aus allen Nähten und aus dem verborgensten Westentäschchen. Er hatte in meinen Augen nur einen einzigen Fehler: Er war versnobt, unglaublich versnobt, und liebte es über alles, sich mit langweiligen Leuten zu umgeben; es war stärker als er, er konnte es nicht lassen, er mußte Tag und Nacht und zu den unmöglichsten Stunden irgendwelche aristokratischen und düsteren Häuser aufsuchen. Das störte mich nicht weiter, ich führte ja mein eigenes Leben, und wenn wir uns jeweils wieder trafen und unter uns waren, plauderten wir und lachten und waren ein Herz und eine Seele. Wir hatten fast die gleiche Augenfarbe, die gleiche Haarfarbe, die gleiche Art, den Kopf hoch zu tragen; wir neigten beide zu Exzessen und zu bissiger Ironie. Doch – leider, muß ich sagen – Charles Haas war schlicht und einfach kultivierter und intelligenter als ich. Ich konnte es mir jeweils nicht verkneifen, ein wenig mit dem Feuer zu spielen, die Schauspielerin hervorzukehren, ihm die kalte Schulter zu zeigen, ihm ein paar Fallen zu stellen, und er wiederum konnte es nicht lassen, mich darauf aufmerksam zu machen, er habe mich durchschaut, er wisse genau, was ich damit bezwecke, und er denke nicht daran, darauf hereinzufallen, was unsere beiderseitige Eitelkeit wiederum nicht zulassen wollte und was hin und wieder zu Streitereien oder erbitterten Auseinandersetzungen führte, die es zwischen uns nicht hätte geben dürfen – und sehr oft, ich gebe es zu, war ich daran schuld.

Doch was konnte ich dafür? Von der Tatsache abgesehen, daß ich ihn liebte und es schätzte, daß er von Natur aus intelligent war, so wünschte ich mir manchmal eben doch, daß er vor lauter Liebe den Verstand verlöre. Und wenn er über meine Ränkespiele lachte, wäre es mir lieber gewesen, er hätte getobt. Man kann nicht alles haben: ein zweites Ich, einen Freund, einen Geliebten, einen Komplizen (und ab und zu auch noch die Liebe). Man kann nicht alles haben und auch noch verlangen, daß dieses Alles von Dauer sei. Mit der Zeit hat man genug von der ewigen Harmonie; in der Liebe gibt es immer ein Kräfteverhältnis, das man umkehren oder auf die Probe stellen möchte, und gibt es das nicht, so wird das Spiel für den einen oder für den anderen bald einmal langweilig. Es war Charles, der als erster den Spaß daran verlor, nicht ich. Ich litt schrecklich darunter, nicht unter der Trennung – denn er hat mich nie wirklich verlassen –, nein, nicht unter der Trennung, sondern unter der Entfremdung.

Als ich spürte, daß er mir entglitt, griff ich natürlich zu tausend lächerlichen Komödien, um ihn zurückzuhalten – vom Selbstmord bis zur Provokation; doch er kannte mich allzu gut, er lachte nur, und manchmal tat ich ihm leid, denn er war ein herzensguter Mensch und trug es mir im Grunde nicht zu sehr nach, daß ich mich so wenig auf der Höhe dessen zeigte, was wir zusammen gewesen waren. Es war eine schmerzliche Geschichte – sogar heute noch bleibt es eine schmerzliche Geschichte, wenn ich daran zurückdenke. Warum kann man nicht mit jemandem zusammenleben, der aus dem gleichen Holz ist? Warum nicht in Frieden mit seinem Alter ego zusammenleben, mit seinem Ebenbild, mit seinem Doppelgänger, mit einer schwesterlichen Seele, mit einem brüderlichen Geliebten? Warum zieht es einen immer in den Krieg oder zu Heldentaten, warum läßt man sich immer wieder von flüchtigen Launen zu einer dieser traurigen und endlosen Auseinandersetzungen hinreißen, die, so lustig sie auch sein mögen, für uns Frauen immer zu einer Konfrontation mit den Männern führen, – auf Grund unserer Veranlagung, unserer Art zu leben, unserer Art zu denken, ungeachtet unseres Standes, unseres Charakters. Ich vermisse Charles heute noch, aber ich glaube nicht, daß er mich vermißt hat. Er war allzu beschäftigt; und wenn er vielleicht auch manchmal geglaubt hat, wir könnten glücklich sein zusammen, so glaubte er doch nicht ernsthaft daran. Und im übrigen, hätte ich meinerseits daran geglaubt, wenn er seinerseits so getan hätte, als ob ich ihm etwas mehr bedeutete, als es tatsächlich der Fall war? Ich weiß es wirklich nicht.

Ich hoffe, Sie erwarten von mir nicht etwa eine Beschreibung der Guermantes; ich habe weder die Guermantes noch die Damen der Pariser Aristokratie gekannt, deren Häuser damals den Künstlern verschlossen waren; Frankreich war noch zu bürgerlich oder ganz einfach zu langweilig. Nur in England sehen es Lords und Herzöge und die ältesten Namen des Königreichs nicht als unter ihrer Würde an, sich mit Schauspielern, mit geistreichen Leuten, mit Künstlern zu umgeben, deren Gesellschaft sie suchen, unbekümmert, ob sie sich dadurch unmöglich machen. In Frankreich gibt es in jedem vornehmen Haus einen wachsamen Zerberus, der aber nicht unbedingt in seiner Pförtnerloge sitzt. Und um zum Schluß dieser unseligen Liebesgeschichte zu kommen ... mein Kummer war um so größer, als ich ihn nicht teilen konnte. Niemand – oder fast niemand wußte um meine Beziehung zu Charles; Haas war ein Frauenheld, wie er im Buche steht; ich meine, er zog es bei weitem vor, eine Frau nach Hause zu begleiten, als sich mit ihr in der Öffentlichkeit zu zeigen. Ich bin Frauenhelden gegenüber immer skeptisch gewesen, jenen Typen gegenüber, die sich, die jüngste Eroberung am Arm, in den Salons herumtreiben oder in den Nachtlokalen oder im »Bois de Boulogne«. Ich habe immer wieder erlebt, daß zurückhaltende, fast blasse, nur schemenhaft vorhandene und namenlos unter der Tür auftauchende Männer sich im Bett und unter vier Augen als großartige Liebhaber entpuppten. Das hat sich inzwischen bestimmt nicht geändert – oder? Es gibt merkwürdigerweise im Leben einer Frau immer ein paar solcher Männer, deren Körper sie auf den Quadratmillimeter genau kennt, deren Gesichtern aber ihre Freunde nicht einmal einen Namen geben könnten. Sie sind die Schattenmänner, die Männer der Nacht, die Männer der Bettücher; sie sind die Männer der Lust. Ich wünschte jeder Frau, daß sie in ihrem Leben wenigstens einem begegnet. Für mich – so paradox das klingen mag – ist dieser Schattenmann ein Mann gewesen, den alle Welt kannte, der im Ruf eines Salonlöwen stand und von dessen Kleidung mehr die Rede war als von seinen Abenteuern! Kurz, mein geheimnisvoller und namenloser nächtlicher Mann ... das war der strahlende, der berühmte Dandy Charles Haas.

Während jener Zeit stand es allerdings um meine prosaischen Angelegenheiten, um meine finanziellen Angelegenheiten mehr als schlecht, und die Kluft zwischen meinen Gagen und meinen Ansprüchen, zwischen meinen Einnahmen und meinen Ausgaben war so tief geworden, daß ich nicht mehr wußte, wo mir der Kopf stand und wem ich die Hand hinhalten sollte. Da war einmal die Miete für meine Wohnung, die ich mit ein paar Dienstboten, mit meinem Sohn und meiner Großmutter teilte (denn meine Mutter hatte es fertiggebracht, mir ihre eigene Stiefmutter anzuhängen, eine zänkische und mürrische Person). Ich wußte nicht, womit meine kleine Familie ernähren, ohne auf den Kauf meiner Hüte verzichten zu müssen. Und dann, um das Maß voll zu machen, zerstörte ein schrecklicher Brand die Rue Auber, wo ich mittlerweile mit meiner Sippschaft gelandet war. Ich hatte es unterlassen, eine Versicherung abzuschließen (obwohl die Zeitungen das Gegenteil behauptet haben), und zwar aus einem so idiotischen Aberglauben, daß ich nicht einmal mehr daran denken mag. Um es kurz zu machen, ich besaß keinen Sou mehr! Ich war am Ende, während meine Gläubiger mich »bedrängten« (um keinen unhöflicheren Ausdruck zu gebrauchen). Ich denke, diese Sorte Menschen dürfte Ihnen bekannt sein!

Was blieb mir übrig? Ich sah nur einen Ausweg (zugegeben, keinen besonders originellen): Für eine Schauspielerin gibt es nur eine Möglichkeit, schnell zu etwas Geld zu kommen, auf dem Umweg über das Theater nämlich. Eine Vorstellung zu meinen Gunsten aus Anlaß der Feuersbrunst und im Hinblick auf meine künftige Not – das war die einzige erfolgversprechende Lösung (wenn ich mich nicht auf Dauer einem Gönner vermieten wollte, wozu ich ganz einfach keine Lust verspürte). Doch wie das Mitleid der Leute wekken – und erst noch in Paris? Meine mißliche Lage würde niemanden auf den Plan rufen, dazu bedurfte es eines etwas heitereren und amüsanteren Themas. Es gab nur eine Person, die mir helfen konnte, eine einzige: die berühmte Patti. Sie haben bestimmt von Adeline Patti reden hören, von dieser großen Sängerin, und von ihrer berühmten Interpretation des »Barbiers«. Nein? Ihre Bildung läßt tatsächlich zu wünschen übrig! Lassen wir das ... Also, Adeline Patti war eine wunderbare Sängerin, aber – wie es allgemein hieß – auch eine Person von »untadeligem Ruf«. Sie hatte vor kurzem »Bébé« de Caux geheiratet – Verzeihung, den Marquis de Caux! – der bei dieser Gelegenheit seinerseits ein sehr ehrbarer Gatte geworden war. Bébé de Caux war – zwei Jahre zuvor –, bevor er im Ehehafen landete, einer meiner intimen Freunde gewesen. Ihm machte es nichts aus, sich mit mir in der Öffentlichkeit zu zeigen; er hätte mich – deutlicher ausgedrückt – gerne zu allen Arten von Perversitäten überredet (die er ich weiß nicht aus welchem Land oder aus welchem Roman hatte), von denen er damals besessen war. Natürlich machte ich mich über ihn lustig und ließ ihn dementsprechend abblitzen, versprach ihm aber hoch und heilig, absolutes Stillschweigen darüber zu bewahren. Ein Geheimnis, das ich, versteht sich, nie und nimmer seiner Frau verraten hätte, seiner reizenden Gattin mit der goldenen

Stimme! Nichtsdestotrotz – ich gebe es zu – konnte ich es mir nicht verkneifen, gewisse vielsagende Anspielungen in meine Konversation einfließen zu lassen, die ihm die Hölle heiß machten und ihn bewegten, seine Frau zu überreden, mir zu helfen ... das heißt, anläßlich des Gala-Abends zu singen, den Duquesnel und de Chilly zu meinen Gunsten in ihrem Theater veranstalten wollten.

Dem Hausbesitzer schuldete ich 50 000 Francs. Dank der Patti kam an jenem Abend im »Odéon« die sagenhafte Summe von 33 000 Francs zusammen. Ich war gerettet! Ich war ruiniert, aber ich war gerettet ... Ich konnte aufatmen. Die Russen wollten mich nämlich an ihr Theater holen, und ich wäre um ein Haar nach Rußland gereist, obwohl dort eine Bärenkälte herrschte und ich befürchten mußte, es tatsächlich auf der Brust zu bekommen vor lauter Rollen, in denen ich die Schwindsüchtige zu spielen hatte – eine Rolle übrigens, die ich ohne mit der Wimper zu zucken schamlos vor lästigen Besuchern zu spielen pflegte.

Schweren Herzens ließ ich mich immerhin dazu bewegen, ein paar Pelze auf Kredit zu erstehen oder mir von ich weiß nicht mehr wem kaufen zu lassen, als unvermittelt der berühmte Notar aus Le Havre auftauchte. Diesmal nicht als der finstere und unhöfliche Mensch von damals, sondern als wunderbarer Himmelsbote: als Heiliger Gabriel in gestreifter Redingote und Gamaschen! Es ist mir unmöglich, die verbalen Umschweife und finanziellen Komplikationen wiederzugeben, die der gute Mann ins Feld führte, um mir die Legate meines Vaters zu erklären, doch am Schluß händigte er mir eine sehr beträchtliche Summe aus, die mir erlaubte, wieder auf anständigem Fuß zu leben! Ein Wunder, ja, ein wahrhaftiges Wunder: Mein Vater, den ich nie gesehen habe, rettete mir tatsächlich zweimal das Leben, indem er mich das erste Mal den galanten Plänen meiner Mutter entriß und das zweite Mal den durch meine finanzielle Notlage aufgezwungenen Galanen. Auf jeden Fall, die Liebe, welcher Art auch immer, ist von dem Augenblick an, wo sie erzwungen ist, eine anrüchige Sache. Ich war gerettet, ich entdeckte den Luxus wieder und – siehe da – tausend Freunde, die während dieser unerfreulichen Zeit verschwunden waren, tauchten mit einem Mal wieder auf. Um ehrlich zu sein, ich war darob keineswegs erstaunt und nicht einmal enttäuscht. Ich habe nie erwartet, daß meine Freunde die gleichen Fehler haben wie ich. Warum hätte ich annehmen sollen, daß sie meine Tugenden besitzen? Wenn ich anderen half, so bedeutete das mitnichten, daß andere mir helfen mußten! Also konnte ich ohne weiteres und leichten Herzens auf sie verzichten.

Und dann, als alles in bester Ordnung zu sein schien – für mich wenigstens –, da kam der Krieg. Im Sommer!

Eine kleine Unpäßlichkeit – Resultat meines unsteten Lebens – zwang mich im Sommer 1870 zu einer Badekur. Wer jemals bei einer Badekur gewesen ist, wird den Stoßseufzer der Erleichterung verstehen, zu dem ich mich trotz meines Kummers bei der Kriegserklärung in einem ersten Moment hinreißen ließ (doch es sollte nicht lange dauern, bis ich die Schrecken kennenlernen würde, die dieser Krieg nach sich zog). Ich kehrte unverzüglich nach Paris zurück, aus Patriotismus, unüberlegt, aber zu allem entschlossen, denn ich bin immer eine leidenschaftliche Patriotin gewesen. Ich trage die Kokarde ebenso selbstverständlich im Herzen wie das Wangenrot im Gesicht. Was kann ich dafür? Ich schwärme für Militärmärsche, der Gedanke an Frankreich entlockt mir heiße Tränen, und der Mut unserer tapferen Soldaten läßt mich vor Bewunderung erblassen! Jetzt wissen Sie es! Mein unseriöser Lebenswandel wird dadurch keineswegs in Frage gestellt; was meinen Patriotismus angeht jedoch, da verstehe ich keinen Spaß! Ich bin Französin, ich halte das ein für alle Male fest, Französin und Patriotin, aber nicht in dem Sinne, wie gewisse scheinheilige alte Trottel die Vaterlandsliebe damals verstanden (und heute ist es wohl kaum viel anders). Ich liebe das Frankreich der »Gerechtigkeit«, in erster Linie und vor allem. Ich habe – nebenbei bemerkt – immer etwas für Zola übriggehabt. An jenem Tag, als »Ich klage an« publiziert wurde, in »L'Aurore«, da ging ich zu ihm, und als die aufgebrachte Menge ihn lynchen wollte, war ich es, die sich am Fenster zeigte und das Volk beruhigte. Wußten Sie das nicht? Gut, jetzt wissen Sie es! Ich verabscheue den Rassismus, ich liebe die Fremden, und ich liebe mein Land, denn dadurch, daß es ihnen seine Tore öffnet, hat Frankreich mir ermöglicht, Französin zu sein. Nichts auf der Welt wird mich je gegen jene aufhetzen können, die davon träumen, in meinem Land eine zweite Heimat zu finden.

Und dann, und ganz abgesehen von diesen nationalistischen Ideen, ein menschliches Wesen ist ein menschliches Wesen! Wenn ich auch manchmal gegenüber diesem oder jenem hart gewesen bin, für die Menschen, für den Menschen und für das Volk habe ich immer ein offenes Herz gehabt. Es mag sein, daß ein paar männliche Wesen durch meine Schuld unter diesen zwei Extremen haben leiden müssen, doch es sind wenige gewesen, die sich darüber beklagt haben. Meine Liebhaber sind immer meine Freunde geblieben. Ist das tatsächlich ein so schlechtes Zeichen für eine kaltblütige, verführerische Frau?

Zolas Feinde hätten mich nun also beinahe gelyncht. Doch nicht nur der wütenden Menge habe ich trotzen müssen. Die Affäre Dreyfus hatte zur Folge, daß ich mich mit meinem eigenen Sohn überwarf. Maurice war so albern gewesen, sich bei der Patriotischen Liga zu melden, die zu allem fähig war, den primitivsten und stumpfsinnigsten, den niederträchtigsten Antisemitismus mit eingeschlossen. Ein ganzes Jahr bin ich mit meinem eigenen Sohn zerstritten gewesen, und ich glaube, ich habe unter diesem Zerwürfnis mehr gelitten als unter jeder Auseinandersetzung mit einem meiner jeweiligen Liebhaber. Aber es blieb mir nichts anderes übrig. Der Sinn für Gerechtigkeit in mir ist stärker als die Liebe.

Reden wir von amüsanteren Dingen. Was ist mit mir los? Sie werden sich fragen, was das soll, diese Suffragettenrolle ... Eine neue Komödie? Nein – der Krieg, ganz einfach. Ich kehrte nach Paris zurück, und dort meldete ich mich als Krankenschwester. Ich kümmerte mich um die verletzten Soldaten, und es war nicht nur der Reiz dieser neuen Rolle, der mich begeisterte, sondern auch die Gefahren, die Schwierigkeiten, die sie mit sich brachte ...

Ich öffnete erst einmal mein Haus, um ein Lazarett daraus zu machen, das ich anschließend ins Odéon verlegte. Um die Genehmigung dafür zu bekommen, suchte ich den Präfekten von Paris auf, bei dem ich mich als barmherzige und vaterlandstreue elegante Dame meldete, eine Rolle, die ich bald fallen ließ, als ich ... Keratry höchstpersönlich gegenüberstand! Nach sechs Jahren ... und mein schöner Keratry war immer noch der schöne Keratry ... und ganz offensichtlich war auch er angenehm überrascht, denn er kam errötend auf mich zu. In seinem Alter! Er, auf dessen Schultern die ganze Verantwortung für die Hauptstadt lastete! Wir fielen uns in die Arme. Vorerst einmal bildlich, versteht sich, dann, eines Abends ... ach Gott, das alles liegt so weit zurück ... es ist schon fast nicht mehr wahr ... Keratry war reizend, wirklich, und tat sein Möglichstes; ich bekam Getreide, Brot, Wein, Nahrung, Medikamente – alles für die verletzten jungen Soldaten, die im Lauf der Wochen an mir vorüberzogen. Es war ein schreckliches, ein grauenhaftes und zugleich wunderbares Jahr, denn ich habe unzählige menschliche Kreaturen gesehen, die sich dieses Namen würdig zeigten. Doch ich erlebte auch Unerträgliches: tödlich getroffene, sterbende, leidende Männer, die von der Erinnerung an das erlebte Grauen verfolgt, an Leib, Herz und Seele gemartert nach ihrer Mutter riefen; ich habe das Unmenschlichste gesehen, was man sich vorstellen kann, und Sie dürfen es mir glauben, es gibt nichts Entsetzlicheres als den Krieg; es gibt keine Provokation, es gibt keine Vorurteile, es gibt keine Beleidigung und auch keinen Verlust – es gibt nichts, was einen Krieg rechtfertigt. Sie müssen mir das glauben. Wenn man bedenkt, daß dieses Gemetzel durch die unsichtbare Macht der Waffenhändler geschürt wird ... durch die Beschränktheit oder die Eitelkeit gewisser mächtiger Männer, so möchte ich schreien, möchte mich ein letztes Mal aufrichten, die Erde und das Gras, die mich zudekken, auf die Seite schieben und auf allen Bühnen der Welt, egal welche und wo, schreien: »Haltet ein! Haltet ein, es ist grauenhaft! Grauenhaft und unzulässig! Nichts rechtfertigt diese Hölle und nichts wird sie je rechtfertigen!« Ich habe sie gesehen, diese Jungen, diese gebrochenen Männer, ob nun Franzosen oder nicht, 1870 und dann später, viel später, 1918. Ja ... o ja, ich habe sie gesehen ...

Doch es geht in diesem Kapitel nicht darum, plötzlich heiße Tränen zu vergießen.

Françoise Sagan an Sarah Bernhardt

Liebe Sarah Bernhardt,
ich weiß nicht, ob Sie das auch nur im geringsten interessiert, aber ich bin diesbezüglich ganz und gar mit Ihnen einverstanden. Der Krieg ist ein schmutziges Geschäft – 1987 wie 1870. Ich muß noch hinzufügen, daß der Krieg, der uns bevorsteht – uns! –, der unheimlichste sein wird, den man sich überhaupt vorstellen kann, und auch der letzte. Nicht die Granaten der »dicken Berta« wird man auf uns loslassen, sondern eine Atombombe, ich meine, eine Bombe, die im Umkreis von Millionen von Kilometern alles vernichtet, und kein Lebewesen wird auf unserem Planeten übrigbleiben. Es wird keine Zivilpersonen und keine Soldaten mehr geben, sondern nur noch verkohlte Skelette, die auf der Stelle sterben oder später, wie auch immer sie sich dagegen wehren und wo auch immer sie sich verkriechen mögen. Das Schlimmste ist, daß wir erstens nie wissen werden, wer die Bombe ausgelöst hat (dies zu wissen, würde allerdings keinen Deut daran ändern), und zweitens, daß es nicht einmal ein Mensch sein wird, der sie zündet, sondern zweifellos ein Ding, ein Gegenstand, ein Computer, ein Messingdraht, der aus Unachtsamkeit schmilzt. Und Erde und Menschen ... auf Nimmerwiedersehen!

In dieser Hinsicht ist die Zukunft weit weniger faszinierend als die Vergangenheit. Von der Geschichte mit Zola und Ihrer Freundschaft mit dem Autor von »Ich klage an« habe ich tatsächlich keine Ahnung gehabt, und von Ihrer Haltung in der Affäre Dreyfus ebenfalls nicht. Ich bin hell begeistert. Ich weiß auch nicht, warum, aber ich konnte Sie mir in der Rolle einer politisch engagierten Frau nicht so richtig vorstellen. Warum? Wie soll ich es Ihnen erklären, es mag Ihnen vielleicht läppisch vorkommen, doch ich entschuldige mich im voraus, ich entschuldige mich jetzt und auf der Stelle – nicht für meine Überheblichkeit, nein – sondern für meine Respektlosigkeit gegenüber jener, die ich hinter Ihnen nicht vermutet habe.

Sarah Bernhardt an Françoise Sagan

Das ist absolut verständlich: Von einer Schauspielerin, die viele Liebhaber gehabt und ein skandalumwittertes Leben geführt hat ... kurz, von einer Frau erwartet man weder, daß sie kritisch sei, noch daß sie etwas im Kopf habe. Warum sollte ausgerechnet ich eine Ausnahme bilden ...? Als Frau müßten Sie das schließlich wissen. Ist dem etwa nicht so?

Was wollte ich Ihnen eben erzählen? Ach ja, vom ersten Krieg, den ich erlebt habe; 1870 ist das gewesen. Gut! Ich war damals neunzehn. Nein ...? Na ja, vielleicht etwas älter! Sagen wir einmal fünfundzwanzig! Fünfundzwanzig, sind Sie damit einverstanden? So oder so, ob es Ihnen nun paßt oder nicht, 1870 bin ich fünfundzwanzig und damit basta.

Nach einer Irrfahrt mitten durch die Kriegsgebiete war es mir schließlich gelungen, meine – gegen meinen Willen – nach Deutschland geflüchtete Familie wiederzufinden und nach Paris zurückzubegleiten. Es war mitten in der Zeit der Pariser Kommune; das Volk hungerte, litt unter der Kälte und litt unter dem Krieg und wollte es nicht wahrhaben, daß all seine Leiden vergeblich gewesen sein sollten. Es sah das Bürgertum nach Paris zurückkehren, sorglos und unbekümmert, genau als ob dieser Krieg nicht stattgefunden habe, als ob es weder Niederlagen noch Leiden gegeben habe. Das Volk konnte es nicht ertragen, daß alles vergeblich gewesen sein soll. Also blieb nur noch die Revolution. Es scheint, daß Revolutionen immer dann ausbrechen, wenn die Völker vom Hunger genug haben und es laut verkünden. Oder präziser ausgedrückt: In Frankreich ist es nicht ungewöhnlich, daß Leute, die nach Brot schreien, der Subversion bezichtigt werden.

Ich brachte mich mit meiner Familie in Saint-Germain-en-Laye in Sicherheit. Paris ging in Flammen auf, in den Straßen tobten Schlachten, und ich konnte nichts tun, ich hatte dort nichts verloren, so traurig ich darob auch sein mochte. Wenn man sein Land liebt, erträgt man es nicht, zusehen zu müssen, wie es in Blut und Asche versinkt.

Ich hatte damals einen Freund, einen Major namens O'Connors, in dessen Begleitung ich durch den Wald von Saint-Germain ritt. Das Strandgut des Krieges, die Soldaten oder die Partisanen, brachten sich oft außerhalb der Stadtmauern in Sicherheit, um Atem zu schöpfen oder ein Stück Brot aufzutreiben. Einer dieser Männer stieß eines Tages auf O'Connors und schoß auf ihn. O'Connors schoß zurück, und ein wenig später spürte er einen schwer verwundeten Mann im Unterholz auf. Dieser fand noch die Kraft, noch einmal auf O'Connors zu schießen, verfehlte ihn aber. Ich sah, wie mein schöner Major, dieser Dandy, dieser Gentleman zornig wurde, ich sah auf seinem Gesicht einen wilden, mörderischen, tierischen Haß, so daß er mich für immer anwiderte; als er den Sterbenden totschlagen wollte, entriß ich ihm die Waffe ... und doch ... ich war doch so in ihn verliebt gewesen ...

Jeden Abend erstrahlte in der Ferne der Himmel über Paris in einem unheimlichen, gespensterhaften rosafarbenen oder rötlichen Licht, und man wußte, daß es die Flammen waren, die in der Stadt wüteten, daß sie vielleicht die Denkmäler und die Bäume und die Theater der Stadt zerstörten. Um ehrlich zu sein, es war mir damals alles ziemlich gleichgültig. Ich hatte diesen Krieg am eigenen Leib erlebt, umgeben von Leuten, die gut, barmherzig und hilfsbereit waren; der Gedanke, daß diese Leute nun hinter den Barrikaden standen und daß Soldaten in enggeschnürten Uniformen auf sie schossen, tat mir im tiefsten Herzen weh – zum großen Ärger meiner Freunde und Bekannten. Ich galt allgemein als Revolutionärin, obschon ... obschon ... Nein, ich glaube, dies ist nicht der Zeitpunkt, uns über Politik oder über Geschichte zu unterhalten, die scheinbar in meinem Leben keinen großen Platz eingenommen haben – das hat man Ihnen bestimmt erzählt –, doch was es mich oft gekostet hat, in den Augen der Welt die frivole, die oberflächliche, die göttliche Sarah Bernhardt zu sein, davon haben Sie keine Ahnung. Im übrigen haben meine politischen Ansichten immer ein Zetermordio ausgelöst: »Lächerlich!« entgegnete man mir, »mit welchem Recht nehmen Sie für die Armen Partei? Sie leben doch im Luxus oder etwa nicht?« Ich saß zwischen zwei Stühlen und konnte niemandem begreiflich machen, daß die Tatsache, ein angenehmes Leben zu führen, mich nicht daran hinderte, anderen das gleiche zu wünschen. Das ist es, was man als die zwei Seelen in meiner Brust bezeichnen könnte. Ich ziehe es immerhin vor, zwischen zwei Stühlen zu sitzen, hin und hergerissen zwischen meinem luxuriösen Leben und dem Mitleid, als hingelümmelt in einem weichen Sessel, selbstherrlich und vollgestopft, dort, wo die hartnäckigsten Spießbürger sich bequem einrichten und sich die Ohren zuhalten, um die Schreie von draußen nicht zu hören. Ich lege keinen Wert darauf, zu diesen Leuten zu gehören, und im übrigen gehöre ich auch nicht dazu. Ich habe immer gearbeitet, um meinen Lebensunterhalt und den meiner Familie zu verdienen. Es ist eine Eigenart der Spießer zu glauben, man müsse die gleichen Ansichten haben wie sie, nur weil man seine Stiefel beim gleichen Schuster anfertigen läßt. Doch ihre Argumente sind meist fadenscheinig ... Und mir kommt es verlogener vor, sich diese Argumente eigen zu machen, als sie abzulehnen. »Was denn? Sie essen ab und zu Kaviar? Und Sie wagen es, sich dafür einzusetzen, daß andere genug Brot zu essen haben? Kommt Ihnen das logisch vor?« Lassen wir das, nein, lassen wir das ...

Die Kommune endete in einem Blutbad, und wir kehrten nach Paris zurück, alle aus der Ferne von den Ereignissen verwundet, die wir allerdings aus der Nähe nicht erlebt hatten. Zu meinem großen Erstaunen blühte in Paris als erstes das Theater wieder auf. Alle hatten ein dringendes Verlangen danach ... sagen wir einmal all jene, welche das Geld für die Eintrittskarten besaßen. Was mich anging, ich brauchte das Theater ganz dringend, wie ein Aufatmen, wie einen Aderlaß nach einer Gefühlsverwirrung, nach einem Identitätsverlust – etwas, was mir bis dahin noch nie passiert war.

Das Odéon setzte »Jean-Marie« wieder auf den Spielplan, ein Stück von Theuriet, ein Stück, in dem ich, zugegeben, mit Erfolg auftrat. Doch etwas anderes lag noch in der Luft, etwas Großes (von Zeit zu Zeit habe ich das Gefühl von Größe – eine Art Geruch, der mich in der Nase kitzelt). Und das Große, das Hehre, das war damals Victor Hugo, der durch das Exil noch größer geworden und als Prophet zurückgekehrt war. Er beschwor den Gedanken an eine neue Demokratie in Frankreich herauf, und ganz Frankreich kannte ihn, ganz Frankreich kannte seine Worte, seine Familie, seine Eskapaden. Ende 1871 beschloß das Odéon, »Ruy Blas« zu inszenieren.

Victor Hugo bestand darauf, die erste Sprechprobe müsse in seinem Haus am Place des Vosges stattfinden. Meine Menagerie, mein Hofstaat war empört. »Wie denn! Ist es vielleicht an dir, berühmt wie du bist, sich für einen alten Mann zu deplazieren?« Ich hatte noch keine ganz klare Vorstellung von der Werthierarchie. Ich wußte damals noch nicht, daß sich für eine Rolle zwar immer zehn Schauspieler finden, aber immer nur eine Person, die den Text dazu schreibt. Ich ließ mich überreden und war schon fast entschlossen, nicht hinzugehen, als Robert mich gerade noch rechtzeitig daran erinnerte, daß es sich bei Hugo immerhin um ein Genie handle. Wir Schauspieler sind Vögel, Papageien; wir plappern mehr oder weniger getreulich, mehr oder weniger geschickt nach, was jemand anderer gedacht, sich ausgedacht und formuliert hat, und es hat Zeit gebraucht, bis mir das bewußt geworden ist. Ich bin etwas widerwillig der Einladung Hugos gefolgt, doch ich bin freiwillig und aus ganzem Herzen bei ihm geblieben, bezwungen von diesem häßlichen, vulgären, schwerfälligen Mann mit dem lüsternen Blick und dem reizlosen Mund (einzig seine Stimme war schön, obwohl er seine eigenen Verse recht unbeholfen rezitierte). Aber ... er war das Genie schlechthin! Wie soll ich das erklären? Er stand nur wenig über den anderen, doch dieses Wenig war riesig. Ich war jedenfalls dafür empfänglich.

Meine Bewunderung für Hugo wuchs von Tag zu Tag. Und am Abend der Premiere, am 16. Januar 1872, wurde ich dank ihm – nachdem ich bis dahin die kleine Fee der Studenten gewesen war – nun plötzlich das Idol des Publikums. Ich bin Victor Hugos Königin gewesen, seine verliebte, zum Erfolg verdammte Königin – und zwar so sehr, daß der Abend ein Triumph und ich zur Königin von Paris wurde ... eine triumphierende Königin, der ganz Paris zu Füßen lag. Das Publikum war außer sich vor Begeisterung. Die Ovationen nahmen kein Ende. Ich stand vor dieser wild applaudierenden Menge, die schließlich meinen Namen zu skandieren begann: »SA-RAH! SA-RAH!«. Ich sah die gespensterhaft weißen, namenlosen Gesichter im Dunkeln vor mir, denen die langsam angehenden Lichter im Saal nach und nach Farbe und Identität verliehen ... Ich sah viele Gesichter an jenem Abend, die mir sonst ganz und gar nicht zulächelten, die nun aber hingerissen zu sein und verrückt nach mir schienen! »Jetzt hast du, was du dir gewünscht hast ... Schau sie dir an!« sagte ich zu mir. Und das Lachen stieg mir in die Kehle. Die Wandelhallen wurden überflutet, und Hugo, halb vor mir knieend, bedankte sich bei mir. Ich fand ihn ganz plötzlich schön. Ich stellte fest, daß er eine breite Stirn hatte, daß sein Haar silbern war, daß seine strahlenden Augen schelmisch blickten. Ich war ihm ausgeliefert, so wie er selbst Doña Sol ausgeliefert war. Draußen erwarteten mich meine Studenten; sie hatten die Pferde abgespannt und zogen meinen Wagen bis in die Rue de Rome, wo ich damals wohnte.

Ich konnte in jener Nacht nicht schlafen; ich glaube, es ist die längste Nacht meines Lebens gewesen. Ich war nun vor aller Welt die große Künstlerin, die immer in mir geschlummert hatte, die ich so sehr sein wollte, die ich aber bis zu jenem Tag durch eigene Schuld nicht hatte sein können.

Françoise Sagan an Sarah Bernhardt

Ich werde später auf Ihren ersten Triumph zurückkommen, wenn Sie nichts dagegen haben. Doch ich möchte Ihnen eine Frage stellen ... eine weniger intime (doch das ist schließlich meine Pflicht als Biographin): Was ist zwischen Ihnen und Hugo gewesen? Gott weiß, wie gierig er gewesen ist und hinter den Frauen her ...! Ich hoffe, daß sein Mangel an Schönheit Sie nicht zu sehr gestört hat. Sie erwähnen immer wieder seine Genialität, doch was ist tatsächlich zwischen Ihnen und diesem Genie gewesen?

Sarah Bernhardt an Françoise Sagan

Meine Liebe, ausnahmsweise werde ich Ihnen diesmal nichts darüber erzählen. Voilà. Denken Sie sich, was sie wollen! Den Reichen schenkt man nichts, oder? Also, viel Spaß bei Ihren Nachforschungen ...

Françoise Sagan an Sarah Bernhardt

Schon gut, schon gut ... Das sind Ihre eigenen Angelegenheiten, einverstanden. Im übrigen ist alles Ihre Angelegenheit, und ich werde von Ihnen ohnehin nur das erfahren, was Sie mir erzählen wollen. Persönlich würde ich die Hand ins Feuer legen, daß Sie eine Affäre mit diesem Herrn gehabt haben. Er war nicht der Typ, der eine schöne Frau verschmäht hätte ... und schön, das sind Sie gewesen, mit Ihren bernsteinfarbenen Augen und dem flammendroten Haar ... und Ihre Anmut ... Ihre Art, sich zu geben ... die Gewandtheit, welche der Ruhm, die Selbstsicherheit und die Heiterkeit einem verleihen. Und dann Ihr Lachen ... Wie hätte er diesem Lachen widerstehen können? Ich bitte Sie ... erzählen Sie mir, was Sie wollen, verschweigen Sie mir, was Sie wollen ... ich, für meinen Teil, denke mir den Rest ...!

Dann denken Sie sich eben Ihren Rest. Denken Sie, was Sie wollen, will ich sagen.

Nach »Ruy Blas« wurde ich vorläufig einmal Hugos engste Freundin. Ich traf Juliette Drouet – die arme Frau –, die sehr unter seinen häufigen Abwesenheiten litt, doch was mich anging, ich war sehr glücklich; ich dachte an all die Jahre, die ich mit eleganten Schwachköpfen vertan hatte, während ich, ohne es zu wissen, von genialen Männern umgeben war! (Und obwohl ich es nun wußte – na ja –, erinnere ich mich, daß ich eines Tages mitten in einem Gespräch Victor Hugo stehenließ, um einem schönen Einfaltspinsel im Jockey Club nachzulaufen! Tatsache ...!)

Wie auch immer ... dank Hugo lernte ich Gautier kennen, Paul de Saint-Victor ... zehn, hundert, tausend Männer, Männer von Geist und nicht Männer im Frack. Das macht einen relevanten Unterschied aus für eine Frau wie mich.

Anläßlich eines jener Bankette war es, daß ich de Chilly sterben sah, plötzlich, vom Tode getroffen, mitten in einem geistreichen Satz. Er brach über seinem Teller zusammen; ich versuchte, ihn aufzurichten.

»Chilly, ich bitte Sie, soll das ein Scherz sein?« sagte ich zu ihm!

Es war kein Scherz, er war tot. Ich gestehe, daß mir dieser Zwischenfall einen gewaltigen Schrecken eingejagt hat. Ich konnte mir nicht vorstellen, daß man anders als auf einem Sterbebett sterben konnte; ich konnte mir nicht vorstellen, daß man mitten in einem angeregten Gespräch von dieser unheimlichen Sichel niedergemäht werden konnte, bei einem Bankett oder auf der Bühne. Der Luxus, die Feste, das Vergnügen, das Theater, der äußere Anschein – sie waren für mich ebenso viele undurchdringliche spanische Wände, die einen vor dem Tod abschirmten. Und siehe da, dem war keineswegs so ... der Tod ließ sich nicht täuschen.

Ein anderes Mal war ich persönlicher und grausamer davon betroffen, damals, als meine Schwester Regina starb, in meinem Bett ... ich war ihr monatelang von meinem Sarg aus beigestanden, denn mein Zimmer war sehr eng. Sie lag in meinem Bett und dank meinem entzückenden gepolsterten Sarg konnte ich mich an ihrer Seite ausruhen. Als sie starb, irrte sich der Leichenbestatter und hätte beinahe den falschen Sarg mitgenommen, was einen Skandal auslöste, von dem man heute noch spricht. Für mich war es schließlich nichts anderes als ein Bett, wo ich ruhig schlafen und gleichzeitig meiner Schwester nahe sein konnte. Regina starb an ihrer Haltlosigkeit: Sie hat ihr Leben lang geflucht wie ein Fuhrmann, hat sich benommen wie ein Fuhrmann, hat gelebt wie ein Fuhrmann. Sie ging von Exzess zu Exzess, sie begann, gewisse dieser Drogen zu nehmen, die, wenn sie einem auch das Leben zu ersetzen scheinen, es einem schließlich unweigerlich wegnehmen. Regina ist immer verschlossen und menschenscheu gewesen, und ihre Heftigkeit, gepaart mit ihrem ungewöhnlichen, ziemlich auffallenden Aussehen, führte schließlich zu ihrem traurigen Ende. Sie starb gegen ihren Willen und gegen meinen Willen, doch nicht gegen den Willen der Natur, das steht fest.

Ihre Beerdigung war ein großartiges Spektakel – man erzählt, daß ich bei dieser Gelegenheit großartig gewesen sei, und dennoch, ich war wie abwesend. Nach den langen, den vielen an ihrem Bett verbrachten qualvollen Nächten fühlte ich nichts mehr. Ich bin nie in der Lage gewesen, im richtigen Moment die richtigen Gefühle zu zeigen. Wenn ich um meine Schwester geweint habe, so erst viel später, sehr viel später, und ich habe niemandem davon erzählt. In jenem Moment kam es mir vor, als handle es sich nur um einen ungewohnten Zwischenfall, um eine etwas längere Nacht. Ich habe es nie für nötig gehalten – und habe im übrigen auch nie die Absicht gehabt – über meinen Kummer zu reden oder mich dafür zu entschuldigen, so wenig wie über mein Glück oder mein Pech. Man sollte nicht über seine Verwundbarkeit sprechen, glaube ich, weder um sich damit zu brüsten, noch um sich ihrer zu bezichtigen. In dieser Beziehung bin ich unerschütterlich. Doch vielleicht bezichtigen auch Sie mich der Kälte ...

Françoise Sagan an Sarah Bernhardt

Wie käme ich dazu ...! Mit welchem Recht käme ich dazu, Sie wessen auch immer zu bezichtigen? Ich weiß, was diese Kälte bedeutet, diese eisige Kälte, diese Leere, die man manchmal angesichts eines – wie man meint – zutiefst bewegenden oder schier unerträglichen Ereignisses empfindet. Und dann braucht nur noch einer zu kommen, der einem diese Leere vorhält ... und man gerät in eine heilige Wut. Ich kenne das nur allzu gut; ich bin die letzte, die Ihnen oder jemandem sonst diesbezüglich Vorhaltungen machten könnte.

Sarah Bernhardt an Françoise Sagan

Sehr gut, sind wir uns – in dieser Hinsicht wenigstens – einmal mehr einig. Wo waren wir stehengeblieben? Ach ja, ich hielt nun also nach jenem denkwürdigen Abend Einzug in die Comédie Française; ich verließ das Odéon, obwohl ich vertraglich gebunden war, und ohne Duquesnel zu benachrichtigen; ich glaube, das ist der gemeinste Verrat meines Lebens gewesen. Nun eigentlich kam das so: Ich fragte de Chilly, was er mir böte, worauf er mich mit vagen Andeutungen und ironischen Bemerkungen vertröstete, als ein Brief von der Comédie Française eintraf, in dem man mir ein Engagement anbot.

Die Comédie, müssen Sie wissen, war damals das Höchste, das Kostbarste, das Ruhmvollste für eine Schauspielerin. Dort konnte sie alle Rollen spielen – alle Rollen von Racine, alle Rollen von Molière, alle! Alle großen Stücke wurden dort aufgeführt, es war das prestigereichste, das einmaligste und berühmteste Theater dieses Planeten. Ein Engagement ausschlagen hätte bedeutet, auf das Firmament verzichten, auf den ersten Platz verzichten. Aber trotzdem, ich unterzeichnete etwas zu voreilig, und Duquesnel – der mir sein Leben lang geholfen hatte und der mir immer noch half –, Duquesnel war schrecklich gekränkt, als ich ihm den bereits unterzeichneten Vertrag zeigte. Er verlangte von mir Tränen, verlangte Reue – und er bekam beides. De Chilly hingegen prozessierte gegen mich und verlangte (bevor er starb, der Ärmste) eine Entschädigung, die er ebenfalls bekam. Er hatte übrigens recht, denn ich hatte mich sowohl gegenüber dem Gesetz als auch gegenüber meinen zwei alten Freunden schlecht benommen. Ich bezahlte also. Es kam mich teuer zu stehen, aber ich bezahlte.

In der Comédie Française trat ich in »Hernani« auf, wo ich, versteht sich, die Doña Sol spielte. Als Doña Sol traf ich natürlich auf einen Hernani, und dieser Hernani war Mounet, Mounet-Sully – ein reizender Junge –, und bei dieser Gelegenheit lernte ich sowohl das Vergnügen als auch den

Beruf kennen, in einem einzigen Mann konzentriert. Mounet-Sully war damals – nebst mir – der berühmteste Schauspieler; wir waren noch nie zusammen aufgetreten, und die Liebe auf den ersten Blick war so heftig, so gegenseitig und so plötzlich, wie sie überhaupt nur sein kann. Er war der schönste Mann seiner Generation: großgewachsen, stattlich ... sein Blick, seine Haltung waren unglaublich stolz und jugendlich. Mounet stammte aus dem Südwesten, er hatte die Begeisterungsfähigkeit, die Großzügigkeit und die Liebenswürdigkeit seiner Landsleute; er hatte alles an sich, er hatte die Männlichkeit eines etwas kindlichen, etwas extravertierten, mehr oder weniger aufrichtigen Mannes; das war für mich ganz neu. Ich hatte Männer wie Charles Haas gekannt, wie Keratry, junge Männer und gesetzte Männer, Intellektuelle, Dichter, ich hatte tausend – nein, sagen wir einmal hundert verschiedene Männer gekannt, doch nie einen, der so ganz und gar in seinem Beruf aufging, einen so kindlichen und zugleich so männlichen Mann wie Mounet. Ich dachte einen Moment lang, mein Schicksal habe sich in der Person von Mounet endlich erfüllt, unwiderruflich und für immer und glücklich an der Seite eines einzigen Menschen. Man kann sich nicht vorstellen, was es für eine Frau bedeutet, vor tausend Menschen einem Mann, den sie vor acht Stunden in der Dunkelheit zärtlich in den Hals gebissen hat, die Hand zum Kuß hinzuhalten ... Es gibt wirklich einzigartige prickelnde Momente im Leben ...

Leider kann man sich ebensowenig vorstellen, was es heißt, um 8 Uhr abends vor tausend Menschen den poetischsten Reden zuzuhören, den edelsten Gefühlen, und dann um Mitternacht vom gleichen Mann im traulichen Gespräch Albernheiten oder Gemeinplätze über sich ergehen lassen zu müssen. Denn, hélas, Mounet-Sully war dumm, außerordentlich reizend, aber außerordentlich plump. Und, unglücklicherweise war ich eben auch an Leute vom Schlage Keratrys und Charles Haas' gewöhnt.

Françoise Sagan an Sarah Bernhardt

Was ich an Ihnen schätze, ist Ihr Wissen darum, daß Widersprüche mit der Intelligenz Hand in Hand gehen: Die Liebe auf den ersten Blick war am Anfang Ihrer Erzählung zum Beispiel ein »Monument der Langeweile«, und hier wird sie zu »einer Sturmflut«. Sie besingen mit der gleichen Begeisterung sowohl die Überlegenheit des Geistigen über das Sinnliche wie auch das totale Gegenteil! Für mich, die ich meine Zeit damit verbringe, meine Meinung zu ändern, ist es eine Wohltat, Ihnen zuzuhören. Ich empfinde immer mehr Zuneigung und Achtung für Sie, gestatten Sie mir, Ihnen dies zu sagen. Wie schade, daß wir uns nie gekannt haben! Ich hätte Stücke für Sie geschrieben, und wir hätten uns schrecklich gestritten ...

Sarah Bernhardt an Françoise Sagan

Sie hätten für mich Stücke schreiben wollen? Du meine Güte, auch das noch! Ich sehe mich bereits in einer dieser modernen Rollen! Ich habe gehört, eine meiner unglücklichen Mitschwestern habe kürzlich in einem Stück gespielt, in dem sie im ersten Akt nach und nach von den Füßen bis zu den Hüften verschlungen wird, und im zweiten von den Hüften bis zum Kopf; Sie müßten mich teuer bezahlen, um diese Art von Theater zu spielen! Sogar mit einem Bein weniger würde ich mich dazu nicht hergeben.

Françoise Sagan an Sarah Bernhardt

Nein, nicht doch! Hören Sie mir gut zu, wir sprechen von zwei verschiedenen Dingen. Sie sprechen von einer neuen Art Theater, das seit einiger Zeit tatsächlich nicht nur in Paris, sondern auf der ganzen Welt gespielt wird und das origineller und intellektueller ist als meines. Ich aber schreibe Stükke, in denen sich die Leute streiten, sich gegenseitig verheimlichen, daß sie sich lieben, in denen sie sich prügeln, Unsinn reden und Unsinn treiben. Ein weniger ernstzunehmendes Theater sozusagen. Was für eine Rolle möchten Sie spielen? Eine würdige Herzogin? Eine Bettlerin? Eine Irre? Eine was?

Sarah Bernhardt an Françoise Sagan

Ich möchte in einem Stück spielen, das geschrieben ist, punktum! Was die Rolle angeht, so ist es nicht an mir, sie zu bestimmen, sondern an Ihnen, sie zu schreiben. Ich bin in jedem Fach zu Hause, wie es sich für eine Schauspielerin gehört. Ich würde das entsetzlich finden, wenn man eine Rolle für mich schriebe; ich bin einzig und allein die Dienerin der Theaterautoren, das ist alles.

Françoise Sagan an Sarah Bernhardt

Bravo! Bravo! Aber unter uns gesagt, nach Ihrem großem Erfolg, wie viele Rollen haben Sie gespielt, die nicht für Sie geschrieben worden sind? Ich finde, Sie sind dem armen Sardou und den anderen gegenüber recht undankbar ...

Im Ernst – vom Repertoire abgesehen, welches Stück ist nicht für Sie geschrieben worden?

Sarah Bernhardt an Françoise Sagan

Warum »vom Repertoire abgesehen«? Glauben Sie nicht, daß Racine oder Corneille eine Vorahnung hinsichtlich meiner Person gehabt haben könnten? Und Shakespeare? Wäre es nicht denkbar, daß sie sich in Gedanken vorgestellt haben, daß ich eines Tages kommen und ihren »Hamlet« oder ihre »Phädra« spielen würde? Also, ich muß schon sagen, Ihnen mangelt es an Vorstellungsgabe und Intuition.

Françoise Sagan an Sarah Bernhardt

Einstand! Beim Tennis sagt man »Einstand«! Ich ziehe es vor, das Spiel abzubrechen, Vorteil, Satz und Sieg gehören bald Ihnen. Gut! Ich verzichte also auf meine Theaterpläne mit Ihnen. Trotzdem hätte ich den Mut gehabt, wir hätten uns wunderbar gestritten! Denn ich könnte mir vorstellen, daß im Kreise Ihrer Verehrer, die Ihnen die Hände und die Füße küßten und Ihnen den lieben langen Tag beteuerten, Sie seien die Göttlichste, der kleinste Einwand wie eine Blasphemie geklungen hätte. Oder irre ich mich?

Sarah Bernhardt an Françoise Sagan

Sie irren sich einmal mehr. Mein Hofstaat! Mein Hofstaat! Sprechen wir von meinem Hofstaat! Wissen Sie überhaupt, was das ist, der »Hofstaat« einer intelligenten (sagen wir, einer einigermaßen intelligenten) Person? Eine Bande von Busenfreunden, die unter dem Vorwand, nicht als Hofschranzen gelten zu wollen, den lieben langen Tag nichts anderes zu tun haben, als einem die Wahrheit ins Gesicht zu sagen. Sind Sie fertig mit Ihrem dummen Geschwätz? Möchten Sie, daß ich Ihnen den Rest meines Lebens erzähle – ja oder nein? Ehrlich gesagt, ich finde es nicht besonders lustig, und erst recht nicht, wenn Sie nichts Besseres zu tun haben, als mich ständig mit albernen Bemerkungen zu unterbrechen ...

Ich fahre fort. Anstatt mich mit Ihnen zu streiten, stritt ich mich einstweilen mit Mounet-Sully. Der arme Junge, er meinte es wirklich gut, mir regelmäßig sein Herz und seine Hand anzubieten; er bezog die gleichen Gagen wie ich, und unsere beiden Einkommen zusammen hätten nicht für das Leben gereicht, das ich führte. Er wollte das einfach nicht einsehen, doch ich für meinen Teil wußte das sehr gut und sah mich daher hin und wieder gezwungen, von seinen Armen in die – ersprießlicheren – Arme des einen oder anderen Verehrers überzuwechseln. Wie auch immer, zwischen Ankleidezimmer und Bühne verbrachten wir an die sechs Stunden von Angesicht zu Angesicht oder Seite an Seite, und nach der Vorstellung konnte es geschehen, daß ich, hingerissen von seinem oder meinem Spiel, in ihm immer noch einen Hippolytos oder einen Armand Duval sah und mich daher von ihm nach Hause begleiten ließ, wo er sich leider wieder in den liebenswürdigen Mounet verwandelte. Kurz und gut, wir verbrachten regelmäßig an die zwölf Stunden zusammen, und es wäre doch wirklich unzumutbar gewesen, auch noch den ganzen Nachmittag mit ihm zu verbringen – oder? Zuviel ist zuviel für einen einzelnen Menschen. Ich mußte – und wenn auch nur um aufzuatmen (und unabhängig von finanziellen Angelegenheiten) – nachmittags ein paar Stunden mit einem geschliffeneren Geist oder einem unbeschwerteren Liebhaber verbringen können.

Es waren tausend Vorsichtsmaßnahmen nötig, um diese flüchtigen Liebhaber aufzusuchen, dieses unentbehrliche Zubehör, denn Mounet überwachte mich, und ganz Paris half ihm dabei. Ganz Paris fand das Paar, das wir abgaben, einmalig romantisch. Wir hatten den überwältigendsten Erfolg, den man sich vorstellen kann, er und ich, und ganz Paris erfreute sich an unserer Idylle. Es kam so weit, daß ich nicht nur hinter einem dichten Schleier versteckt ausging, sondern unter einem dermaßen gräßlichen Hut, daß niemand auch nur auf den Gedanken gekommen wäre, ich könnte darunter stecken. So tief war ich gesunken.

Was Mounet eines Tages nicht daran hinderte herauszufinden, daß ich eben aus dem Bett eines anderen kam. Es war schrecklich! Wir spielten »Othello«. Genauer, er spielte den Othello und ich die Desdemona. Ich muß zugeben, daß in jener Szene, in der er mich auf das Bett schleuderte und mir ein Kissen auf das Gesicht drückte (nachdem er mir in der Pause als Mounet eine heftige Szene gemacht hatte), daß ich in jenem Moment in Panik geriet; ich begann ungeachtet der absoluten Wortlosigkeit, welche die Rolle von mir verlangte, in einem hysterischen Tonfall zu kreischen, was die wenigen Shakespeare-Kenner im Saal einigermaßen erstaunt haben dürfte.

»Lassen Sie mich!« schrie ich (siezte ihn aber immerhin). »Lassen Sie mich; Sie tun mir unrecht, ich habe nie etwas mit diesem Jungen gehabt, ich schwöre es Ihnen! Sie regen sich unnötig auf, liebster, liebster Othello« – fügte ich so schnell ich konnte hinzu – »Sie bilden sich da etwas ein, undsoweiterundsofort ...«

Wenn ich heute an den Text denke, den ich an jenem Abend auf der Bühne improvisierte und der eher nach Feydeau klang als nach dem großen Shakespeare, könnte ich mich totlachen, doch damals war mir ganz und gar nicht zum Lachen zumute. Ich hatte nicht die geringste Lust zu sterben – dessen war ich mir eindeutig bewußt –, und einen Augenblick lang dachte ich tatsächlich, ich sei in Gefahr. Gott sei Dank gehörte der Regisseur zu meinen Freunden; er ließ Mounet nicht aus den Augen, und als er mich plärren hörte: »Hör auf, du bringst mich sonst noch wirklich um, o edler Mohr!«, ließ er den Vorhang fallen und ersparte dem Publikum die Reue Othellos und vielleicht auch die von Mounet; ersparte mir jedenfalls einen für eine Schauspielerin geradezu exemplarischen Tod. Ich bin ihm dafür immer sehr dankbar gewesen.

Françoise Sagan an Sarah Bernhardt

Merkwürdig, Sie haben länger als zwei Jahre mit Mounet-Sully zusammen gelebt, glaube ich, doch in Ihren Memoiren erwähnen sie diese Zeit mit keiner Silbe. Wie kommt das?

Sarah Bernhardt an Françoise Sagan

Weil er ein reizender, ein herzensguter, ein großzügiger und zärtlicher Mann gewesen ist, weil ich ihn schlecht behandelt habe; ich habe ihn unglücklich gemacht, ich habe ihn betrogen ... und es liegt mir heute ebensowenig wie damals daran, ihn in aller Öffentlichkeit lächerlich zu machen. Zu meiner Rechtfertigung, ich war damals kaum dreißig. Und nun will ich Ihnen vom Ende meiner Karriere in der berühmten Comédie Française erzählen. Mittlerweile hatte ich dort immerhin die schönsten Rollen gespielt, die sich eine Schauspielerin erträumen kann; 1873 spielte ich die Rolle der Aricie und ein Jahr später, 1874, die Rolle der Phädra; mit kaum fünfundzwanzig habe ich die Phädra gespielt! Was kann eine Schauspielerin mehr vom Leben erwarten? Ich hatte alles, was ich wollte.

Françoise Sagan an Sarah Bernhardt

Alles, tatsächlich, außer der Begabung für Zahlen. Wenn ich nicht irre, haben Sie »Ruy Blas« 1872 gespielt, und 1874 die Rolle der Aricie in »Phädra«. Da Sie 1844 geboren sind, müssen Sie damals dreißig gewesen sein. Was Ihre Desdemona angeht, die Sie 1878 verkörpert haben, so muß sie zwangsläufig vierunddreißig gewesen sein. Ich behaupte nicht, es sei schlimmer, Mounet-Sully mit vierunddreißig zu quälen, und weniger bewunderungswürdig, die Phädra mit dreißig als mit fünfundzwanzig zu spielen; doch alle diese Irrtümer verfolgen schließlich nur einen Zweck! Haben Sie es tatsächlich immer noch nötig, sich jünger zu machen? Jetzt, wo Sie unsterblich sind? Sind diese kleinen Eitelkeiten nicht merkwürdig bei einer so großen Persönlichkeit wie Sie?

Sarah Bernhardt an Françoise Sagan

Was ich merkwürdig finde, Madame, ist, daß ich es bin, die Ihnen in Mathematik Nachhilfeunterricht geben muß, denn merken Sie sich eins: Wenn man eine wirkliche Schauspielerin ist und wenn man die Phädra spielt, ist man achtzehn und gleichzeitig hundert. Was sollen also diese pingeligen Rechnungen, dreißig oder fünfundzwanzig oder vierunddreißig, was weiß ich ...? Ich finde es wirklich kleinlich von Ihnen, mich da in Hintertreppenklatsch hineinziehen zu wollen. Ich finde es wirklich enttäuschend von Ihrer Seite; und meine Enttäuschung ist sicher ebenso groß wie Ihre – wenn nicht noch größer.

Françoise Sagan an Sarah Bernhardt

Madame (da wir offensichtlich wieder zu »Madame« übergegangen sind), glauben Sie keinen Augenblick, ich sei von Ihren »ungefähr« enttäuscht; ganz im Gegenteil. Hingegen wäre ich betrübt, wenn ich Sie durch meine pingelige Rechnerei gekränkt haben sollte, die, ich gebe es zu, gar nichts beweist. Doch ziehen Sie meine verzweifelten Versuche in Betracht, unserem Gespräch eine etwas seriösere, etwas exaktere Wendung zu geben! Denken Sie an Ihre vielen Verehrer, denken Sie an meine vielen Kritiker, die über mich herfallen werden, wenn ich unseren gegenwärtigen Briefwechsel veröffentliche! Denken Sie an meine Ohren und an meinen armen Buckel unter diesem Hagel von Prügel und Sticheleien! Erlauben Sie mir doch bitte, da und dort ein paar Daten einzustreuen, wie Trüffeln, mit denen man Pasteten zu würzen pflegt in der Hoffnung, ihr Duft übertünche die ungewohnte Zusammensetzung oder das Mißverhältnis der Zutaten ...

Sarah Bernhardt an Françoise Sagan

GUT! Ich verzeihe Ihnen einmal mehr! Doch merken Sie sich ein für allemal – unter uns und für Ihr künftiges Leben –, daß die Wahrheit nichts, aber auch gar nichts mit Genauigkeit zu tun hat. Sie hat praktisch mit den Tatsachen selbst kaum etwas zu tun! Und mit deren Daten erst ...! Das ist doch wirklich lächerlich! Denken Sie doch an Ihren geliebten Proust: Wenn ich mich richtig erinnere, war die Zeit (ich wiederhole: die Zeit) in seinen Augen tatsächlich das einzige, dem wir uns im Leben zu fügen haben, doch er hatte in dieser Beziehung etwas wirre Vorstellungen, will mir scheinen ...! Wie auch immer, auch mein Leben hat sich nach ihr richten müssen. Zu jenem Zeitpunkt, 1879 – glaube ich – ist es gewesen, bin ich nach England gegangen, um auch dort Triumphe zu feiern.

Doch bevor wir von London sprechen, müßte ich Ihnen noch erzählen, was vorher passiert war: Ich war in Paris nämlich plötzlich berühmt geworden – ganz genau –, eine Berühmtheit, die, na ja, nur zum Teil auf meinen Erfolg in »Ruy Blas« zurückzuführen war, denn unabhängig davon waren mir ein paar Mißgeschicke zugestoßen: Mein Haus war in Flammen aufgegangen – das habe ich bereits erwähnt –, dann mußte ich mich in der »Comédie Française« mit einem Stück von Emile Augiet herumschlagen, einem unmöglichen Stück, wo ich nur einen lauen Erfolg verzeichnete (der Disput allerdings, der darauf folgte, war alles andere als lau!). Und ein Journalist, dem es an Stoff mangelte, erdreistete sich gar zu behaupten, ich hätte unserem Genie, dem göttlichen Victor Hugo, den Kopf verdreht, als ob nach seinem zwölften Lebensjahr (zu einem Zeitpunkt, das werden Sie mir wohl zugestehen, wo ich noch nicht einmal auf der Welt war) an ihm noch etwas zu verdrehen gewesen wäre. Ich verdanke meine Berühmtheit zweifellos den Zeitungen, die mir je nach Couleur, unzählige Liebhaber zugeschrieben – und jede einen anderen natürlich –, doch zugegeben, es war ein eher zweifelhafter Ruhm. Und wenn die Geistlichkeit mich von der Kanzel herab erwähnte, so war es lediglich, um mich öffentlich zu verdammen, worin ihr tugendhafte – und auch weniger tugendhafte – Damen nacheiferten. Für die einen war ich ein teuflischer Dämon, für viele andere hingegen – zum Glück – ein Gegenstand der Anbetung! Ich war die Verkörperung der »femme fatale«, und da diese Vorstellung mich entzückte, galt ich zudem auch noch als zynisch. Eine Leistung, immerhin ...! Kam noch hinzu, daß das Theater ausverkauft war, wenn ich auftrat, und zur Hälfte leer, wenn ich nicht auftrat, was meine lieben Kolleginnen im »Français« in Rage brachte. Beinahe hätte ich's vergessen, da war ja noch die Geschichte mit Louise Abbéma, einer außergewöhnlichen Frau und sehr begabten Malerin, mit der ich eng befreundet war, die aber unglückseligerweise verblüffend einem japanischen Admiral ähnelte und sich auch dementsprechend kleidete. Es wurde allerlei nicht eben Schmeichelhaftes über sie gemunkelt, und die Tatsache, daß sie meine Freundin war, ließ ihre Eigentümlichkeiten noch widernatürlicher erscheinen. Die arme Frau vergötterte mich; sie sei bereit, für eine Nacht mit mir ihr Leben zu geben, beteuerte sie mir, doch ich fand diesen Preis ziemlich übertrieben. Es ist mir immer schwer gefallen, die Liebesangelegenheiten der anderen skandalös zu finden – genauso wie meine eigenen; das einzige für mich wirklich Empörende sind unglückliche Liebesgeschichten oder unerwiderte Liebe. Ich weiß zur Genüge von ganz legalen Vergewaltigungen, die in gutbürgerlichen Kreisen allabendlich von ungeschickten oder perversen Ehemännern an ihren Frauen verübt werden, und ich bin der Ansicht, daß die glückliche Beziehung zwischen einem Ministranten und einem Dorfpfarrer zwar nicht unbedingt »normaler« ist, aber zumindest menschlicher. Man schrieb mir die unglaublichsten Abartigkeiten zu, nächtelange – oder tagelange – Exzesse, welche die Kräfte von zehn Satyren überstiegen hätten. Ich weiß wirklich nicht, wie ich nebst alledem noch Zeit hätte finden sollen, aufzutreten oder auch nur einen Bissen zu mir zu nehmen (von Schlaf gar nicht zu reden, da ich dessen a priori ja nicht bedurfte). Kurzum – dank einem dieser Schneeballeffekte, wie man sie nur in Paris kennt, war ich von einem Tag auf den anderen zur unwiderstehlichsten und skandalumwittertesten Frau weit und breit geworden.

Das Stück von Augiet war ein totaler Mißerfolg. Ich hatte es vorausgesagt, gesagt und wiedergesagt. Man ließ mir nicht einmal Zeit, anständig zu proben, weil der Autor sich wahrscheinlich kaum die Zeit genommen hatte, dieses Machwerk fertigzuschreiben; es wäre im übrigen mehr als suspekt gewesen, wenn ich Erfolg gehabt hätte. Ich tat mich schwer mit diesem Stück; die Zeitungen fielen natürlich über mich her, was mich ärgerte und mich veranlaßte, meinerseits über Monsieur Perrin, den Intendanten der »Comédie«, herzufallen, der den lieben langen Tag nichts anderes zu tun hatte, als mir das Leben zu vergällen. Daß meine lieben Kollegen und Kolleginnen auf der Bühne und im Ruhestand eifersüchtig auf mich waren, nun, das schien mir normal, doch daß er, ausgerechnet er, dessen Einnahmen sich unweigerlich verdoppelten, wenn ich auftrat, daß er es beinahe gewagt hätte, mir Vorwürfe zu machen ... das war doch wirklich die Höhe! Nach einer meiner berühmten Szenen ließ ich ihn auf der Stelle stehen, obwohl ich einen Vertrag hatte. Und natürlich hängte mir die »Comédie-Française« einen Prozeß an!

Das »Haus Molières« sah mich nun also gehen – so wie ich es ganz am Anfang meiner Karriere betreten, so wie ich es zum ersten Mal verlassen, so wie ich es wiederbetreten hatte, um es jetzt nach gewohnter Manier wieder zu verlassen ... das heißt, geräuschvoll und die Türen mit viel Verwünschungen laut hinter mir zuknallend. Doch für mich bedeutete die »Comédie-Française« keine verlorene Zeit. War ich dort nicht Racine begegnet? Hatte ich dort nicht die Phädra gespielt und kurz vorher London kennengelernt? Kennen Sie überhaupt London? Denn vor dieser dramatischen Auseinandersetzung, deren Fazit ich etwas beschleunigt habe, war die ganze Truppe unter der Ägide der »Comédie« auf Tournee in London gewesen.

London ist die einzige Hauptstadt der Welt, wo die vornehmen Kreise, wo der Adel Fantasie hat. In London amüsiert man sich mit dem Prinzen von Wales, mit Lord und Lady Dudley, mit Lady Cumberman, mit dem Herzog von Albany und mit fünfzig aristokratischen Frauen und Männern, die genügend Stil haben, so verrückt und so kauzig und so extravagant zu sein, wie man es in Frankreich ab und zu in ganz anderen Kreisen sein darf. Ich war mit der »Comédie« nach London gekommen, doch ich muß gestehen, daß ich herzlicher aufgenommen wurde als meine Kollegen, und London ist es gewesen, das meinen französischen Ruhm aufpolierte und ihm so etwas wie internationalen Glanz gab. Ein amerikanischer Impresario mit dem Ruf eines weißen Raben – und am Broadway als schwarzer Hai bekannt – nutzte die Gelegenheit: Edward Jarreth, der »Bismarck der

Manager«, der berühmteste Impresario der angelsächsischen Hemisphäre. Er besuchte mich in Paris vor unserer Abreise nach London und bot mir schwindelerregende Summen für ein paar spätabendliche Darbietungen in den Londoner Salons. Ich nahm an, weil er einen vertrauenserweckenden Eindruck machte und weil meine damalige Lage an sich schon ein ausschlaggebender Grund war. Ich hatte mir nämlich in den Kopf gesetzt, ein Haus im 8. Arrondissement zu kaufen und nach meinem Geschmack einzurichten, denn die »Plaine Monceau« war damals eine reizende, friedliche Gegend; Gott weiß, was für eine astronomische Summe mich dieser Umbau kostete, und keiner meiner Gönner, geschweige denn ein Theater, wären in der Lage gewesen, die Heerschar der Gläubiger, die unter meinem Fenster Schlange standen, zu besänftigen oder gar zu befriedigen. Also verzog ich mich nach London, um mich gewissen Unannehmlichkeiten zu entziehen – ich verduftete still und heimlich und vom Glokkenspiel meines Ruhms begleitet. Zugegeben, mein Lebensstil war weit aufwendiger, als man sich vorstellen konnte; ich führte ein offenes Haus, eine offene Tafel, ein offenes Bett, und auch mein Geldbeutel war immer offen; ich rechnete nicht, und wie Sie wissen, das ist der verschwenderischste Luxus, den es gibt. Doch, ob man nicht rechnet oder nicht rechnen will, es findet sich immer jemand, der an deiner Statt rechnet, der haarsträubende Rechnungen aufstellt, aus denen immer und unweigerlich hervorgeht, daß man ihm etwas schuldet. So lagen die Dinge, und bevor ich abreiste, wußte ich wirklich nicht mehr aus und ein. Übrigens hätte London – London allein – trotz der Großzügigkeit und dem Wohlwollen seiner Bewohner, trotz der erstaunlichen Einnahmen der »Comédie-Française«, auch London hätte nichts genutzt, wenn hinter der hünenhaften Gestalt von Jarreth nicht die ganze Welt auf mich gewartet hätte. Jarreth war eines schönen Morgens bei mir aufgetaucht, in einem karierten Anzug, was ziemlich ungewöhnlich ist für einen Europäer, und auch sein Aussehen war ganz und gar nicht gewöhnlich. Er sah gut aus, mit regelmäßigen Gesichtszügen und dem finsteren und eigensinnigen Ausdruck schöner Männer, die auf ihre Schönheit pfeifen. Es war etwas an ihm, das gleichzeitig »nicht zu haben« und »schade« ausdrückte ... nun, Sie wissen ja, in solchen Fällen heißt meine Devise »erst recht«.

Jarreth war in erster Linie ein Geldmensch und – manchmal – ein geselliger Mensch, wofür er jeweils knallhart bezahlte. Er hatte es sich zum Prinzip gemacht, Geschäfte und Liebe streng voneinander zu trennen. So sah er von allem Anfang an in mir – wie in den Reizen, über die ich damals vielleicht noch verfügte – eine tödliche Gefahr für seine finanziellen Unternehmen, was ihn veranlaßte, mir den Rükken zuzukehren und seine Augen von meinen Hüten abzuwenden, von meinem Gesicht, von meinen Gliedern, von meinen Gesten, von meinen Geschichten, von meinem Geflunker, von meiner Aufrichtigkeit ... kurz, von allem, was mich betraf. Er sah in mir nur noch das Tier, das gehetzt werden mußte, das Pferd, auf das man setzen konnte, die Schauspielerin, die gegen klingende und bare Münze aufzutreten hatte, ungeachtet dessen, was in der Frau vor sich ging, die ich nun einmal war. Wenn man bedenkt, daß dieser Mann, der nichts von meinen Reizen wissen wollte, gleichzeitig gezwungen war, sie überall laut anzupreisen, so müssen Sie zugeben, daß die Situation nicht einer gewissen Pikanz entbehrte. Wenn man bedenkt, daß sein kalter Blick (wenn er mit mir sprach) vor Bewunderung leuchten mußte, wenn er meine Person anpries ... Bedenken Sie alles, was

Sie wollen, und Sie müssen zugeben, daß es ein recht seltsames Paar war, das da nach kurzer Zeit London verließ und Arm in Arm ganz offiziell zu einer monströsen Tournee mit Sarah und ihrem Zirkus nach New York aufbrach – Sarah Barnum (wie meine liebenswürdige Freundin Marie Colombier so schön schrieb, die ich damals engagierte, wofür ich teuer würde bezahlen müssen, wie übrigens für alle meine nachträglichen Geschenke). Ich wurde von Petite Dame begleitet, ich wurde von meiner Truppe begleitet, darunter der junge Angelo, der die jugendlichen Hauptrollen spielen sollte und von dem die ganze Truppe behauptete – nicht ganz zu Unrecht – er spiele sie auch in meinem Bett. Nun, ich hatte Angelo vor allem seines guten Aussehens wegen engagiert ... und weil ich Jarreth eifersüchtig machen wollte natürlich, doch das konnte ich niemandem erklären, auch wenn ich es gewollt hätte, denn Jarreth war außergewöhnlich scharfhörig; es war ein richtiges Duell, ein Kampf zwischen zwei Raubkatzen – ein lautloser Zweikampf also –, den wir uns auf jenem Schiff und in jenem unbekannten Kontinent lieferten. Oh, ich weiß, Sie denken gewiß, ich fabuliere ..., ich übertreibe ..., ich erfinde frisch drauflos und benutze den Ozean und Amerika, um aus einer absolut banalen Liaison einen epischen Roman zu machen ... Doch Sie dürfen es mir glauben, es war eine durch und durch ernsthafte Angelegenheit, die Geschichte mit Jarreth ...

Jarreth war ein außerordentlich cleverer Geschäftsmann. Wenn man ihm zuhörte, hätte man glauben können, er sei ein Krösus; in Wirklichkeit, glaube ich, war er ein großartiger Jongleur. Er hatte bei sämtlichen Banken auf dem ganzen Kontinent ein Kontokorrent, doch es konnte durchaus passieren, daß alle seine Konten rote Zahlen aufwiesen. Mich persönlich störte das nicht im geringsten (als ich schließlich dahinterkam, was er damit bezweckte, fand ich diese Kapriolen und Zickzackkurven bewunderungswürdig tollkühn). Doch in der ersten Zeit hielt ich ihn für den, der er vorgab zu sein, das heißt für einen steinreichen Mann. Ich war daher ziemlich überrascht, als ich sah, auf was für einem Schiff er uns nach Amerika zu bringen gedachte, meine Truppe und mich. Es war die AMERIKA, ein altersschwacher Dampfer mit einem zweifelhaften Ruf. Das Schiff war zwei- oder dreimal knapp einer Katastrophe entgangen und drohte bei jedem Windstoß unterzugehen. Ich war die einzige, die noch etwas Hoffnung in die Zukunft setzte. Der Rest der Truppe folgte mir blind und auf die Gefahr hin, tüchtig mit den Zähnen klappern zu müssen. Einzig mein junger Held, der schöne Angelo, schien von diesen düsteren Aussichten begeistert zu sein. Ich hatte Angelo – außer den vorhin erwähnten – noch aus zwei weiteren Gründen engagiert: Zum ersten war er ein ausgezeichneter Schauspieler, und zum zweiten war er ein großartiger Liebhaber, aufmerksam und liebenswürdig und mit einem gewissen Humor, der ihn zu einem angenehmen und wenn nötig auch streitbaren Gefährten machte. Natürlich tratschte jedermann in der Truppe über ihn. Schließlich (und vielleicht war gerade das ausschlaggebend für meine Wahl), schließlich war er, äußerlich, das absolute Gegenteil von Jarreth. Er war ebenso südländisch, so geschmeidig, so heiter und amüsant wie Jarreth massig, groß, keltisch und streng war. Die Gleichgültigkeit Jarreths mir gegenüber kränkte mich, und – was zweifellos sehr kindisch von mir war – ich wollte ihm zeigen, daß meine Vorstellung von den Männern ihn nicht miteinschloß.

Ich reiste also nach Le Havre, begleitet von meiner kleinen Menagerie, der sich im letzten Moment – anstelle meiner Schwester Jeanne, die erkrankt war – diese Viper, die sanfte Marie Colombier anschloß, das arme, gallige Ding! Ich weiß nicht einmal, wo sie begraben liegt, doch sie hat mir zu Lebzeiten übel genug mitgespielt, daß ich mich ewig ihres Namens erinnere.

Ich beabsichtigte, mit der Truppe auf dem Schiff zu proben, doch ein leichter Passatwind hatte sich mit der AMERIKA angelegt, und unser Kahn begann gefährlich zu schlingern, was jegliche Probe unmöglich machte. Da ich nicht zu Seekrankheit neige, verbrachte ich die ersten vier Tage unserer Überfahrt mit Angelo in meiner Kabine, zur größten Freude beiderseits übrigens. Dann stand ich auf, suchte das Deck ab, ohne auch nur die Spur von einem Schauspieler zu entdecken: Sie lagen alle halbtot vor Übelkeit in ihren Kojen. (Ich liebe das Meer über alles; ich glaube, diese wilde Leidenschaft, die mich später veranlaßt hat, Belle-Ile und die Felsen darum herum zu kaufen, hat mich damals auf jenem alten Schiff gepackt.) Ich traf auf der Deckpromenade den unerschütterlichen, in seine abenteuerlichen Zahlen vertieften Jarreth, aus denen er ableitete, wir würden – zu allermindest als Milliardäre aus dem sagenhaften Amerika zurückkehren. Die AMERIKA hingegen rollte mittlerweilen von Seite zu Seite, neigte sich gefährlich von Welle zu Welle, und so kamen wir schließlich einigermaßen erschöpft im Hafen von New York an. Man erwartete mich in Amerika, tatsächlich, genau wie Jarreth es prophezeit hatte, nun wurde ich aber nicht als die große Schauspielerin Sarah Bernhardt erwartet, sondern als Miss Luzifer höchstpersönlich! Die französischen Zeitungen waren vor mir angekommen und hatten ihre zweifelhafte Pflicht getan. Ich war das Symbol und die Botschafterin des dekadenten und sündigen Europa.

Doch eines mußte man ihm lassen: Jarreth hatte Sinn für gigantische Inszenierungen. Am 27. Oktober, um 6 Uhr 30 in der Früh, als die AMERIKA in einer letzten verzweifelten Anstrengung am Kai anlief, erwartete uns dort eine riesige Menschenmenge, und zwei Boote, das eine mit Amtspersonen beladen, das andere mit Journalisten und einem Orchester (das eine leicht abgehackte Version der »Marseillaise« spielte), legten neben unserem Schiff an. Angesichts dieses maßlos übertriebenen Empfanges wollte ich in meiner Kabine bleiben, zum ersten Mal in meinem Leben etwas eingeschüchtert, doch Jarreth »entriß« mich im wahren Sinn des Wortes meiner Bescheidenheit. Er faßte mich um die Hüfte. Ich begann wild um mich zu schlagen, aber er hielt mich mit eisernem Griff fest, und während meine Nase durch die Gewalt der Umstände an sein Kinn gepreßt wurde, roch ich zum ersten Mal dieses berühmte Parfüm, das mir in der Folge nicht mehr aus dem Sinn gehen sollte. Jarreth verwendete ein Kölnischwasser, das ich nirgends sonst auf der Welt gerochen habe: Es duftete nach Sandelholz, nach holländischem Tabak und nach ich weiß nicht was, es war ein männlicher und gleichzeitig gezierter Geruch, ein ganz eigener, sein ganz persönlicher Geruch, der mir in jenem Moment buchstäblich die Sinne raubte. In diesem Schiffskorridor, durch den er mich gewaltsam schleppte, überflutete mich zum ersten Mal die Gewißheit, daß ich mit ihm ein kurzes Abenteuer haben würde. Und deshalb vielleicht, durch diesen Gedanken bestärkt, gelang es mir, mich vor den amerikanischen Journalisten in meinen Pelzen aufrecht zu halten (geradezu königlich, hat man nachträglich gesagt), die mich auf der Stelle mit Fragen überschütteten, eine unverschämter als die andere, so unverschämt, daß ich keine wirkungsvollere Antwort wußte, als meinen schwindenden Blick einmal mehr auf die kräftige Brust Jarreths zu richten. Tief beeindruckt von dieser Ohnmacht brachte er mich wieder in meine Kabine zurück, und so konnte ich mich endlich in Ruhe in mein Hotel führen lassen.

Ich bezog ein luxuriöses Appartement im Hotel Abermale. Der Direktor, vorgewarnt, aber voller Bewunderung, hatte die Büste Molières in der Hotelhalle aufstellen lassen, die von Racine und sogar die von Victor Hugo – was ich außerordentlich aufmerksam fand. Man zeigte mir die Brücke von Brooklyn, ein wirklich einmaliger Anblick: Aus der glühenden und funkensprühenden Fahrbahn stieg ein unglaublicher Lärm herauf und gab einem das Gefühl von Technik, von Schnelligkeit, von Gefahr ... In mir erwachte zum ersten Mal der Gedanke, vor mir liege eine neue Welt, eine wirklich neue Welt, ganz anders als die meine – eine Welt, wo alles möglich war, wo man alles anpacken, wo man alles versuchen konnte. Ein berauschender Gedanke. Ich vergaß, daß die vielen Leute erwarteten, in mir eine lose Frau zu sehen, eine sündige Frau, und mein Interesse an allem, was nicht als Mittel, als Waffe dienen konnte, diese Leute zu erobern, erlosch im Nu.

Am 8. November spielte ich »Adrienne Lecouvreur«, zu vierzig Dollars der Orchestersitz. Das Publikum bestand demnach aus Leuten, die vom Skandal angezogen worden waren; sie wollten die Kurtisane sehen und nicht die Schauspielerin. Sehr gut ... ich würde es ihnen zeigen.

Die Amerikaner hatten vor mir Rachel mit tragischer Miene ein paar Stücke von Racine rezitieren sehen. Sie hatten keine Ahnung von der Tigerin, von der Verführerin, die nun vor ihnen stand und die mit den Scheinwerfern kokettierte, die mit den Kleidern spielte, die sie umflatterten, die mit den Händen spielte, die mit ihrem Haar spielte, die mit ihrem Körper spielte, wie ich es nunmehr zu tun verstand und wie ich es an jenem Abend ausgiebig tat. Aber – und das war es – ich spielte! Meine Stimme war in Hochform, dank der Meeresbrise vielleicht; meine Darstellungskraft war in Hochform; vor allem aber, ich war von Ehrgeiz erfüllt! Ich wollte als Schauspielerin anerkannt werden und erst in zweiter Linie vielleicht als Frau. Ich wollte siegen! Und ich siegte. Der Vorhang hob sich siebenundzwanzig Mal. Ich habe noch nie auf einer Bühne so viele Blumen bekommen; ich erstickte fast darunter.

Am folgenden Tag war ich kein exotisches Tier mehr: ich war ein Idol, ich war die große Sarah Bernhardt! Und Amerika lag mir zu Füßen! Das männliche Amerika, denn die Amerikanerinnen haben weder den untadeligen Charakter noch die Höflichkeit der Engländerinnen. Es gab also nur Männer, die mir, wohin ich auch kam, frenetisch applaudierten und mich feierten. Doch sie taten es ausgiebig, sehr ausgiebig, was mich ihre Gattinnen ganz und gar vergessen ließ. Der Kommodore Vanderbilt zum Beispiel, vergoß jedesmal in seiner Loge heiße Tränen um die Kameliendame; er wohnte jeder Aufführung bei (das heißt dreißigmal), in sein großes weißes Taschentuch schneuzend und schluchzend (um das ich ihn am Ende meines Aufenthalts als einziges Geschenk bat).

Die ersten Wochen waren reizend; ich habe die Erinnerung an ein wunderbares, riesiges, einmaliges New York bewahrt, an eine männliche Stadt. Ich habe dort nur Männer gesehen, und zwar hingerissene Männer. Und kann man von einer Stadt schließlich noch mehr wünschen, als daß man von all ihren steil aufragenden Monumenten empfangen wird, von all ihren festlich beleuchteten Straßenlaternen, von all ihren Wolkenkratzern und von all ihren Männern ... kann eine Frau sich etwas Schöneres wünschen? Die Tournee ließ sich vielversprechend an. Und ich muß sagen, diese Amerikareise war nicht ohne, ganz und gar nicht ...

Die Tournee sollte sechs Monate dauern, was sehr lange erscheinen mag, was aber überhaupt nicht der Fall war in

Anbetracht der unwahrscheinlichen Zahl großer und mittlerer Städte, wo Jarreth mit unserer Truppe zu gastieren gedachte. Es konnte nicht die Rede davon sein, daß ich mich nur einen einzigen Tag vor meinen Verpflichtungen drückte. Hatte ich nicht unterschrieben? Ich hatte unterschrieben! Ich glaube, hätte ich eines Tages den eigenhändigen Mord an meinem Regisseur und zwei Schauspielerinnen gestanden, wäre dies Jarreths einziger Kommentar gewesen. Doch wenn ich ihm gesagt hätte: »Nein, ich mag heute abend nicht spielen, ich bin müde«, wäre er vor Verwunderung erstarrt. »Sie haben doch unterschrieben.« Das hieß für ihn alles, für diesen zu allem fähigen Amerikaner, der sicher zynisch war, manchmal sogar skrupellos, für den aber ein einmal gegebenes Wort ein gegebenes Wort war. »Sie haben doch unterschrieben! Sie haben doch unterschrieben!« Ich bekam von ihm nichts anderes zu hören. Und ich hätte doch so gerne etwas anderes gehört.

Ich erholte mich schwer von jenem Zwischenfall im Schiffskorridor bei unserer Ankunft in New York, von dieser seltsamen, so dekadenten, so raffinierten und so eigenartigen Parfümmischung auf seiner Cowboybrust. Ich hätte die Ursprünge dieses unvergeßlichen Parfüms gerne etwas näher untersucht, doch ich hatte nichts als einen mürrischen, praktisch stummen Impresario vor mir, dessen Blick ich nur während meiner beruflichen Verpflichtungen auf mir ruhen spürte.

Das amerikanische Publikum ist das herzlichste, das man sich vorstellen kann, und mir gegenüber war es nicht nur herzlich, sondern begeistert, schwärmerisch, entfesselt. Ich feierte Triumph um Triumph, ob nun in den versnobtesten Städten oder in der mittelständischen Provinz, ich fand überall Männer, die bereit waren, mir bis ans Ende der Welt zu folgen, und die es mir mit ihrer so echt amerikanischen und so reizenden Naivität gestanden; doch von jenem Mann, der mir gefiel, der mich keinen Schritt allein ließ, von ihm kriegte ich nicht die kleinste vielsagende Geste, nicht das geringste Zittern in der Stimme und nicht den geringsten verwirrten Blick. Ich war verzweifelt, und meine Erfolge wurden mir bitter, was nichts an meinem Charakter änderte und auch nicht an der großartigen Landpartie, die zu erleben ich im Begriff war.

Die Vorstellungen in New York waren wohl ziemlich einträglich gewesen, denn im Vergleich zu unserem ärmlichen Frachter war der Eisenbahnkonvoi im wahrsten Sinne des Wortes fürstlich. Ich hatte drei Wagen zu meiner Verfügung, vollgestopft mit Tischchen, Ruhebetten, Kanapees, Lüster ... ein etwas skurriles und entzückendes Tralala, luxuriös und gleichzeitig altmodisch, das zischend und pfeifend und eine dünne Rauchschwade hinter sich lassend durch eine großartige Landschaft fuhr, durch tausend und abertausend Hektar von Getreidefeldern, Äckern, Wäldern, so weit das Auge reichte. Unsere wackere Lokomotive erreichte manchmal eine Geschwindigkeit von bis zu sechzig Stundenkilometern, und es konnte geschehen, daß wir fünf Tage durch Maisstauden und abermals Maisstauden fuhren, die über dem Zug zusammenschlugen, was in uns oft das Gefühl von erstickender Fremdartigkeit weckte, intensiver, als wenn wir den Urwald durchquert hätten. Meine kleine Truppe war bester Laune. Vor lauter Gähnen brachte Petite Dame den Mund nicht mehr zu. Angelo machte erfreuliche Fortschritte, sowohl auf der Bühne als auch auf dem Parkett, das heißt sowohl auf den Brettern als auch im Bett, und Jarreth rauchte unbewegt seine Zigarre, und überall, wo wir Halt machten, strich er ohne mit der Wimper zu zucken seine Dollars ein. Von Zeit zu Zeit ließen wir den Zug anhalten, um uns die Beine zu vertreten, denn auf den Schienen herrschte kein großer Verkehr, und wir kletterten dann den Bahndamm hinunter und spielten in den Feldern Verstecken oder Ball oder irgendwas wie in unserer Kindheit. Wir fühlten uns wirklich wie verirrte Kinder in einem zu großen Land. Wir fühlten uns trotz unseres strengen Stundenplanes so frei, so verloren und so einsam wie glückliche elternlose Kinder. Mein einziger Kummer während dieser endlosen Fahrt durch Amerika war ein riesiger Walfisch, ein schwarzes, glänzendes, totes Ungeheuer, auf dem ich unbedachterweise eines Tages aus Langeweile herumspazierte, worauf der Besitzer uns unentwegt, das arme Biest hinter sich her schleppend, von Ort zu Ort verfolgte, mit einem Plakat, auf dem zu lesen war, ich lasse meine Korsetts aus seinen Walfischen anfertigen. Ich hielt diesen Anblick schließlich nicht mehr aus und bekam Schreikämpfe. Doch ich konnte so viele Schreikrämpfe haben und so oft die Besinnung verlieren wie ich wollte, und vorzugsweise in Jarreths Armen – es brachte mich nicht weiter. Mein Puritaner blieb ein Puritaner. Mir wäre es lieber gewesen, er wäre ein schlechter Geschäftsmann gewesen und dafür ein empfindsamerer Mensch. Sogar auf der Bühne tat ich mein Bestes, um Jarreth zu verführen, der ungerührt allen meinen Auftritten beiwohnte. Ich habe die Phädra gespielt, wie sie zweifellos nie gespielt worden ist. Ich habe eine so aufreizende und so sinnliche Phädra gespielt, daß der arme Hyppolytos unweigerlich ausgebuht wurde oder sich am nächsten Tag von den Zeitungen, die meist in bezug auf Racine nicht sehr auf dem laufenden waren, als impotent bezeichnen lassen mußte. Ich hatte für Amerika zwanzig verschiedene Stücke ausgesucht, die aber alle eines gemeinsam hatten – nur eines –, daß ich am Schluß nämlich sterben mußte. Ich hörte während der ganzen Tournee nicht auf zu sterben: Ich starb vergiftet, ich starb an einem Dolchstoß, ich starb durch die Hand eines anderen, ich starb durch meine eigene Hand, ich starb an der Zeit, am Alter oder vor Kummer; ich hauchte jeden Abend mein Leben auf der Bühne aus, und ganz Amerika vergoß Ströme von Tränen und manchmal sogar meine Schauspielerkollegen. Alle weinten, sogar der Spielleiter, alle – außer Jarreth, der mich trockenen Auges musterte, ein ganz klein wenig feuchten Blickes vielleicht, wenn die Einnahmen besonders hoch waren. Es bedurfte eines Ereignisses, das übrigens beinahe katastrophal geendet hätte, eines Ereignisses, das um ein Haar den Tod zur Folge gehabt hätte, seinen und meinen, damit ich endlich seine Gleichgültigkeit brechen konnte. Als wir in Richtung der Rocky Mountains fuhren, es war ein Spätnachmittag (ich sehe heute noch den roten Himmel, die mächtigen grauen Berge in der Ferne und die unendlichen Prärien, die uns davon trennten), wie wir nun gegen Westen fuhren, bemerkte ich mit einem Mal, daß der Zug stillstand, diesmal einmal nicht dank einer meiner Launen, sondern aus einem mir unbekannten Grund. Alle dösten vor sich hin; es waren die langen, trägen Nachmittagsstunden, wo die Truppe, meine treuen Diener meine treuen Kollegen, etwas erschöpft von meinen Eskapaden (denn, Jarreth ausgenommen, war ich auf dieser Reise zweifellos die einzige, die über eine eiserne Konstitution verfügte); es war die Stunde, wo jedermann sich vor dem Abendessen ausruhte, das jeden Abend sozusagen ein Champagnerdinner war. Ich kletterte aus dem Wagen und ging zu Fuß bis zur Spitze des Zuges, zwischen den Zähnen eine Arie aus »Lakmé« vor mich hinpfeifend (ich sehe heute noch alles so genau vor mir, als wäre es gestern gewesen). Und dort, auf dem Tender, in einem aufgeregten Gespräch und mit den Händen gestikulierend, standen der Lokführer und Jarreth, der sich die Weste ausgezogen hatte; ich sah seinen gewaltigen Brustkasten im Abendwind, seine breiten Schultern, seine schmalen Hüften, sein volles, glänzendes Haar, seine kräftige amerikanische Gestalt, und wie ich ihn dort so stehen sah, den Rücken mir zugewandt, fand ich ihn einmal mehr einen unwiderstehlichen Mann ... und ärgerte mich dementsprechend einmal mehr. Als er mich erblickte, hielt er mir die Hand hin und hievte mich auf den Tender. Ich atmete den Schweißgeruch des Lokführers ... und noch einen anderen Geruch, den ich sofort als Angstschweiß erkannte, einen Geruch, den ich während des Krieges zur Genüge kennengelernt hatte, und es war der Geruch des Todes, ein eigentümlicher Geruch, subtil, fast fruchtig, ein Geruch, den ich auch heute noch auf Anhieb erkennen würde.

»Also«, sagte ich mit dieser etwas brüchigen Stimme, die mir das Gefühl drohender Gefahr stets verleiht, »was ist hier denn los? Wir müssen doch morgen in Phoenix sein – oder nicht?«

»Doch«, knirschte Jarreth zwischen den Zähnen und ohne mich anzublicken. »Doch, ganz richtig, aber ich denke, das wird nicht möglich sein. Wir müssen einen Umweg machen. Wir können nicht die direkte Route nehmen.«

»Und warum nicht?« wollte ich wissen.

Vor uns führte tatsächlich eine Brücke über eine Schlucht, die dem Rauschen nach, das grollend und dumpf zu uns heraufdrang, sehr tief sein mußte.

»Kommen Sie«, sagte Jarreth.

Und ich ging auf die Brücke zu, gefolgt vom Lokomotivführer, der unverständliche Sätze in seiner Muttersprache vor sich hinmurmelte – flankiert von diesen beiden Riesen ging ich nun also auf die Brücke zu. Der Fluß lag sehr tief unten, in der Tiefe einer engen, steilen Schlucht. Aber die Brücke, die darüber führte und jetzt im Gegenlicht glänzte, die Brücke sah in der Tat sehr gebrechlich aus. Da und dort fehlten ein paar Schwellen, was ihr ein erschreckend luftiges Aussehen gab.

»Sehen Sie die Brücke?« sagte Jarreth. »Unmöglich, sie zu passieren. Ein Gewitter hat sie vor zwei Tagen übel zugerichtet. Der Mann behauptet, daß die Chancen eins zu vier stünden, darüberzukommen, ohne daß sie zusammenstürzt. Er ist bereit, es zu versuchen, unter der Bedingung allerdings, daß wir ihm vorher einen bestimmten Betrag für seine Familie aushändigen, falls ihm etwas zustoßen sollte.«

Der Lokführer hatte Frau und Kind, deren Zukunft er sichern mußte.

Ich wollte Jarreth um jeden Preis imponieren, ich habe es bereits gesagt. Wenn ich jemandem wirklich imponieren will, bin ich zu allem fähig. Und so war ich daher nicht einmal erstaunt, als ich mich antworten hörte – mit meiner Kopfstimme diesmal:

»Eine Chance von eins zu vier durchzukommen? Ja und? Worauf warten Sie? Wenn wir dem Mann diese Chance geben, wird er es versuchen, und wir mit ihm! Geht in Ordnung«, sagte ich lachend. »Es ist wohl nicht das Geld, das Sie zögern läßt, Jarreth?«

Er wandte sich mir zu und schaute mich zum ersten Mal mit so etwas wie Bewunderung in seinen hellen Augen an. Er wäre beinahe errötet, es lag fast ein Lächeln auf seinem sonst immer ernsten Gesicht.

»Mein Gott«, sagte er, »heißt das, daß Sie dazu bereit sind?«

»Aber natürlich«, antwortete ich entschlossen, »warum denn nicht? – Ich habe unterschrieben; ich habe doch unterschrieben – nicht wahr?«

»Sie haben nicht unterschrieben, daß Sie bereit sind zu sterben«, entgegnete Jarreth, »und Ihre Kollegen auch nicht.«

»Meine Truppe ist meine Truppe!« sagte ich mit unerschütterlicher Herablassung und ebenso unerschütterlicher Sorglosigkeit. »Sie müssen mir folgen, es bleibt Ihnen nichts anderes übrig, und ich, mein lieber Mr. Jarreth, mein lieber Impresario, was mich angeht, ich bin dazu bereit. Es kann nicht im Traum davon die Rede sein, die Bevölkerung von Phoenix, die mich die Phädra spielen sehen will, warten zu lassen.«

Jarreth schaute mich an, schaute den Lokomotivführer an, der uns seinerseits verblüfft anblickte, dann zog Jarreth seine Brieftasche heraus, entnahm ihr ein paar Banknoten, einen Betrag, der mir an sich beträchtlich vorkam, doch kläglich im Verhältnis dazu, was dieses Geld für den armen Teufel bedeutete, und hielt es ihm hin. Der andere steckte die Noten wortlos in die Tasche und ging langsam auf den Tender zu. Die paar Schritte, die uns von der Lokomotive trennten, kamen mir unendlich lang vor. »Bist du verrückt?« fragte ich mich immerhin. »Bist du verrückt? Mit welchem Recht führst du deine Leute in dieses tollkühne und höchstwahrscheinlich tödliche Abenteuer, all diese Menschen, die ihre Sorgen, die ihren Beruf haben, auf die irgendwo jemand wartet, die absolut keine Lust haben, aus einer deiner Launen heraus zu sterben, zerschmettert auf dem Grund einer amerikanischen Schlucht. Bist du denn wahnsinnig?«

Als ich mir die Frage etwas eindringlicher stellte als üblich, spürte ich Jarreths Hand, die mich am Ellbogen faßte und mich sicher über den Schotter zwischen den Gleisen führte. Es war die erste ein klein wenig zärtliche Geste mir gegenüber. Ich hob überrascht den Kopf, gerade in dem Moment, als er den seinen zu mir senkte, und er schaute mich an wie ein Mann, der eine Frau zum ersten Mal anblickt. Wir warteten lange, endlos lange vor dieser Brücke. Die Kessel mußten auf Weißglut erhitzt werden, der Lokführer mußte einen vertrauenswürdigen Mann finden, dem er das Geld und die Adresse seiner Frau übergeben konnte; wir mußten ein bißchen rückwärts fahren, um besser mit Volldampf vorwärtsfahren zu können und was weiß ich was alles noch. Die Zeit kam mir endlos vor. Ich sagte meinen Mitreisenden nichts, außer Petite Dame, Angelo und meiner Schwester, die alle drei wie gewöhnlich gehorsam und ergeben und unerschütterlich die Nachricht über sich ergehen ließen, obwohl meine Kaprize sie das Leben kosten konnte. Wenn ich ihnen gesagt hätte: »Ach ja, wie wär's, wenn wir auf dem See im ›Bois de Boulogne‹ ein bißchen rudern gingen?« – sie hätten es nicht gelassener aufgenommen. Ich beschloß, die Truppe nicht mit dem Gedanken an den Tod zu belästigen, der ihnen zweifellos drohte, und trotz der Schuldgefühle, die sich in meinem Gewissen regten, postierte ich mich auf der Plattform am Schluß des Zuges. Wenigstens würde ich den Sturz verfolgen können, falls wir abstürzten. Und im übrigen, sagte ich mir, ich mache mir zwar vielleicht Vorwürfe, doch wenn wir dort unten zerschellen, werde ich mir keine mehr machen, und wenn wir durchkommen, gibt es keinen Anlaß, mir welche zu machen! Diese Überlegung mag Ihnen etwas sonderbar vorkommen, doch glauben Sie mir, es war genau so. Jarreth seinerseits war mit dem Lokführer auf den Tender gestiegen, ich sah, wie er wieder hinunterkletterte, und kurz bevor der Zug sich in Bewegung setzte, stieg er in den Waggon und kam zu meiner Schwester und mir auf die Plattform; ich sah, wie meine Schwester Jeanne sich in einer instinktiven Bewegung an ihn klammerte, als der Zug anfuhr, und ich spürte, wie er seine Hand auf meine Schulter legte.

Zuerst war es so, als ob wir schlitterten, dieses übliche Gefühl von Schlittern, wenn ein Zug auf kreischenden Schienen das Tempo beschleunigt, und dann merkte ich an einem leichten Ruck, daß wir auf der Brücke waren. Das Tempo und der Lärm schienen zuzunehmen, sich zu verdoppeln ... doch dieses betäubende Geräusch kam vom Dröhnen des Blutes in meinen Ohren. Die Überquerung der Brücke schien Jahrhunderte und gleichzeitig nur eine Sekunde, schien endlos zu dauern. Ich spürte plötzlich, wie die Brücke unter uns nachgab, wie die Plattform unter unseren Füßen sich verschob, und ich dachte, es sei aus. »Es ist aus«, sagte übrigens meine Schwester Jeanne mit tonloser Stimme. Jarreths Hand schloß sich einen Moment um meine Schultern, doch als ich ihn anblickte, sah ich sein übliches, unbewegliches Profil. Die Maschine steigerte das Tempo wie ein Pferd, das sich verzweifelt aus dem Treibsand zu befreien versucht, und mit einem schrecklichen Krachen ließ der Zug den Abgrund hinter sich. Ich spürte, daß das Geleise leicht anstieg, und hörte ganz plötzlich das Knirschen der Räder auf festem Grund ... im gleichen Augenblick, als hinter dem letzten Wagen die Brücke zu unseren Füßen zusammenbrach und ins Leere stürzte. Ich hatte eine ungeheure Angst ausgestanden, wirklich. Ich gebe es zu. Ich schloß die Augen. Als ich sie wieder öffnete, lag ich immer noch unbeweglich an Jarreths Brust; ich atmete aus voller Lunge seinen ungewöhnlichen, seinen betäubenden Geruch; meine Schwester war verschwunden, und Jarreths Hände nahmen von mir Besitz. Er preßte sein Gesicht in mein Haar, er atmete heftig wie nach einem langen erschöpfenden Kampf, und ich wußte, daß er selbst sein einziger Feind gewesen war. Es ist eine der unvergeßlichsten Erinnerungen meines Lebens, eine der strahlendsten und der glühendsten, die Erinnerung an den feuerroten Sonnenball und an die Plattform am Schluß des Zuges und an jenen Mann, der mich leidenschaftlich umarmte ... und wir beide aneinander gelehnt am Schluß dieses Zuges, der uns beinahe zum Grab geworden wäre und der nun fröhlich pfeifend durch die Gegend tuckerte.

Indes, als ich meinen Gefährten während des Abendessens mitteilte, sie hätten um ein Haar ihre Gebeine in der Tiefe eines Canyons der Rocky Mountains gelassen, da lachten sie mich aus. Die Beteuerungen meiner Schwester und von Petite Dame nützten nichts. Man war der Ansicht, die eine sei nicht vertrauenswürdig genug und die andere zu gutgläubig. Im übrigen, als ich Petite Dame fragte, was sie bei der Überquerung der Brücke gedacht habe, wem ihre letzten Gedanken gegolten hätten, erklärte sie mir schlicht und einfach, sie habe während dieser tödlichen Minute für mich gebetet. Was mich einmal mehr zutiefst und für immer rührte. Niemand wollte mir also glauben, was mich normalerweise wütend gemacht hätte, doch während des ganzen Abends spürte ich den glänzenden und starren Blick meines Impresarios auf mir ruhen, der wie ich nur darauf wartete, daß der Abend ein Ende nehme und die Nacht beginne. Von da an war Amerika für mich ein ununterbrochenes Ineinanderfließen von Landschaften und verzückten Nächten mit Jarreth.

Die Rückkehr nach Le Havre war triumphal. Auf den Kais waren Tausende und Abertausende von Menschen versammelt, die meinen Namen skandierten, und darunter mein kleiner Hofstaat, mein japanischer Admiral und tausend Freunde und vor allem Maurice, der sich in meine Arme stürzte, kaum hatte das Schiff angelegt. Ich hatte vergessen, wie blond er war, wie süß er war, doch ihn hatte ich nicht vergessen, denn ich stellte mit Erstaunen fest, wie sehr ich ihn an jedem Tag der Reise vermißt hatte. In meiner Begeisterung gab ich in Le Havre eine Galavorstellung, die uns ein paar Tage dort festhielt, und dann kehrte ich nach Paris zurück, ziemlich stolz auf mich, mit einem stattlichen Betrag an Gold und Geld, den Jarreth mir andächtig übergeben hatte. Ich brachte an die zweihunderttausend Dollars in Goldstücken zurück, die ich mir bar auszahlen ließ und die ich Petite Dame in Verwahrung gab. Petite Dame wachte darüber, doch das hinderte tausend Gläubiger nicht daran, aufgeschreckt die unbezahlten Rechnungen unter meinem Balkon zu schwenken. Merkwürdig, wenn man unerwartet zu etwas Geld kommt, so schreckt das alle Welt in jedem Winkel des Planeten auf – alle Gläubiger, meine ich.

Paris zeigte mir vorerst die kalte Schulter. Von meiner Reise jenseits des Ozeans war nicht viel bis hierher durchgedrungen, außer den giftigen Berichten, die meine liebste Freundin Marie Colombier der Zeitung »L'Evénement« hatte zukommen lassen und in denen nur von Mißerfolgen und Mißerfolgen und nochmals Mißerfolgen die Rede war. Man dachte, ich sei ruiniert, man dachte, ich sei erledigt, man dachte, ich sei am Ende. Man, das waren die Zeitungen, der Klatsch, die Frauen, die Leute; man, das waren alle mit Ausnahme der Männer, die zu mir hielten, der Männer in meinem Gefolge, die (was meine Person anging) sich vor Begeisterung übertrafen (eine Zeitlang war ich in den schönen Pozzi verliebt, meinen Hausarzt). Ich muß beifügen, daß ich, kaum lag der Ozean hinter mir, Jarreth vergaß. Ich fürchte, die Schönheit dieses Mannes hatte ihn in meinen Augen geheimnisvoll erscheinen lassen, wo er doch ganz einfach langweilig war – doch das ist das Privileg der Schönheit.

Trotzdem, es ärgerte mich ein wenig, daß ich von gewissen Leuten geschnitten und von Paris von oben herab behandelt wurde. Ich suchte dem abzuhelfen, was mir auch prompt gelang. Für den 14. Juli war eine riesige Feier in der Opéra geplant, der die Regierung in corpore beiwohnen würde: Jules Grévy, der Präsident der Republik, Jules Ferry, Gambetta und wer weiß ich noch; Mounet-Sully würde patriotische Oden rezitieren, und Agar, meine teure Agar, mit dem Orchester die Marseillaise anstimmen.

Ich kannte Agar – Sie erinnern sich bestimmt – seit meiner Zeit im Odéon sehr gut; ich wußte, daß sie eine leidenschaftliche Frau war. Ich zog Erkundigungen ein und erfuhr, daß sie in einen strammen jungen Offizier verliebt sei, der in der Provinz stationiert war. Agars Zofe, die brünette Hortense, war seit je eine meiner glühenden Bewunderinnen gewesen. Ich begegnete ihr – ganz zufällig – auf der Straße und vertraute ihr meinen Plan an; sie klatschte in die Hände, lachte und wurde meine Komplizin.

Am bewußten Abend in der Opéra also, am 14. Juli, erhielt Agar, bevor sie sich auf den Weg machte, um ihre Marseillaise anzustimmen, ein Telegramm von der treuen Hortense: Ihr Herzensjunge, ihr kleiner Offizier, sei unglücklich vom Pferd gestürzt, er liege unter dem Messer, Genaueres wisse man nicht ... Besinnungslos vor Sorge und Liebe ließ die schöne Agar ihre Robe in den Farben der Trikolore fallen, stürzte sich in eine karierte Reisepelerine und ließ sich in einem Wagen nach Vierzon bringen ... Vierzon Issoire oder wo auch immer. So kam es, daß nach den Stanzen von Mounet-Sully und nach den Beifallsstürmen einer von den vielen Fahnen angeheizten Menge die vaterländische Begeisterung sowohl auf der Bühne der Opéra als auch im Saal ihren Höhepunkt erreichte, während die zwei Direktoren nervös in den Kulissen auf und ab marschierten, wutentbrannt ob Agars Verspätung.

Und wen sehen sie plötzlich daherkommen, von Kopf bis Fuß in Weiß, Rot und Blau gehüllt, mit wehenden Locken und flammendem Blick? Mich – die skandalumwitterte, die hemmungslose Sarah Bernhardt höchstpersönlich! Ich nahm die beiden am Arm, und noch bevor sie dazu kamen, sich zu empören, flüsterte ich ihnen zu: »Agar ist verhindert ... ich springe für sie ein, obwohl ich mehr zu verlieren habe als Ihr!« Was stimmte, denn das Publikum hätte mich ebensogut ausbuhen können in Anbetracht der Kommentare in der Presse über mein zügelloses Leben und meine angeblichen Mißerfolge in Amerika. Die zwei Ärmsten wußten sich vor Verblüffung nicht zu fassen, leichenblaß und mit offenem Mund standen sie da.

»Was ist mit Agar?« sagte einer

»Agar ist in Vierzon bei ihrem Leutnant«, sagte ich. »Er ist vom Pferd gefallen.«

»Aber ... aber ...« stammelte der andere.

»Aber ... nichts aber!« sagte ich. »Es gibt keinen anderen Ausweg ...!«

Ich zitterte, ausnahmsweise. Die Opéra ist beeindruckend, ein riesiger Saal, und unter mir die vielen blassen Gesichter ... bereit, mich in Stücke zu reißen; ich spürte ein leichtes Zittern im linken Bein, wie immer, wenn ich aufgeregt bin. Und Mounet fielen fast die Augen aus dem Kopf, als er die Bühne verließ und mich plötzlich da stehen sah, doch ohne zu zögern und großmütig wie immer kniete er halb vor mich hin und küßte mir die Hand.

»Du siehst großartig aus!« sagte er mit seinem leichten Akzent aus dem Südwesten, den er nicht verleugnen konnte, wenn er sehr aufgewühlt war, und diese Geste ist es gewesen, welche die Direktoren schließlich bewog nachzugeben.

Es blieb ihnen im übrigen nichts anderes übrig; das Orchester stimmte bereits mit einem langen Trommelwirbel die Nationalhymne an; das Publikum erhob sich vollzählig und applaudierte im voraus. Und da betrat ich die Bühne ... ich betrat die Bühne im vollen Licht der Schweinwerfer, und vor mir stand dieses Paris, das ich auswendig kannte, dieses Paris, das mich geliebt, das mich ausgebuht, daß mich verspottet, das mich vermißt, das sich nach mir gesehnt hatte ... ja, dieses Paris, in dessen Augen ich zur Zeit die berühmteste und die verfehmteste Frau war.

Ich schritt langsam über die Bühne, ich ging langsam auf die Proszeniumsloge zu, die Augen weit offen und auf das Publikum, durch das Publikum hindurch gerichtet. Einen Augenblick lang herrschte Totenstille im Saal (und tatsächlich, in jenem Moment fühlte ich mich die Tapferkeit selbst). Nach einem kurzen überraschten Zögern (auch er!) hob der Dirigent automatisch den Taktstock, die Marseillaise stieg zu mir empor, und ich begann zu singen, ich stimmte die magischen Worte an: »Allons enfants de la patrie ...«.

Meine Stimme war in Höchstform, die Meeresluft hatte meine Stimmbänder gestärkt, und ich stimmte mich instinktiv und sehr schnell mit dem Orchester ein. Ich trieb meine Stimme an, hörte, wie sie sich aufschwang, wie sie vibrierte, heftiger, reiner als je zuvor, hörte, wie sie voller wurde, explodierte, die Decke, die Wände, die Lüster der Opéra barsten, ich hörte, wie meine Stimme die Zurückhaltung des Publikums sprengte, ich hörte meine Stimme davonfliegen und sah, wie sie im Vorbeiflug die Zuschauer packte und mit sich forttrug. Meine Stimme, meine goldene Stimme, wie man damals sagte, mußte wirklich golden sein, denn die riesige Menschenmenge im Saal erhob sich wie elektrisiert und begann aus einer Kehle mit mir zu singen. Am Schluß breitete ich die Arme aus, mein Kleid entfaltete sich zu einer Fahne, deren Blau, Weiß und Rot sich vermischten, verschmolzen, sich um meine Glieder drapierten wie um die Statue der Siegesgöttin; und die Menge (außer sich) hörte nicht auf, mir zu applaudieren. Es war ein Triumph, es war ein Siegesrausch – Grévy höchstpersönlich schien zutiefst aufgewühlt. Gambetta hingegen brüllte wie ein Löwe: »Bravo Sarah! Bravo, Sarah!« Das Publikum forderte stürmisch zwei Bis – dreimal sangen wir nun also gemeinsam die Marseillaise, stehend und gerührt und unter Tränen triumphierend. Wir vergaßen alles, Sedan, die Comédie Française, Marie Colombier, Reichshoffen, Amerika, Bazaine, etc ... wir waren wiederversöhnt, die Franzosen, Paris und ich! Mein Gott, war das ein göttlicher Moment!

Dennoch, als ich die Bühne verließ, zitterten meine Knie wie Kastagnetten. Ich traf auf meine zwei Memmen, die zwei Direktoren, meine ich, die sich bereits stritten, wer von ihnen den einzig möglichen guten Einfall gehabt hatte, mich für die Agar einspringen zu lassen!

Meine Stadt und mein Publikum waren somit glücklich zurückerobert, und so brach ich ein paar Tage später zu einer Tournee durch ganz Europa auf, die ebenso endlos, aber prächtiger, spannender und ganz anders verlief als die amerikanische. Wenn Sie die Zeitungen von damals gelesen hätten, wüßten Sie, daß ich nacheinander König Umberto von Italien, Kaiser Franz Josef von Österreich, König Alfons XIII. von Spanien und ich weiß nicht mehr wen noch betört habe. Daß ich in jeder europäischen Hauptstadt, na ja, das Herz und die Schatulle eines Königs erobert habe. Man hat mir dreimal die Kronjuwelen zugeschrieben, was natürlich nicht den Tatsachen entsprach. Was hingegen den Tatsachen entsprach, war, daß nach jeder Aufführung, daß in jeder großen Stadt meine Kutsche von den Studenten bis zu meinem Hotel gezogen wurde. Man sagt, nur Liszt habe auf seinen Europa-Tourneen soviel Erfolg gehabt wie ich. Und bitte bedenken Sie, er war ein Mann ...

Rußland war zwar in meinem Programm nicht vorgesehen, doch ich konnte nicht widerstehen. Ich war hingerissen von den endlosen Ebenen, von den Birkenwäldern, von den herrlichen Städten – Sankt Petersburg, dem heutigen Leningrad, und Moskau. Der Zar war entzückend. Das russische Publikum war viel kultivierter als das ganze europäische zusammen und sprach als zweite Sprache Französisch. Ich fühlte mich zu Hause. In jedem Hotel erwarteten mich rote Teppiche. In den Bahnhöfen folgten junge Offiziere zu Pferd meinem Schlitten und machten sich die Blumen streitig, die ich ihnen zuwarf, jeden Tag führte ein Spezialzug meine Anhänger aus Moskau nach Sankt Petersburg, denn ich trat dort im Winterpalast auf, wo ich dem Zaren vorgestellt wurde, und als ich mich zum Hofknicks anschickte, verbeugte er sich vor mir und sagte: Nein, gnädige Frau, es ist an mir, mich vor Ihnen zu verneigen. Sie können sich nicht vorstellen, was für eine Aufregung diese einfache Bemerkung in gewissen Kreisen auslöste, war man doch allgemein der Ansicht, der Zar sei leidenschaftlich in die Prinzessin Jurewitsch verliebt. Das Aufsehen war so groß, daß man mich in den Pariser Zeitungen nur noch von Kosaken umringt und bewacht, tief in den Polstern der kaiserlichen Kutsche sah. Was soll's ... diese Art Gerüchte machen jeweils einen solchen Lärm ... und am Schluß bleibt davon nichts übrig, nicht einmal ein Echo, was nichts daran ändert, daß es mir damals Spaß machte und daß es mir heute noch Spaß macht, mich daran zu erinnern. Doch es war nicht nur das; das alles bedeutete für mich viel mehr, es bedeutete ein Publikum, das mich liebte, Rollen, in denen ich aus Freude, bewundert zu werden, über mich hinauswuchs, es bedeutete junge Männer zu Pferd und Blumen und eine Art Elan, ein künstlerischer und verliebter Elan, der mich überallhin trug, der mich über die Grenzen hinweg trug, über Ebenen, über Flüsse, der aus mir, der aus meinem Leben einen funkelnden Kometenschweif machte. Und ich fühlte mich manchmal wie ein Meteor, wie ein gnädiger Meteor! Das mag Ihnen anmaßend vorkommen, doch dem war nicht so.

Allerdings, hätte ich nicht die eiserne Konstitution gehabt, die der Himmel mir mitgegeben hat – oder vielmehr meine Mutter –, diese geistige, psychische und physische Widerstandskraft, so wäre ich wohl während dieser Tournee zehnmal gestorben. Mein Gefolge schleppte sich nur noch mühsam vorwärts, mich hingegen zog es unermüdlich weiter. Das Leben war berauschend, das Pfeifen der Lokomotiven war berauschend und das der Dampfschiffe auf den Flüssen; und in den Theatern das Tosen der tausend und abertausend klatschenden Hände im Dunkeln unter mir, das Tosen der Beifallsstürme, dieses Meeresrauschen, das meine Auftritte und meine Abgänge bejubelte, das Anschwellen und Abklingen der Bravorufe – ja, das ist es gewesen, ich gebe es zu, dieser Zauber ist es gewesen, der mich in seinem Bann hielt.

Françoise Sagan an Sarah Bernhardt

Ein einmaliges Leben, ein beneidenswertes Leben! Zu jener Zeit – einer der interessantesten unserer Geschichte – ganz Europa kennenzulernen, Italien, Rumänien, Polen, Rußland, Griechenland ... ganz Europa! Sie reisten von Stadt zu Stadt, von Metropole zu Metropole, von Herrscher zu Herrscher, von Herz zu Herz, von Publikum zu Publikum ... Haben Sie überhaupt Zeit gehabt, Leute kennenzulernen, die Sitten kennenzulernen, die Ideologien kennenzulernen, ein wenig zu erfassen, was sich so Einmaliges damals in Europa tat?

Und in Rußland, haben Sie diese Art Schauer verspürt, der immerhin die Revolution ankündigte? Haben Sie Gelegenheit gehabt, etwas anderes zu sehen und zu hören als Bühnenvorhänge und Applause? Oder war das, was ich gerne von Ihnen hören möchte, unmöglich? Was Sie von Liszt gesagt haben, es stimmt; es stimmt, daß Liszt in Europa einen sozusagen einmaligen Triumph erlebt hat und darin übrigens nur von Ihnen übertroffen worden ist! Was für ein sagenhaftes Leben ist das Ihre doch gewesen! Waren Sie denn am Abend nicht erschöpft, wenn Sie zu Bett gingen? Hatten Sie keinen Schlaf? Dachten Sie nicht mit Entsetzen daran, am nächsten Morgen aufstehen und die Koffer wieder packen und den Zug nehmen zu müssen, um in die nächste Stadt zu fahren, wo Sie ein anderes Hotelzimmer erwartete undsoweiter, endlos ... oder war es immer reiner Spaß? Das beschäftigt mich, ich gebe es zu. Auch ich habe eine eiserne Gesundheit, und es braucht schon eine Ohnmacht oder Langeweile, bis ich nachgebe. Aber trotzdem, ich frage mich wirklich, ob ich das durchgestanden hätte.

Sarah Bernhardt an Françoise Sagan

Ganz richtig, mein liebes Kind, Sie sagen es richtig, nur außergewöhnliche Umstände oder Langeweile vermögen, uns in die Knie zu zwingen! Nun, für Langeweile, dazu hatte ich keine Zeit, das können Sie mir glauben. Nebst meinen Eskapaden mußte ich schließlich jeden Abend mein Bestes tun, um ein ganzes Publikum zu erobern. Ich vergaß die Eisenbahnfahrten, denn am Abend kehrte ich wieder in den Palast von Doña Sol zurück oder in Marguerite Gautiers Garten, in eine Umgebung jedenfalls, die mir vertraut war und in der ich mich trotz der Plackerei entspannen konnte. Und dann war ja noch meine kleine Familie da, meine Truppe, meine Tiere. Nein, ich fühlte mich nicht einsam, auch in der dichtesten Menschenmenge nicht. Diese Hektik regte mich an, ich war auf alles neugierig. Ich glaube nicht, daß ich viel von Europa und von der politischen Entwicklung seiner Staaten gesehen und begriffen habe, auch von den gewaltigen historischen Strömungen nicht, die sich damals anbahnten. Was Sie auch darüber denken mögen, ich hatte einfach keine Zeit dazu. Da und dort streifte mich eine Ahnung, wurde ich einer anderen Gedankenwelt, einer ungewohnten Sicht der Dinge gewahr – das ist alles. Was die Prinzen und Könige angeht, sie waren sich im großen und ganzen ebenso ähnlich wie Fleischer und Tischler sich im großen und ganzen ähnlich sind, das heißt, manchmal absolut verschieden, aber mit dem gleichen Gehabe und den gleichen Manieren, das ist alles!

Hélas, es war zu schön! Und es kam, wie es kommen mußte: Ich schlug aus dem Rahmen, ich warf die ganze Staffage, den ganzen Erfolg, die vielen Triumphe zum Fenster hinaus. In mir, das ist nun einmal so, schlummert ein unbezähmbares Tier, das es nicht erträgt, lange im gleichen Schritt traben zu müssen. Ein Fehler dies, den wir beide gemeinsam haben, glaube ich ... nach Ihren Briefen zu schließen ...

Also, das war so, diese dumme Geschichte, diese unselige Geschichte. Vergessen Sie für einmal die große Bernhardt, die göttliche Tragödin, der alle Herrscher Europas zu Füßen lagen, und wenden wir uns wieder einer sogenannten Sarah zu, einer Schauspielerin und hoffnungslos romantischen Frau, die sich mit achtunddreißig in einen sechsundzwanzigjährigen Gigolo verliebt. Jacques Damala galt allgemein als Herzensbrecher, und nicht genug damit, er war es auch. Er war ein unglaublich schöner Mann. Sein Gesicht wirkte jung und gleichzeitig verdorben. Das Bemerkenswerteste an ihm war sein Mund: Die Unterlippe war voll, die Oberlippe hingegen war sehr schmal, sehr geschwungen und sehr ruhelos, nervös, eine Oberlippe, die ununterbrochen bebte. Man verspürte immerzu Lust, die Hand auf diesen Mund zu legen, weniger, um ihn zum Schweigen zu bringen, sondern eher, um zu verhindern, daß er einen verführte. Denn es lag eine ungeheure Provokation in diesem viel zu schönen Gesicht, in diesem so unschuldigen und so verdorbenen Gesicht. Damala hatte eine seidenglatte Haut, wie ich es sonst nur bei Frauen gesehen habe; die Form seiner Augen, sein Haarwuchs und seine Nase, alles an ihm war auffallend und außergewöhnlich. Obgleich die Männlichkeit selbst, war er dennoch von weiblicher Anmut und Sensibilität; in seinem Blick lag etwas, was die Frauen wissen ließ, er wisse genau, was sie in ebendiesem Moment gerne von ihm hätten. Er konnte es nicht lassen, einen in Versuchung zu führen, und ließ sich seinerseits permanent verführen. Er war ein Mann, der nur für die Frauen da war, der nur da war, um geliebt zu werden, auch wenn er sich selbst überhaupt nicht liebte, was oft schlimme Folgen hatte, denn es gab nicht viel Gutes über ihn zu sagen. Man konnte nur ständig auf seinen schlechten Seiten herumreiten; man hätte nicht sagen können, er sei schlecht, aber er war verletzend; man hätte nicht sagen können, er sei dumm, aber er machte nur Dummheiten; man hätte nicht sagen können, er sei tatkräftig, denn er tat nur das, wozu er Lust hatte; man hätte nicht sagen können, er sei träge, aber er unternahm rein gar nichts; man hätte nicht sagen können, er sei begabt, man hätte aber auch nicht sagen können, er sei ein Taugenichts. Meine liebe Schwester Jeanne hatte ihn mir vor unserer Gastspielreise vorgestellt, und ich fand, er habe diese Art zwielichtigen Charme – wie die meisten ihrer Freunde übrigens –, den ihr Ruf in meinen Augen eher beeinträchtigte. Ich habe nie an Don Juans geglaubt. Dennoch, als ich nach Rußland reiste, wußte ich, daß er sich in Sankt Petersburg aufhielt, und der Gedanke, daß ich ihn dort treffen würde, erfüllte mich mit einem merkwürdigen Gefühl, mit einem Gefühl gespannter Erwartung … Obwohl ich nicht allein war! Ich reiste in Begleitung von Garnier, dem trefflichen Garnier, der Angelo abgelöst hatte und fröhlich und zuvorkommend Bühne und Bett mit mir teilte. Garnier war zudem ein ausgezeichneter Schauspieler, und sein Zorn, als er Damala in mein Bett und seine Rollen treten sah, war dementsprechend fürchterlich. Ich habe ihn erst später verstanden. Für den Moment hatte ich – wie üblich – nur meine Kaprizen und meinen Spaß im Kopf. Wenn ich heute darüber nachdenke, bis zu welchem Punkt meine Leidenschaften blind waren, so muß ich gestehen, daß ich davon fasziniert bin; blind für die anderen, meine ich, und unbarmherzig und grausam, doch, was mich angeht, so waren sie selten irreparabel – zum Glück!

Damala war Grieche von Geburt und Diplomat von Beruf. Und in der französischen Botschaft in Rußland ist es gewesen, wo ich ihn zum zweiten Mal traf. Er stand dort und drehte mir den Rücken zu, als ich den Saal betrat, doch ich erkannte ihn auf den ersten Blick an seiner glänzenden schwarzen Mähne. Er trug eine enggegürtete Uniform und – wirklich – er war der schönste Mann, den ich in meinem Leben je gesehen hatte … und auch der verführerischste, dachte ich, als er sich mit strahlendem Blick mir zuwandte. Ich hatte von seinen Skandalen reden hören, von seinen Eroberungen. Er war damals – so das Gerücht – mit den zwei Töchtern des Prinzen Rostoptschin liiert, zwei Schwestern, und diese Dreierbeziehung gab in Sankt Petersburg Anlaß zu allerhand Klatsch. Er hatte beide am Arm, eine links, die andere rechts, und ich sah sowohl die eine als die andere erblassen, als er sich von ihnen löste und auf mich zukam. Ich lehnte an Garnier, der sich seinerzeit nicht vom Fleck rührte. Seltsam, die Männer verfügen über weniger Instinkt als die Frauen. Wenigstens im Hinblick auf das, was sie verlieren könnten. Und doch, die zwei jungen Russinen, ihnen war augenblicklich alles klar; Damala und ich hatten kein Wort gewechselt, wir hatten uns kaum angeschaut, kaum zugelächelt, und waren einander bereits voll und ganz ausgeliefert – physisch jedenfalls. Und so lange unsere Geschichte dauerte, blieben wir in dieser Beziehung einander voll und ganz ausgeliefert.

Damala war vielleicht der schwächste und der unglücklichste Mann, den ich in meinem Leben kennengelernt habe. Er verabscheute alles, was er tat, und verabscheute auch alles, was er hätte tun können. Wenn er die Kraft zu irgendeiner politischen Überzeugung gehabt hätte, wäre er vielleicht Nihilist gewesen, aber er hatte sie nicht. Er konnte sich einzig dazu aufraffen, Frauen zu befriedigen, um ihnen dann, wenn sie an ihm hingen, Schmerz zuzufügen. Und schließlich, um das Maß vollzumachen, schließlich war er auch noch morphiumsüchtig. Doch das habe ich erst nachträglich erfahren; ich hätte im übrigen gewarnt sein sollen, denn als Freund meiner Schwester mußte er bestimmt ihre Laster haben – oder ihre Gepflogenheiten, wie man will. Und dieser Gepflogenheit fröhnte Jeanne schon seit fünf Jahren, ungeachtet meiner Predigten und der Prügel, die ich ihr ab und zu verabreichte. Ich erwischte sie ein- oder zweimal mit der Spritze in der Hand und verdrosch sie nach Strich und Faden, doch es nutzte nichts. Ich muß heute zugeben, daß es vielleicht nicht das beste Mittel gewesen ist, um sie zu heilen, daß man vielleicht etwas anderes hätte tun können. Doch es sieht so aus, als ob es auch für sie keine andere Lösung gegeben habe als dieses Pulver, diese Spritzen und ihre Heimlichtuereien. Die Drogen stießen mich ab, wie alles, was heimlich ist, was hinter dem Rücken passiert, das sich einem entzieht, alles, was undurchsichtig ist, alles, worüber man sich schämt. Doch Damala, nein, er schämte sich nicht im geringsten, er sprach über sein Morphium, als handle es sich um eine zusätzliche Mätresse – die am meisten geliebte zweifelsohne. Er verbarg nie etwas vor mir, weder seinen Egoismus noch seine Laster noch seine Seitensprünge. Er verbarg nie etwas vor mir und entschuldigte sich nie. Nur ... von Zeit zu Zeit ließ er sich herab zuzugeben, daß auch er mich liebte, und, hélas, für diese seltenen Momente vertat ich zwei Jahre lang mein ganzes übriges Leben. Liebe kann das nicht gewesen sein, denn Liebe ist etwas, was man teilt, nehme ich an. »Liebe ist das, was zwischen Menschen passiert, die sich lieben.« Es ist einer aus Ihrer Generation, der das geschrieben hat, ein gewisser Roger Vailland. Damala liebte mich nicht. Und im übrigen liebte ich ihn vielleicht auch nicht. Es war eine Leidenschaft, eine Leidenschaft, die auch ihn eine Zeitlang gefangenhielt, doch sie erlosch bei ihm schneller. Und das war mein großer Fehler. Um es kurz zu machen: Es war die Hölle! Ich ersparte mir keine Demütigung: Ich war eifersüchtig, ich war verliebt, ich war dumm, ich war ungeschickt, ich war lächerlich, ich war gutgläubig, ich war bejammernswert, ich war zärtlich, ich war mißtrauisch – ich war alles, was man will, nur nicht das, was ich hätte sein müssen: gleichgültig nämlich. Ich ließ Damala alle Rollen von Garnier spielen, der wütend und in Anbetracht der Sachlage den Platz geräumt hatte. Er machte fröhlich alle Rollen kaputt, die ich ihm gab, und zwar nach bestem Wissen und Gewissen, denn als echter Levantiner, der er war, hatte er Sinn für das Theater. Ich übersah, daß er eine schlechte Diktion hatte; ich fand ihn schön. Ich übersah, daß er eine schlechte Haltung hatte; ich fand ihn schön. Ich übersah, daß er mir Unrecht tat; ich fand ihn schön. Ich übersah sogar, daß er mich unglücklich machte; ich fand ihn schön. Grenzt das nicht an Wahnsinn? In meiner abgrundtiefen Verblendung ging ich sogar soweit, ihn zu heiraten! Ich reiste heimlich und hinter dem Rücken meiner Truppe und meiner Liebsten nach London, um ihn zu heiraten, und kehrte mit meinem frischgebackenen Ehemann nach Paris zurück. »Ist er nicht schön?« Das war die einzige Erklärung, wenn ich mich richtig erinnere, die ich in der allgemeinen Verblüffung für Petite Dame, für meinen Sohn und für meine entsetzten Freunde fand. Das schien ihnen allerdings ein eher dürftiges Argument zu sein.

Die Geschichte dauerte zwei Jahre, die mir wie zehn Jahre vorkamen. Ich ging von Bühne zu Bühne, von Pleite zu Pleite, alles lief schief. Ich erspare Ihnen meinen Ärger mit dem Theater, mit allen Theatern, mit allen Spielkasinos, mit allen Behörden der Welt. Ich erspare Ihnen die Kränkungen, die er mir mit anderen Schauspielerinnen zufügte, die Beleidigungen in aller Öffentlichkeit und unter vier Augen; ich erspare Ihnen alles, was ich damals gelitten habe. Wurde von mir nicht behauptet, ich sei frigide? Mein Gott, wie gerne wäre ich es damals gewesen, das dürfen Sie mir glauben! Ich hätte einen Arm geopfert, um es zu sein! Doch, nein, leider Gottes nein, ich war es keineswegs, und als ich dann später mein Bein opferte, so geschah das aus einem ganz anderen Grund.

Schließlich ... schließlich gelang es mir wie durch ein Wunder, ihn eines schönes Abends mit Jean Richepin zu betrügen. Ob Sie es nun glauben oder nicht: Ich bin ein ganzes Jahr lang diesem halb schiffbrüchigen Kerl treu geblieben, diesem viel zu schönen Stück Dreck, ohne auch nur den kleinsten Seitensprung. Dieses Abenteuer, diese Ehe, diese Scheidung – sie sind in jeder Beziehung für mein Leben verheerend gewesen, außer in einer: Nach der Episode Damala spielte ich die Phädra besser als je zuvor.

Françoise Sagan an Sarah Bernhardt

Liebe Sarah Bernhardt,
ich bedaure Sie aus ganzem Herzen. Diese Art von Taifun ist nie erfreulich, auch unter vier Augen nicht. Doch unter den Augen von hundert Leuten erst, die einen beobachten, Kommentare abgeben und kritisieren, muß es geradezu ein Alptraum gewesen sein. Ein Glück, daß Sie achtunddreißig Jahre gewartet haben, bis Sie in eine solche Katastrophe hineingerannt sind; ein Trost immerhin!

Sarah Bernhardt an Françoise Sagan

Ein Trost ... Vielleicht ... ja, wenn Sie so wollen ... Was das Unglück angeht, so bin ich tatsächlich nie sehr altklug gewesen. Ich bin einigermaßen stolz darauf. Was nachher folgte, besser gesagt sein Nachfolger, war wenigstens amüsanter: Richepin, der Dichter, jener, der mich Damala entriß oder der mich vielmehr meiner Treue entriß. Stellen Sie sich vor, daß ich mir in meiner Verblendung tatsächlich geschworen hatte, diesem Dummkopf treu zu bleiben, der den lieben langen Tag nichts anderes zu tun hatte, als mir landauf, landab

Hörner aufzusetzen! Ich trug ein feierliches, tragisches Schweigen mit mir herum, überall, sowohl auf der Bühne als auch in meinen Appartements. Richepin regte sich mächtig darüber auf und vergewaltigte mich kurzerhand. Bei dieser Gelegenheit stellte ich fest, daß meine Treue nicht unbedingt angeboren war. Unglückliche Liebschaften wecken den Glauben an die Tugend, an die eigene jedenfalls, Gott weiß warum! Richepin gab also keine Ruhe, bis er mich von diesem Irrtum abbrachte. Er sah äußerlich Mounet-Sully sehr ähnlich. Er war kräftig, temperamentvoll, dunkelhaarig, südländisch, männlich und kerngesund wie Mounet-Sully. Er schrieb etwas dümmliche Stücke, etwas langweilige und poetische, und beharrte jeweils mit unnachahmlicher Dramatik auf den kleinsten Nuancen. Er trug mehr Ringe als ich an den Fingern, er liebte es, sich mit stolzgeschwellter Brust in Positur zu setzen, er war amüsant wie selten jemand, das muß man ihm lassen. Und zudem war er zuvorkommend zärtlich und wahnsinnig in mich verliebt, was mich auf angenehme Weise ablenkte. Ich begann langsam wieder Hoffnungen in mein Schicksal zu setzen, und dies um so mehr, als Sardou meinen Weg kreuzte: der Autor Sardou, der für mich nach »Fedora«, einem russischen Stück, »Theodora«, ein byzantinisches Stück inszenierte. Zwei überwältigende Erfolge, und die gute Aufnahme von Byzanz in der Pariser Gesellschaft bedeutete zudem eine nicht ganz nebensächliche Aufstockung meiner Finanzen. Ich war wieder einmal auf einem Tiefpunkt angelangt, was nach all meinen Unbesonnenheiten nicht erstaunen mag, ich war sogar so weit gegangen, mein Theater in die Hände meines Sohnes zu legen, der damals fünfzehn war, was natürlich katastrophale Folgen hatte und dazu führte, daß ich auf der untersten Stufe meiner Glücksleiter landete. Dank Sardou kletterte ich nun also blitzartig wieder nach oben. Theodora, ihr Gold, ihre Juwelen, ihre Diamanten und ihre Leidenschaften – Theodora die Kaiserin hob mich wieder auf meinen Thron, auf meinen improvisierten Bühnenthron allerdings, aber es war immerhin mein Thron. Nicht für sehr lange! Meine Schulden türmten sich. Meine Häuser und mein Theater schafften es nicht, sich die Waage zu halten. Kurzum, ich mußte wieder auf Tournee, nach Südamerika diesmal. Ich gestehe, daß ich nicht unglücklich war, Paris und dieses dekadente Europa für eine gewisse Zeit zu verlassen, wo ich eine Kränkung nach der andern hatte hinnehmen müssen, in meinem Privatleben wenigstens. Und so machte ich mich auf die Reise, von meiner Petite Dame begleitet natürlich, gefolgt von Angelo und meinem liebsten Garnier, die sich inzwischen bestens verstanden, und von den paar Überlebenden meiner früheren Tourneen. Es sind recht viele gewesen. Ich werde mich nicht weiter bei dieser Südamerika-Reise und ihren Triumphen aufhalten. Um es kurz zu machen, die Leute dort haben die Naivität der Amerikaner, den Sinn für Prunk der Amerikaner, verbunden mit dem Temperament der Italiener und der Überspanntheit der Griechen und Bulgaren. Ich fiel von den Armen des Kaisers von Brasilien in die Arme des Gouverneurs von Peru, dann in die der Gouverneure von Chile und von Uruguay, und überall übertraf man sich, um mir einen fürstlichen Empfang zu bereiten. In Panama, schrecklich, bekamen Angelo und Garnier Gelbfieber, doch sie kamen davon. Ein einziger Schatten trübte diese Tournee, die, wie könnte es anders sein, von Jarreth organisiert wurde. Jarreth, der mir aus der Ferne treu geblieben war, als Impresario jedenfalls. Mir war inzwischen klar geworden, daß sein Schweigen und sein mysteriöses Wesen wohl doch eher auf eine tiefe intellektuelle Absenz zurückzuführen waren, und ich befürchtete sehr, er beabsichtigte, mit mir das Liebesduett wiederaufzunehmen, welches das erste Mal, in Nordamerika, ganz reizend gewesen war; eine Wiederholung in Südamerika jedoch wäre mir gänzlich unerträglich gewesen. Er sah mir an, daß ich mich zweifellos nicht mehr in der gleichen Gemütsverfassung befand, und von jenem Tag an war er der verschwiegenste, der kühlste, der angenehmste Geschäftsmann, den man sich nur vorstellen kann. Ich empfand wieder eine gewisse Bewunderung für ihn und eine gewisse Hochachtung, und ich schmeichelte mir, in ihm einen Freund und eine Stütze zu haben ... als er in Montevideo ganz plötzlich an einem Herzanfall starb. Es war eine triste Bestattung. Die ganze Truppe war anwesend, dieses etwas verlorene Grüppchen Komödianten in ihrem zerknautschten Flitterkram, der, von Bahnhof zu Hotel und von Bahnwagen zu Kutsche und von Schiff zu Fiaker geschleppt, einigermaßen aus der Form geraten war. Wir waren alle von diesem Tod überrascht worden, wir waren alle zerzaust, ungekämmt, strähnig, ungeschminkt, die einen wie die anderen. Es war die seltsamste Bestattung, die man sich vorstellen kann, unter der glühenden Sonne von Montevideo. Der immer korrekte Jarreth in seinem untadeligen Anzug war ein sehr ungewöhnlicher Toter inmitten jener tropischen Karnevalsstimmung. Während man Erde auf seinen Sarg schaufelte, erwachte in mir plötzlich die Erinnerung an einen glühendroten Sonnenball und an den letzten Wagen eines Zuges, der wieder friedlich durch die Landschaft tuckerte, an eine wilde und großartige Landschaft, an zwei Arme, die mich umschlungen hielten und an ein ungewohnt betörendes Parfüm. Ich schluchzte, aber nur in meinem Herzen, und zweifellos dachten alle, ich sei kalt – einmal mehr. Ich bringe es einfach nicht fertig zu weinen, wenn ich wirklich traurig bin. Ich bringe es nur auf der Bühne fertig, einigermaßen überzeugend zu weinen.

Vier Jahre später sollte ich Damala beerdigen (obwohl ich alles unternahm, um ihn zu retten), der in einem Pariser Krankenhaus am Rauschgift starb. Auch wenn ich an seinem Grab öffentlich die obligate Träne geweint habe, mein Kummer um Jarreth ist zehnmal größer gewesen. Und doch ... und doch, hatte ich ihn nicht geliebt, Damala? Es war eine unglückselige Zeit gewesen ... und doch, ich wollte ihn haben, ich hatte mich nach ihm gesehnt, auf ihn gewartet ... Merkwürdig, wie unsere Trauer unserer Liebe gegenüber gleichgültig ist. Merkwürdig und unerwartet der wehmütige Schmerz ... der langanhaltende ... und dauerhafte ... und grausame ..., den man um Männer empfindet, die man nur aus einer Laune heraus zu lieben glaubte, die einen nur einen Winter, einen Sommer lang beschäftigten und die man schon lange vergessen zu haben glaubte ... Und dann, wenn sie sterben, bricht einem das Herz ... während man beim Tod eines anderen, für den man sein Leben gegeben hätte, Lust hat zu gähnen! Nein, nein! Auch der Tod ist nicht treu!

Françoise Sagan an Sarah Bernhardt

Es tut mir leid, Sie zu unterbrechen, doch ich stelle eine Ungereimtheit in Ihrer Erzählung fest: Es sieht so aus, als ob jene Jahre, jene acht oder zehn Jahre, für Sie nur eine ununterbrochene Folge von Reisen und Liebschaften gewesen sind, und daß vom rein künstlerischen Standpunkt aus nichts Aufregendes passierte (abgesehen von den finanziellen Komplikationen, die Sie mir liebenswürdigerweise so ausführlich beschreiben, aber die ich mir, wenn auch ungern, doch zumindest ohne weiteres vorstellen kann). Gab es damals nichts mehr, das Sie als Künstlerin interessierte? Oder gab es keine Stücke mehr, die Sie reizten – oder war Ihr Erfolg nicht mehr so groß? Nein, das kann es nicht gewesen sein, ich weiß, daß dem nicht so war; Sie standen im Zenit Ihres Ruhms. Also – warum schweigen Sie sich über das Theater aus? War vielleicht das, was man gemeinhin das »Heilige Feuer« nennt, in Ihnen erloschen?

Sarah Bernhardt an Françoise Sagan

Das stimmt, ich erzähle Ihnen nichts über das Theater, weil es mir zu jener Zeit mehr Verdruß als Freude bereitete. Wie soll ich Ihnen das erklärten ... Nicht, daß es keine Stücke gegeben hätte, daß ich mich gelangweilt hätte ... Keineswegs: Ich mietete das »Ambigu-Comique«, ich mietete das »Renaissance«, ich pendelte von einem zum anderen – und ruinierte mich übrigens dabei; ich arbeitete wie besessen, ich brachte unermüdlich neue Stücke auf die Bühne: Stücke von Richepin, Stücke von Sardou, Stücke von Dumas Sohn, Stücke von Banville ... pausenlos, ich ging von Erfolg zu Erfolg, vor allem mit denen von Sardou. Doch merkwürdigerweise, obwohl die Frauenrollen, hauptsächlich die von Sardou, göttlich waren – Theodora und Fedora und Gismonda waren einmalige, großartige Rollen (von der Tosca ganz zu schweigen!) –, so war doch seitens Sardou, und nachher von mir, alles so perfekt, so gewandt, so geschickt arrangiert, daß das Publikum mir nicht zu folgen vermochte. Das führte dazu, daß zwar ein Triumph den anderen ablöste, keineswegs aber eine echte künstlerische Leistung die andere.

Es schien mir, als käme ich in meiner Karriere nicht mehr

vorwärts, innerlich meine ich. Wenn Sie heute Sardou lesen, so kann ich mir vorstellen, daß Sie darüber lachen oder das Ganze gar zu melodramatisch finden, das ist sehr gut möglich. Doch zu meiner Zeit war es genau das, was die Leute mochten ... und ich auch. Ich besaß immerhin ein gewisses Differenzierungsvermögen, das mir im übrigen erlaubt hat, mir meine Freunde unter den feinsinnigsten und begabtesten Pariser Schriftstellern oder Künstlern von damals auszusuchen. Doch darüber später. Wie auch immer, mein Durst nach Erfolg war vielleicht gestillt, doch ich hatte Lust auf etwas anderes, etwas für mich allein – ich hatte Lust auf eine neue Herausforderung, die ich nirgends fand.

Mein erster Versuch – der damals am meisten Aufsehen erregt hat – war Lorenzaccio. Ich beschloß, den Lorenzaccio von Musset zu spielen, eine Rolle, die noch nie zuvor von einer Frau gespielt worden war ... was natürlich die Tinte in Strömen fließen ließ. Es war eine großartige Rolle, ich denke, sie ist es heute noch. Ich habe sehr hart an Lorenzaccio gearbeitet; es war eine Gestalt, die mich faszinierte, und ich denke, es ist mir gelungen, ihre Vielschichtigkeit wiederzugeben, wenn vielleicht auch nur zum Teil.

Françoise Sagan an Sarah Bernhardt

Jetzt übertreiben Sie wirklich die Bescheidenheit. Gestatten Sie mir, die Kritiker von damals zu zitieren. Jules Lemaître zum Beispiel, der sonst nicht mit Tadel sparte: »[...] Kaum hat sie die Bühne betreten in ihrem schwarzen Wams, mit ihrem blassen Teint – ja, genau so mußte es sein! Und was für ein trauriger Ausdruck, rätselhaft, tiefgründig, schmachtend, verächtlich und zutiefst verdorben! Und dann die Selbstbeherrschung, das kurze Erzittern unter der Maske des Verräters, die unverschämte und diabolische Ironie, mit welcher Lorenzaccio sich für die Lügen seiner Rolle entschädigt, die Hysterie der Rache und das Wiederaufflammen der Zärtlichkeit und das Versinken in Träumerei. Der Abend war Madame Sarah Bernhardts fürstlicher Tribut an den Geist Mussets!«

Ich finde das gar nicht übel als Kritik. Als Schauspielerin wäre ich ganz glücklich, solche Sachen über mich zu lesen. Und Bernhard Shaw zum Beispiel, der von Natur aus kein überschwenglicher Mann war, schreibt folgendes über Sie: »[...] Man verzeiht ihr das Unwahrscheinliche. Wie sie uns dazu zwingt, paßt genau zu ihrem selbstherrlichen, fast kindlichen Spiel. Es ist nicht eine Kunst, die einen zu höheren, ernsthafteren Gedankenflügen bewegt, doch es ist eine Kunst, die einen mitreißt, die einen zwingt, mit Sarah Bernhardt zu weinen, für sie Partei zu ergreifen, mit ihr zu lachen, über ihre Späße zu lachen, ihr atemlos durch Gut und Bös zu folgen, ihr stürmisch zu applaudieren, wenn der Vorhang sich senkt.«

Auch das finde ich nicht schlecht. Geben Sie es zu! Es ist immerhin merkwürdig, daß ausgerechnet ich es bin, die Ihnen die besten Kritiken Ihrer Theaterlaufbahn zitieren muß ... als müßte ich Sie etwas aufmuntern ... Ich glaube, Sie stecken in einem kleinen seelischen Tief, oder täusche ich mich? Es würde mir sehr leid tun, wenn es meine Frage gewesen ist, die bei Ihnen wehmütige Erinnerungen geweckt hat. Und dieses Lachen, von dem wir gesprochen haben, was ist daraus geworden?

Sarah Bernhardt an Françoise Sagan

Dieses unbeirrbare Lachen, meine Liebe, das habe ich mir mein Lebtag lang bewahrt, Gott sei Dank! Wenn ich mich kurz in wehmütige Erinnerungen verloren habe, so lediglich darum, weil es damals, 1895, gewesen ist, bei meiner Rückkehr aus Südamerika, daß ich mir das Bein in jenem verdammten Schiff angestoßen habe und mein Knie zu schmerzen anfing. Mein Leben wurde in der Folge und bis zur Amputation von dieser unglücklichen Verletzung vergiftet, und manchmal fiel mir das Lachen schwer. Doch glauben Sie mir, ich habe trotzdem gelacht während all jener erfolgreichen und stürmischen Jahre. Und ich muß zugeben, ich bin manchmal trotz allem recht dankbar gewesen für das »Tout-Paris«, wie man es heute nennt – wie man es damals schon nannte. Stellen Sie sich vor, daß ich eines Tages zum Beispiel den sogenannten Leconte de Lisle – stolz wie ein Pfau, finster, gequält, einsilbig, mit einer strengen Krawatte, mit gerunzelter Stirn und bereits zornigem Blick, bereit mich zu verachten oder zu hassen – in meiner Loge habe auftauchen sehen. Ich reagierte blitzschnell: Ich bat ihn, Platz zu nehmen, legte die Hand vor den Mund, als wollte ich ihn beschwören zu schweigen, und die Arme schwenkend begann ich seine eigenen Verse zu rezitieren. (Ich habe ein fabelhaftes Gedächtnis, müssen Sie wissen. Gott sei Dank. Es braucht ein fabelhaftes Gedächtnis, um in einer einzigen Saison drei endlose Stücke auf die Bühne zu bringen, und ich behielt die unbedeutendsten Stichwörter im Kopf.) Ich legte nun also vor diesem alten, verzückten Adler mit Schwung und mit meiner metallenen Stimme los, oder mit meiner kristallklaren Stimme, mit meiner goldenen Stimme, ich rezitierte alle seine Gedichte, die ich kannte. Er war hingerissen von mir. Eines muß man ihnen zugestehen

– ich denke, das hat sich seither nicht geändert –, die Schriftsteller kapitulieren schnell einmal vor ihrer eigenen Prosa. Es genügt, in ihrer Anwesenheit ihre eigenen Gedichte zu rezitieren, und schon sinken sie vor einem in die Knie, im Grunde eigentlich vor sich selbst!

Montesquiou ist einer meiner besten Freunde gewesen. Er war unglaublich drollig, unglaublich begabt und manchmal unglaublich bösartig, das muß ich schon sagen. Er sah gut aus, er sah sogar sehr gut aus, er war sehr lebendig, damals, 1880. Er ist es gewesen, der mich zur Gräfin Greffulhe schleppte, in deren Haus ich seine Gedichte rezitierte – ich glaube, sie war die Guermantes von Proust; er ist es gewesen, der mich zu mondänen Anlässen mitnahm; er ist es gewesen, der mir oft bei der Repetition klassischer Rollen half, und Quiou-Quiou ist es gewesen, der mich mit Pozzi, mit D'Annunzio und mit den Gebrüdern Goncourt höchstpersönlich bekanntmachte. Hingegen ist nicht er es gewesen, der mich mit Jules Renard zusammengeführt hat. Jules Renard war der mißtrauischste, der menschenfeindlichste Mensch auf dieser Welt und der unerbittlichste und aufrichtigste, den man sich vorstellen kann. Er suchte mich ganz zufällig auf, wie man eine Circe aufsucht; ich unterhielt mich ganz einfach und ganz normal mit ihm, und schon waren wir die besten Freunde. Ich mochte ihn sehr, Jules Renard. Tausendmal mehr als andere angeblich brillantere Geister.

Françoise Sagan an Sarah Bernhardt

Es mutet fast unglaublich an, daß so gänzlich verschiedene Männer von Ihnen hingerissen waren, Jules Renard und Montesquiou, Henry James und Loti, Proust und Wilde, Jean

Lorrain und Lemaître. So gänzlich voneinander verschiedene, so sektiererische, so sehr von ihrer Philosophie, von ihrer Ethik und von ihren Meinungen eingenommene Männer. Einmalige Männer. Und Sie haben es tatsächlich fertiggebracht, jedem einzelnen dieser Männer den Kopf total zu verdrehen, und jeder hat von Ihnen gesprochen. Es gibt ein Porträt von Ihnen aus der Feder von Edmond Goncourt, das mir sehr gut gefällt. »Sie hatte den heftigen Pulsschlag eines bewegten, aufwühlenden, stürmischen Lebens bewahrt, das nichts mit der krankhaften Zimperlichkeit anderer Frauen zu tun hatte, den Glanz und das Ungestüm eines kindlich gebliebenen Blutes, ein so lebendiges Leben, daß der Umgang mir ihr etwas Berauschendes hatte und einen zum Reden brachte, zum Plaudern, auf geistreiche Gedanken. Und wenn sie wie alle Frauen an gewissen Tagen ihre Launen hatte, unberechenbarer war als üblich, so war das jeweils nur vorübergehend, und sie vergaß das Ganze über einer ihrer Narreteien schnell einmal.«

Sie haben sogar Männer betört, die sich nicht unbedingt zu Frauen hingezogen fühlten. Montesquiou natürlich, aber er war ein Freund. Doch da war auch noch Oscar Wilde, der gesagt hat, er hätte drei Frauen heiraten können: Sie, Lili Langtry und Königin Victoria (die letztere war wohl nur als Scherz gemeint). Sie haben Loti bezirzt, der sonst Matrosen vorzog, glaube ich, der aber verrückt nach Ihnen war. Wen alles haben Sie noch verführt ...? Wen haben Sie nicht verführt? Unter den gegebenen Umständen würde mich interessieren, *wen* Sie zu Ihrer Zeit nicht verführt haben. Ich spreche von den Leuten, die Sie gekannt haben, wohlverstanden. Es ist, wie wenn heute, zu unserer Zeit, in meinem Jahrhundert, eine weniger aufregende Frau – versteht sich – von den verschiedenartigsten Männern vergöttert, bewundert, begehrt worden wäre: von Sartre, von Anouilh, von Barillet und Grédy, von Beckett, von Malraux, von der Duras, von d'Ormesson, von Poirot-Delpech und von Le Clézio. Wäre das überhaupt vorstellbar? Von mir und Bernard Frank ganz zu schweigen: Was mich angeht, ich brauche Ihnen wohl nicht zu wiederholen, wie begeistert ich von Ihnen bin, und was ihn angeht, so kenne ich ihn gut genug, um zu wissen, daß er wie Chazot von der ersten Minute an von Ihnen eingenommen gewesen wäre, das ist sicher ... und auch Bob natürlich. Vielleicht überrascht Sie das oder Sie finden es sogar überheblich, doch ich kann mir sehr gut vorstellen, wie Sie mich in der Normandie besuchen, in Equemauville, in Begleitung Ihrer Petite Dame, Ihres Sohnes und Ihrer Freunde. Ich glaube, wir hätten uns ganz und gar nicht gelangweilt, weder tagsüber noch am Abend, ganz gewiß nicht ... Und wir hätten gelacht! Merkwürdig, als ich angefangen habe, dieses Buch zu schreiben, dachte ich keinen Augenblick daran, ich könnte davon träumen, mit Ihnen ein Wochenende in meinem Haus zu verbringen. Und siehe da, jetzt hätte ich wirklich Lust dazu.

Sarah Bernhardt an Françoise Sagan

Also denn, Eingeständnis gegen Eingeständnis: ich auch! Ich hätte Sie gerne besucht; ich liebe die Normandie über alles, doch ich muß zugeben, daß ich sie nur vom Zug aus kenne, denn Belle-Ile ist für mich noch schöner als die Normandie! Kennen Sie Belle-Ile? Es ist das Paradies auf Erden! Ungefähr zu der Zeit, wo wir steckengeblieben sind, habe ich Belle-Ile entdeckt. Doch darüber später.

Obwohl von all diesen Verehrern umschwärmt, die Sie

mir andichten, obwohl vom Publikum vergöttert, von tausend schönen Männern beschützt und umsorgt, von einem Schwarm junger Liebhaber umschwirrt, und obwohl ich die unbestrittene Königin von Paris war ... so fehlte mir dennoch etwas, in meinem Beruf, meine ich. Ich sehnte mich nach einem Autor, der das Publikum durch etwas anderes mitreißen würde als nur mit diesen ewigen Geschichten von unwiderstehlichen Frauen – eine Rolle, in der es mir nicht schwer fiel, Erfolg zu haben, weil es im Theater etwas Neues gewesen war und es mir Spaß gemacht hatte, diese Rolle zu spielen, und es fiel mir um so leichter, damit Erfolg zu haben, weil ich in den Augen des Publikums, und manchmal auch in meinen, mich selbst spielte. Doch es war nicht die ganz gleiche Sicht der Dinge: Das Publikum sah mich als eine Frau, die das Schicksal in der Hand hat, und ich sah mich als eine Frau, die dem Schicksal ausgeliefert ist ... und trotzdem lacht! Die immer lacht. Denn manchmal war es wirklich zum Lachen.

Ich sehnte mich nach einem neuen Atem, nach einem neuen Wind, nach ich weiß nicht was. Ich fand keinen Namen dafür und keinen Mann, der ihn schuf. Nichtsdestotrotz, er tauchte eines schönen Tages auf, dieser Mann. Sogar noch vor Belle-Ile, was meine Geschichte und Ihre Aufzeichnungen vereinfacht. Bevor wir zu diesem heroischen und göttlichen Lebensabschnitt übergehen, und bevor wir unseren Männerschwarm verlassen, möchte ich doch noch festhalten, daß der junge Loti zwar sehr viel für Matrosen übrig hatte, was ihn aber keineswegs daran hinderte, auch für Frauen sehr viel übrig zu haben – für mich wenigstens –, und daß er es mir gegenüber auf durchaus überzeugende Art und Weise unter Beweis gestellt hat. Ich habe es immer abstoßend gefunden, nicht nur was Loti angeht: Sobald ein Mann, der die Frauen liebt, anfängt, auch Männer zu lieben, so spricht alle Welt nur noch von seinen Liebhabern – kein Wort mehr von seinen Mätressen, sogar wenn er erstere immer vorgezogen hat. Na ja! Ich gestehe, daß ich für meinen Teil, wäre ich ein Mann gewesen, zwischen tugendhaften Frauen, die wie nichts Kinder machen und einen zur Heirat zwingen, oder zwischen weniger tugendhaften Frauen, die nicht aufpassen und einem die Syphilis anhängen ... also, ich weiß nicht, wäre ich ein Mann gewesen, hätte ich mich vielleicht sicherer gefühlt, wenn ich mich um mein eigenes Geschlecht gekümmert hätte. Ich hoffe, daß heute in Eurer fortschrittlichen Gesellschaft, wie man so sagt, die leichtlebigen Männer all diesen Gefahren weniger ausgesetzt sind.

Françoise Sagan an Sarah Bernhardt

Man kann nicht eben behaupten, daß es heute in dieser Hinsicht besser ist. Es ist immer noch sehr schwierig, der Liebe zu frönen, ohne auf die verschiedensten Komplikationen gefaßt sein zu müssen. Doch sprechen wir von heitereren Dingen. Diese Geschichte mit der Marie Colombier, dieser Freundin von Ihnen, die Sarah Barnum und ein ungewöhnliches Buch über Ihre Person und über Ihr Leben geschrieben hat (ich habe darin geblättert, was sie schreibt, ist mir geradezu anstößig vorgekommen), diese Marie Colombier, es sieht so aus, als ob sie Ihnen Unrecht getan habe ... oder ist Ihnen das gleichgültig gewesen?

Sarah Bernhardt an Françoise Sagan

Verschonen sie mich mit dieser Marie Colombier! Sie ist eine jener Freundinnen, die einem die Kleider vom Leibe reißen, bevor sie zerknittert sind, und die gleichzeitig versuchen, einem die Liebhaber abspenstig zu machen. Es ist ihr nicht allzuoft gelungen, daher ihr tödlicher Haß ... um so mehr, als ich ihr ein paar Mal aus der Klemme geholfen habe. Die Dankbarkeit, müssen Sie wissen, ist oft der Anfang des Hasses. In ihrem Fall jedenfalls trifft das zu. Kurz, bei unserer Rückkehr aus Amerika schrieb sie unerhörte Sachen. Ich ließ mich leider dazu hinreißen, mir die Artikel zu beschaffen, dann suchte ich diese Viper auf und verdrosch sie mit einer Peitsche ... und mit einem Messer glaube ich. Na ja, eine Belanglosigkeit. Vor allem beging ich die Dummheit, zusammen mit Richepin ein Buch zu unterzeichnen, in welchem ebenso viele unglaubliche Dinge über sie standen ... und ebenso schändliche. Ich kann mir das nicht verzeihen. Ich finde es mehr als unverzeihlich, daß ich mich herabgelassen habe, im gleichen Tonfall auf ein derart vulgäres Buch zu antworten. Seien Sie so lieb, vergessen wir Marie Colombier. Lesen Sie ihr Buch, und lesen Sie es noch einmal, bis Sie genug haben davon, wenn Ihnen der Sinn danach steht, doch verschonen Sie mich mit ihr. Es ist einer der Fehler meines Lebens gewesen, eine Geschmacklosigkeit, und ich hasse das.

Françoise Sagan an Sarah Bernhardt

Tausendmal Verzeihung! Ich wußte nicht! Ich habe Ihr Buch über sie nicht gelesen; ich habe ihr Buch über Sie gelesen, und das genügt mir. Im übrigen kann ich mir nicht denken, daß Sie in der Lage sind, Gemeinheiten zu schreiben. Ich kann mir hingegen sehr gut vorstellen, daß Sie jenes Buch signiert haben, um jemandem eine Freude zu machen. Vergessen wir Marie Colombier, und wenden wir uns dem göttlichen Atem zu, den Sie vorhin erwähnt haben und der Ihnen die Freude am Theater wieder zurückgegeben hat. Also, wer war der Mann, der Ihr Bedürfnis nach einem neuen Theater gestillt hat? Wer?

Sarah Bernhardt an Françoise Sagan

Rostand! Rostand ist es gewesen. Ich bin Rostand 1894 begegnet, und ich war damals den Vierzig näher als den Dreißig. Protestieren Sie nicht! Ich weiß genau, was Sie einwenden wollen, es interessiert mich nicht. Ich wiederhole es – und es stimmt –, ich war den Vierzig näher als den Dreißig! Von jetzt an wird über mein Alter nicht mehr diskutiert. Vom Tag meines vierzigsten Geburtstages an habe ich nie mehr über mein Alter gesprochen. Ich sehe keinerlei Veranlassung, jetzt daran etwas zu ändern, in diesen Memoiren, wo ich schließlich alles sagen kann, was mir Spaß macht. Ich hoffe, Sie sind so loyal, und schreiben genau das, was ich Ihnen erzähle, und nichts anderes. Oder ich höre sonst auf der Stelle auf ...

Françoise Sagan an Sarah Bernhardt

Ich werde ganz genau das weitererzählen, was Sie mir erzählen und nichts anderes, ich verspreche es Ihnen. Was Ihr Alter im Jahr 1894 angeht, ich denke nicht einmal daran. Es interessiert mich ebenfalls nicht.

Doch wie war das mit Rostand? Man fragt sich heute noch, ob Sie mit ihm ein Abenteuer gehabt haben oder nicht. Persönlich glaube ich nicht daran, auch wenn Ihnen das vielleicht lächerlich vorkommt. Ich habe den Eindruck, daß Sie zwar von seiner Prosa begeistert und entflammt waren – wenn ich an das Publikum von damals denke, das weniger »cool« war als wir –, daß seine Person hingegen Sie weniger entflammt haben dürfte. Er muß tatsächlich poetisch und patriotisch und von großen Gefühlen beseelt gewesen sein; ich glaube aber, daß Sie – dominierend wie Sie waren –, eigentlich eher schweigsame Männer mochten – oder sagen wir einmal solche, die nur im gegebenen Moment etwas zu sagen hatten. Und nicht immer nur von Heimat oder Kunst! Täusche ich mich? Oder schiebe ich Ihnen mein eigenes Gähnen in solchen Situationen unter?

Sarah Bernhardt an Françoise Sagan

Nein, Sie täuschen sich nicht; ich finde sogar, Sie sehen zusehends klarer. Es kommt mir im übrigen so vor, als ob Sie jedesmal, wenn Sie sich auf Ihre Vernunft berufen, mich damit meinen. Wie auch immer, ich habe jetzt keine Lust über Rostand zu sprechen. Nach diesem langen Exkurs durch Kulissen und Alkoven habe ich das Bedürfnis nach frischer Luft. Ich weiß nicht, ob ich genau dem chronologischen Faden folge, den Sie von mir erwarten, aber ich werde Ihnen zuerst von Belle-Ile erzählen ... wie von London, wie von New York. Kennen Sie Belle-Ile? Ich wette nein.

Françoise Sagan an Sarah Bernhardt

Sie wetten nein, und noch vor zwei Monaten hätten Sie die Wette gewonnen. Ich habe nämlich Ende Juli dieses Jahres zehn Tage auf einer Insel namens Belle-Ile verbracht, auf der ich noch nie gewesen war und von der ich begeistert zurückgekommen bin, ich gebe es zu, ehrlich. Wie ich Ihnen nachfühle. Ein Hauch von Vergangenheit liegt über dieser Insel, der Erinnerungen an unbeschwerte Tage weckt ... die Comtesse de Ségur, Zénaïde Fleuriot, Picknicks im Grünen und Ausflüge mit dem Fahrrad. Man begegnet sich dort mit ungewohnter Höflichkeit, was heute unter Touristen selten ist, und das milde Licht beschwört vergangene Zeiten herauf, sogar bei mir, obwohl ich doch immerhin aus diesem Jahrhundert stamme. Ich kann sehr gut verstehen, was Belle-Ile Ihnen bedeutet hat ... nach Brasilien, nach Amerika und in diesem entfesselten Europa. Wie haben Sie die Insel entdeckt? Um ganz ehrlich zu sein, ich war nicht etwa dort, um nach Ihren Erinnerungen zu suchen, ich war ganz zufällig dort, und wenn ich mir auch Ihre Festung und Ihr Anwesen angeschaut habe – ihre Landzunge, wie man dort sagt –, gesehen habe ich eigentlich nichts. Die Häuser, oder was davon übriggeblieben ist, sind hinter Mauern versteckt; Mauern schirmen Ihren einstigen Besitz ab, den Garten, wo Sie gelacht, wo Sie gescherzt haben, wo Sie herumgetanzt sind mit Ihren zufälligen oder mit Ihren alten Freunden. Und merkwürdigerweise wollte ich gar nicht mehr sehen, ich habe auch nicht etwa versucht, Sie dort zu suchen, weder in den Wohnräumen noch in den Schlafzimmern noch auf den Felsen. Ich kann Sie mir im Geist sehr gut vorstellen in Belle-Ile, und irgendwo habe ich den Eindruck, daß alles, was wirklich wäre, daß alles, was von Ihnen im konkreten Sinn des Wortes übriggeblieben wäre, ob nun Kleider, Gegenstände, Leute, die Sie gekannt haben und die ich, seltsamerweise, meide wie die Pest, seit ich über Sie nachdenke – ich habe den Eindruck, daß alles, was greifbar wäre, meiner Gedankennähe zu Ihnen und meiner Vorstellung von Ihnen zuwiderlaufen würde; wenn auch das Bild, das ich mir von Ihnen mache, vielleicht falsch oder ungenau ist, so bemühe ich mich dennoch, irgendeine Wahrheit über Sie herauszufinden ... und wenn es nur aus Zuneigung zu Ihnen wäre. Meine anfängliche Ahnungslosigkeit – um nicht zu sagen Gleichgültigkeit – hat sich in Neugierde verwandelt; die Neugierde in Nachsicht; die Nachsicht in Anteilnahme; die Anteilnahme in Verständnis, und das Verständnis in Zuneigung. Momentan segele ich in Richtung Bewunderung. Ich sage Ihnen das in aller Offenheit, wohlverstanden, und Sie dürfen es mir glauben, ich freue mich darüber, sehr sogar. Es wäre mir schwer gefallen, lange über jemanden zu schreiben, den ich nicht irgendwie und wie auch immer geliebt hätte.

Sarah Bernhardt an Françoise Sagan

Und ich erst, glauben Sie etwa, ich hätte mir die Zeit genommen, mich einem Ekel oder einem Blaustrumpf anzuvertrauen? Nein, nein, ganz gewiß nicht! Ich habe Erkundigungen eingezogen. Es liegen da ein paar Freundinnen in meiner Nähe, in diesem »Père-Lachaise«, die sehr jung gestorben sind und die Sie mehr oder weniger gekannt haben und mir manchmal lobend von Ihnen erzählen. Ich habe mich auf ihr Urteil verlassen. Im übrigen zeugen Ihre kleinen Seitenhiebe eher von einem lebhaften Temperament. Auch ich hätte Sie gemocht, wenn ich Sie gekannt hätte. Allerdings Ihre Biographie zu schreiben, dazu hätte ich nie den Mut gehabt, das muß ich zugeben, ich hätte bis zu meinem Tod nicht die Zeit gefunden, mich für jemanden anders zu interessieren. Aber ich freue mich, daß Sie sich nun damit beschäftigen und daß Sie mich gern mögen. Ich habe es immer gemocht, daß mich die Leute mögen, sogar aus der Ferne, und Gott weiß, wie fern ich Ihnen bin.

Kehren wir zu Belle-Ile zurück, das wird uns einander näherbringen, da Sie ja vorigen Monat dort gewesen sind. Als ich zum ersten Mal Belle-Ile betreten habe, ist mir die Insel wie ein Hafen vorgekommen, wie ein Paradies, ein Refugium. Ich war erschöpft, ich kam von Paris oder von einer meiner vielen Gastspielreisen, ich erinnere mich nicht mehr, von tausend Unannehmlichkeiten jedenfalls. Vergessen Sie eines nicht, wenn ich auch Racine rezitiert habe, die meiste Zeit lebte ich eben doch von Feydeau, ich kann Ihnen das nicht verheimlichen. Es passierte mir oft, wie meinem Geld übrigens, daß ich zur Tür hereinkam und zum Fenster hinausstieg, oder umgekehrt und in einem noch teuflischeren Rhythmus. Ich war in einem Alter, wo es mir an der Zeit zu sein schien, diese wilden Kavalkaden etwas einzudämmen. Und dann stieß ich nun also auf diese einsame und gleichzeitig so zivilisierte, auf diese so unwirtliche und so liebliche Insel. Ich entdeckte sie dank Clairin, meinem Retter, meinem Maler, meinem Liebhaber – ich weiß es nicht mehr genau –, sicher aber war er mein bester Freund. Clairin war ein flotter Kerl, ein mondäner Maler und ein richtiger Pariser Bonvivant, er war ziemlich erfolgreich, sehr erfolgreich sogar. Er verstand es, Frauen so schmeichelhaft zu porträtieren, daß sie sich wiedererkannten und gleichzeitig so realistisch, daß auch ihre Nächsten sie wiedererkannten. Von den vielen tausend Porträts, die von mir gemacht worden sind, lasse ich daher nur eines gelten, jenes nämlich, auf dem ich entzückend und auf einen Kanapee liegend dargestellt bin. Das berühmte Bild Clairins von Sarah Bernhardt ist tatsächlich das einzige, das mir ein klein wenig gerecht wird. Lachen Sie nur, lachen Sie, soviel Sie wollen, doch bitte kommen Sie mir nicht mit Ihren Fotografien, die einen häßlich aussehen lassen. Sie wollen doch nicht etwa behaupten, irgendeine Ähnlichkeit darauf zu entdecken ...? Sie wären eine Heilige, eine Märtyrerin meinetwegen, doch ganz bestimmt nicht mehr jene, mit der ich am Anfang dieses Buches korrespondiert habe. Gut, kurzum, Clairin war in die Bretagne vernarrt, und er lag uns damit ständig in den Ohren, so daß wir schließlich beschlossen, ihn zu begleiten. Eine recht komplizierte Angelegenheit damals: Von Paris nach Quiberon waren es mit dem Zug zwölf Stunden, und von Lorient nach Belle-Ile ich weiß nicht mehr wie viele Stunden mit dem Schiff. Wir gingen an Land und stiegen in einen Karren – ich denke, heute ist alles mit Kutschen, Zügen und Dampfschiffen vollgestopft, doch damals war die Insel die Stille selbst. Wir besichtigten die Insel in einem klapperigen Karren mit einem Pferd davor, das ständig mit dem Kopf nickte, und einem Kutscher, der ebenfalls ohne Unterlaß mit dem Kopf nickte. Belle-Ile hat zwei Gesichter: Die Küste ist von Klippen, von Felsen und Wellen gesäumt, von kahlen Buchten, von weißer Gischt. Eine tragische Stimmung umgibt die Insel, ein permanentes Drama, das sich an den Ufern abspielt. Doch im Innern, sobald man die Riffe hinter sich läßt, breitet sich die lieblichste, die freundlichste, die friedlichste Landschaft aus, Täler, Hügel, Bäume, Felder, niedliche Häuser, saubere Straßen, Hecken – ein bunter ländlicher Bilderbogen wie aus einem Kinderbuch; ein Bild, das genau meinen zwei Gesichtern entsprach, ich will sagen, den zwei Gesichtern in mir, die ich mir von mir machte. Wenn ich mich dem Meer zuwandte, sah ich die Tragödin Sarah Bernhardt, Racine, die Elemente, die Leidenschaften und die Gischt, und wenn ich mich der Landschaft zuwandte, breitete sich das Leben vor mir aus, das angenehme, heitere Leben, mein eigener Charakter, meine Ausgelassenheit, meine etwas wirre Art, die Dinge zu sehen, kurzum, mein Drang nach Glück. Natürlich konnte ich bei meiner Ankunft in Belle-Ile das alles nicht in Worte fassen, und auch nicht, als ich über die Insel spazierte. Ich fühlte mich ganz einfach geborgen – und ich bedurfte der Geborgenheit; vielleicht hätte sogar Clermont-Ferrand die gleiche Wirkung auf mich gehabt. Glücklicherweise war dieses Refugium zudem auch noch entzükkend. Ich entdeckte am äußersten Zipfel, dort wo der Wind am heftigsten bläst, eine Festung, einen besonders unzugänglichen, besonders unbewohnten, besonders abweisenden Ort ... der mich entsprechend faszinierte. Ich beschloß auf der Stelle, die Festung zu erwerben, was mir auch gelang. Ich muß beifügen, daß ungeachtet all dieser Attribute Belle-Ile einer der schönsten Wohnsitze meines Lebens gewesen ist – und einer der wohnlichsten, vom moralischen Standpunkt aus. Ich glaube, daß ich in Belle-Ile von einem Bedürfnis nach Ordnung und Wohlbehagen gepackt wurde – das muß es vor allem gewesen sein –, etwas, wovon alteingesessene Städter, angewidert und erschöpft von den ewigen Gehsteigen, Treppen, Autobussen, Einschränkungen und dem endlosen Hin und Her in der Stadt, in ihrem Innersten seit jeher träumen. Ich träumte in der Tat von einem weitläufigen Haus, von Räumen, wo man sich sofort geborgen fühlt, von Blumenbeeten, in denen die Natur in ihrer ganzen Pracht erblüht. Ich träumte von einem Leben, wo einen der

Alltag nicht von der Glückseligkeit trennt. Sie werden mir beipflichten, daß dies in Paris geradezu unmöglich ist, von ein paar Millionären abgesehen, welche mit großem Aufwand die Natur in ihrem Haus aufstellen lassen – Millionäre, deren Mittel mir abgingen (und die heute ihren Seelenfrieden nirgends finden, vor allem in der Natur nicht). Wie viele Stadtbewohner stellte auch ich mir die Natur als einen Flekken Erde vor, wo ich über Wiesen spazieren würde, anstatt durch die Straßen zu rasen, wo ich mich am Morgen wohlig in meinem Bett ausstrecken würde, anstatt blitzartig aufzustehen, und schließlich als einen Ort, wo ich mit meinen Freunden über dieses und jenes – ernsthafte – Gespräche führen würde, anstatt die üblichen Belanglosigkeiten auszutauschen. Ich stellte mir zudem vor ... warum nicht ..., daß meine Verehrer auf dem Land nach unserer ersten Begegnung drei Monate warten würden, bevor Sie mir glücklich und froh sowohl ihr Herz wie auch einen Veilchenstrauß überreichen würden, anstatt mir, wie in Paris, am übernächsten Tag eine Brillantbrosche und ihr Bett anzubieten. Ich übertreibe, gewiß. Meine Träumereien waren durchaus nicht so verzückt und die Wirklichkeit nicht so brutal. Doch ich glaubte wirklich, daß ich auf dieser Insel die Zeit fände, die mir in Paris fehlte. In Wirklichkeit täuschte ich mich ein wenig hinsichtlich Belle-Ile. Wenn auch meine eiserne Gesundheit, mein Elan, meine krankhafte Tatkraft (wie Quiou-Qouou das nannte) mich hinderten, dort wirklich zu entspannen, und – im Gegenteil – dazu führten, daß ich mich im Erfinden von albernen und aufregenden Spaeßen und Vergnügen übertraf, so habe ich dennoch in den dreißig Jahren in Belle-Ile die Freiheit, den Reiz, die Annehmlichkeit müßiger Tage gefunden, von denen ich mein Leben lange geträumt hatte. Ich fuhr immer mit tausend Freunden hin, und ich glaube, ich habe dort die heitersten, ausgelassensten Stunden mit jenen Gefährten verbracht, die heute alle tot und begraben sind. Wie haben wir doch gelacht, mein Gott, unbändig gelacht, auf jener reizenden, romantischen und zerklüfteten Insel. Was ist übrigens aus Belle-Ile geworden? Ist es immer noch so reizend, so ruhig dort? Mein Haus war damals sozusagen unbewohnbar, geschweige denn heute ...! Wie Sie wissen, habe ich in Belle-Ile ungefähr zehn Häuser besessen. Ich richtete mich in einem ein, und dann, wenn es mit Freunden oder allen möglichen und unmöglichen Gästen überfüllt war, überließ ich ihnen das Haus und verkroch mich in ein anderes. Ich habe auch das riesige Haus eines unhöflichen Kaufmanns erworben, der die Stirn und die Unbedachtheit besaß, sich zwischen mir und ich weiß nicht mehr welcher schönen Aussicht niederzulassen. Ich habe keine Ruhe gegeben, bis er wegzog. Der Ärmste hatte wenigstens den guten Einfall gehabt, eine Zentralheizung und fließendes Wasser zu installieren. Es war wirklich eine Erleichterung, ich gebe es zu, nach ein paar rustikalen Monaten, wo man ständig hinter einem Holzfeuer oder einem Kessel warmes Wasser herrennen mußte. Doch bevor ich mein einfaches Leben dem Komformismus oder ganz einfach dem Komfort opferte, fand ich noch die Zeit, ein paar ganz ungewöhnliche Häuser zu entwerfen und bauen zu lassen, alle ganz reizend um das Haus von Clairin – das erste – und um die Festung gruppiert. Haben Sie sie gesehen? Wohl nicht. Ich glaube, ich wäre eine ziemlich berühmte Architektin geworden ... und sogar, doch das ist bewiesen, eine ziemlich berühmte Bildhauerin. Es hat eine Zeit in meinem Leben gegeben – ich wohnte damals an der Avenue de Villiers –, wo ich, des Theaters überdrüssig, beinahe auf den vergänglichen und oberflächlichen Ruhm verzichtet hätte, den eine

Schauspielerin haben kann, um mich einem dauerhaften und ewigen Werk zuzuwenden, dem eines gestaltenden Künstlers. Ich hätte mich beinahe der Bildhauerei zugewandt. Vielleicht hätte ich es wirklich tun sollen. Ich habe lange Zeit in den Künstler-Ateliers gearbeitet, in einem weißen Kittel; ich habe von morgens bis abends gearbeitet, hart gearbeitet, ich habe sogar Schwielen an den Händen bekommen und mir oft die Finger verletzt mit meinem Fäustel und den schrecklichen Bildhauermeißeln. Die vier Freunde, die mich damals besuchten, verstummten, wenn sie mir bei der Arbeit zusahen, verwirrt durch die Leidenschaft, die düstere Leidenschaft, die mich jeweils packte. Ja, schaffen! Erschaffen! Der absurde, herzzerreißende Traum des Komödianten.

Françoise Sagan an Sarah Bernhardt

Vielleicht ... wer weiß ... doch zunächst einmal möchte ich Sie daran erinnern, daß Sie als Schauspielerin von Ihrem fünfundzwanzigsten bis zu Ihrem siebzigsten Lebensjahr, von Ihrem ersten Auftritt an bis zu ihrem letzten Abgang drei Wochen vor Ihrem Tod, daß Sie die weltweit berühmteste Persönlichkeit, die berühmteste Schauspielerin gewesen sind, die man sich vorstellen kann, und daß Sie es – was noch außergewöhnlicher ist – posthum auch heute noch sind. Wo auch immer auf der Welt, es gibt niemanden, der Ihren Namen nicht kennt, ob jung oder alt, nirgends, in keinem Land. Ich weiß nicht, ob die Bildhauerin Sarah Bernhardt es so weit gebracht hätte, doch ich kenne keinen Bildhauer, lebend oder tot, der auch nur einen Augenblick lang die Berühmtheit der Schauspielerin Sarah Bernhardt erreicht hätte – was den Ruhm angeht, versteht sich. Daß Sie aber zu jenem Zeitpunkt für das Lob oder die Kritik Ihrer Bildhauer empfänglicher waren als für das Echo Ihres Publikums, das erstaunt mich nicht. Wenn es um ein Steckenpferd geht, ist man immer besonders empfindlich für Lob oder Kritik, doch um ein Steckenpferd zu pflegen, muß man einen sicheren Pinsel im Hintergrund zur Hand haben ... und der gut malt! Ich habe immer empfindlich reagiert – immer noch übrigens –, wenn von meinen Chansons die Rede war. Ich habe einmal den Text für ein paar Liedchen geschrieben, die nicht besonders gut angekommen sind – die keine »Hits« geworden sind, wie man das heute nennt –, und ich bin in dieser Beziehung sehr allergisch. Ich weiß wohl, daß das lächerlich ist, doch ich kann nichts dafür. Ich will damit sagen, es wäre in der Tat besser gewesen, wenn es sich dabei um ein Steckenpferd gehandelt hätte – in meinem Fall –, und in Ihrem letztlich wohl auch. Wenn Sie von Ihren Skulpturen hätten leben müssen – und ich von meinen Schlagern –, ich weiß nicht, ob wir Gelegenheit gehabt hätten, uns zu begegnen, und das wäre sehr schade gewesen, wenigstens was mich angeht! Also, zurück zu Belle-Ile? Fahren wir ein wenig mit Belle-Ile fort. Wie verbrachten Sie Ihre Zeit dort? Tat jedermann, wozu er Lust hatte, spazierte, wanderte – nach links, nach rechts ... oder lag jedermann friedlich in seinem Bett? Erzählen Sie mir etwas darüber! Bevor wir uns wieder diesem düsteren und menschenfeindlichen Paris zuwenden, das Sie unter Ihrer Löwinnenpranke zermalmen ...

Sarah Bernhardt an Françoise Sagan

Vielleicht ... vielleicht haben Sie recht, was die Skulpturen angeht! Aber schließlich, träumen ist erlaubt – oder etwa nicht? Sogar davon zu träumen, in irgendeiner Beziehung mittelmäßig zu sein! Belle-Ile? Wozu man Lust hatte, in Belle-Ile? Sie scherzen wohl. Alle meine Gäste hatten sich nach einem strengen Zeitplan zu richten. Nein, Spaß beiseite! Aber es stimmt, ich habe es bereits erwähnt, ich erfreute mich einer unverwüstlichen Gesundheit und stand jeweils mit der Sonne auf, lief übermütig an den Strand und hinter mir her mein Sohn und drei Hunde, eine Boa, ein Nashorn, die ich da und dort erworben hatte, denn meine Tiermenagerie stand meiner Menschenmenagerie in nichts nach. Nachher gingen wir ins Dorf, dann setzten wir uns an den Frühstückstisch. Wir waren immer acht oder zehn bei Tisch, der Grundstock des Hauses sozusagen war zumindest immer anwesend: mein Sohn, Petite Dame, Clairin, Louise Abbéma, Reynaldo Hahn, und natürlich alle, die zufällig in der Gegend waren und mich in Belle-Ile besuchten – Eduard VII oder der schöne Pozzi, in den ich früher einmal rasend verliebt gewesen war; Emile Geoffroy, etwas unbedeutend zwar, aber in mich vernarrt; Arthur Meyer – der vom »Gaulois« –, der sich wie eine junge Dame schminkte ... und wer noch ...? Und unzählige andere, ich weiß nicht mehr wer alles, jedenfalls amüsierten wir uns königlich. Und dann kamen natürlich auch noch alle jene nach Belle-Ile, die ich das Jahr durch in Paris in einer euphorischen oder ausgelassenen Anwandlung eingeladen hatte und die nun plötzlich eines schönen Morgens auftauchten und triumphierend ihren Besuch ankündigten – zu meiner größten Verzweiflung und zum Schrecken meiner verärgerten Freunde. Aber wenn Sie tatsächlich ein Landhaus in der Normandie besitzen, wissen Sie, wie das ist! Ich habe eine ausgezeichnete Strategie entwickelt (die Sie vielleicht bereits angewendet haben), eines der wirksamsten Abschreckungsmittel ... Eines Tages kündigte mir eine Engländerin ihre Absicht an, die ehrenwerte Miss Cadogan, eine steinreiche und total versnobte alte Jungfer, die ich sehr unbedachterweise eingeladen hatte, mich im August in meiner Festung zu besuchen. Clairin, mein liebster Clairin – wie immer in seiner bretonischen Fischertracht und die Pfeife im Mund – tobte. Bei jener Gelegenheit ist mir der rettende Gedanke gekommen: Gut, sagte ich zu ihm, wenn du schon so wütend bist, so spiele doch den Tobsüchtigen, richtig meine ich ... kleide dich entsprechend, nimm die Pfeife aus dem Mund und stecke sie dir in den Hintern und fange an zu schreien. Maurice, mein Sohn, wird ihr erklären, er habe die Aufgabe, dich zu beaufsichtigen, du seiest ein geistesgestörter Vetter, um den ich mich während der Sommermonate kümmern müsse. Gesagt, getan. Die bedauernswerte Miss Cadogan – kaum war ihr Koffer auf ihrem Zimmer, kaum hatte sie es sich in gespannter Erwartung heiterer Stunden mit ihrer Tasse Tee in einem Sessel bequem gemacht – hörte nun plötzlich ein markdurchdringendes Gebrüll und sah einen rot und schwarz gekleideten Mann mit einem (falschen) Bart und einer Heugabel in der Hand – denn Clairin vernachlässigte nie auch nur das kleinste Detail – daherrasen und schreiend zwischen unseren Stühlen umherrennen, und hinter ihm her Maurice, mein Sohn, der uns zurief: »Haltet ihn fest, so haltet ihn doch fest! Er ist mir entkommen! Haltet ihn fest!« Ich blieb seelenruhig sitzen und erklärte Miss Cadogan, die ihre Tasse hingestellt und plötzlich den Appetit und das Interesse an der schönen Aussicht verloren hatte, was es mit diesem armen unglücklichen Mann auf sich habe. Die gleiche schreckenerregende Pantomime wiederholte sich am gleichen Nachmittag zwei-, dreimal, und am folgenden Tag erklärte Miss Cadogan in aller Herrgottsfrühe, sie bedaure außerordentlich, sie habe eine wichtige Konferenz vergessen, die am nächsten Tag in London stattfinde. Sie entschwand unseren Blicken mit dem erstbesten Schiff. Natürlich braucht es eine gewisse Kaltblütigkeit für eine solche Inszenierung, doch ich nehme an, Sie haben bestimmt genügend einigermaßen verschroben aussehende Freunde, die diese Rolle ohne allzugroße Schwierigkeiten spielen könnten.

Françoise Sagan an Sarah Bernhardt

Ein ausgezeichneter Einfall, auf den ich tatsächlich nie gekommen bin, die Idee mit Clairin! Ich habe andere Tricks angewendet, ebenfalls nicht unwirksame ... Doch warum sind Sie so überzeugt davon, daß ich verschrobene Freunde habe? Schade, wirklich, daß Sie mich nicht auf meinem etwas baufälligen, aber nichtsdestoweniger herrschaftlichen »Manoir du Breuil« besuchen können. Ja, so heißt mein Landsitz – ein pompöserer und altehrwürdigerer Name als der Rest, muß ich zugeben.

Sarah Bernhardt an Françoise Sagan

»Manoir du Breuil?« Wo liegt das genau?

Françoise Sagan an Sarah Bernhardt

In Equemauville, in der Nähe von Honfleur. Doch warum mit einemmal diese Anwandlung von Genauigkeit?

Sarah Bernhardt an Françoise Sagan

Weil, meine Liebe, ich mich lange vor Ihnen in Ihrem Haus amüsiert habe! Ich habe mich in Ihrem Haus bestens amüsiert, noch bevor Sie auf der Welt waren! Dieser Landsitz gehörte Lucien Guitry – wußten Sie das nicht? Ich habe dort – als Trauzeuge – Yvonne Printemps und Sacha verheiratet; Sacha Guitry! Ich war Trauzeuge! Ich schlief im Zimmer im zweiten Stockwerk, oben, links, und einmal haben wir uns am Morgen eine Kissenschlacht geliefert! Es wimmelte nur so von Federn in Ihrem Treppenhaus! Ist das nicht aufregend? Solche Zufälle begeistern mich.

Françoise Sagan an Sarah Bernhardt

Das überrascht mich keineswegs! Ich wußte, daß Lucien Guitry – es gibt übrigens eine Unmenge Fotos von ihm, auf denen er und das Landhaus zu sehen sind –, daß das Haus Lucien Guitry gehörte und daß er die Sommermonate dort verbrachte, doch ich hatte keine Ahnung, daß Sie dort gewesen sind! Aber natürlich, wie kann man auch nur so sein, fantasielos, das obere Zimmer, im zweiten Stock, links, das ist mein Schlafzimmer! Seit Sie dort geschlafen haben, herrscht in diesem Raum zweifellos immer noch eine etwas verrückte Stimmung! Nachts klappern die Fensterläden oder knarren um die Wette, ob die Angeln nun geölt sind oder nicht, sogar wenn es ganz windstill ist. Sie geistern wohl immer noch fröhlich in meinem Schlafzimmer herum. Ich werde in Zukunft jedes Mal an Sie denken müssen, wenn die Fensterläden Unfug treiben. Und es stimmt, man amüsiert sich königlich in diesem Haus. Auch ich habe einmal eine

Kissenschlacht inszeniert, eines Morgens, zu Weihnachten! Und habe dort geheiratet, auch ich, einmal! Doch wir sprechen jetzt nicht von mir, sondern von Ihnen. Kehren wir zu Belle-Ile zurück! Doch ich bin hell begeistert von diesem Zufall.

Sarah Bernhardt an Françoise Sagan

Auch ich bin entzückt. Ist das Haus von der Allee aus immer noch so offen? Und die Bäume ...? Gut ..., um abschließend auf Belle-Ile zurückzukommen, ich bin sehr glücklich gewesen dort, und im übrigen wurde ich von den Einwohnern sehr verehrt, die ich mit Rettungsringen, mit Booten, mit Wohltätigkeitsfesten und mit den verschiedensten Liebenswürdigkeiten bombardierte, was dazu führte, daß man mich die Gute Dame von Belle-Ile nannte, so wie man George Sand die Gute Dame von Nohant genannt hat. Wenn ich an Belle-Ile zurückdenke, ich weiß nicht, warum, habe ich immer das gleiche Bild vor Augen. Es ist die Stunde vor dem Abendessen, die wunderschöne Stunde, in der die Sonne auf der linken Seite des Hauses untergeht; das Meer ist flach und tiefblau, und die Schatten werden länger. Wir sitzen an den Gartentischchen, die Männer in weißen Drillichanzügen, die Frauen in hellen luftigen Kleidern und großen Strohhüten, das Gesicht hinter Schleiern vor der Sonne geschützt. Zehn Meter davon entfernt tollen die Esel und die Hunde mit den Kindern auf der Wiese herum, darunter mein Sohn Maurice, der auf mich zurennt. Die Männer am Tisch führen hochtrabende Gespräche, und wir, die Frauen, lachen und hören ihnen zu, wie sie sich mit Gott oder ich weiß nicht was brüsten oder scherzend die neusten Nachrichten kommentieren. Es ist ein milder Abend. Es ist ein wunderbarer Abend, wir sind Freunde, nichts kann uns etwas anhaben, nichts, außer der Zeit natürlich, doch wer will schon daran denken.

Ja, so war es, und ich freue mich, daß Belle-Ile Ihnen gefallen hat. Ich habe bereits erwähnt, daß man damals am Abend am Bahnhof den Zug nehmen und im Zug zwölf Stunden schlafen mußte, um am nächsten Morgen in Quiberon einzutreffen, von wo aus man nochmals drei Stunden mit dem Schiff bis zu meinem Palast fuhr. Wenn es stürmte, konnte man weder auf die Insel gelangen noch sie verlassen; das verlieh den Aufenthalten dort einen zusätzlichen Hauch von Gefahr, was ich, wie immer, besonders aufregend fand. Und doch ... und doch, dreißig Jahre lang hielt ich mich jedes Jahr in Belle-Ile auf, sogar in den letzten Jahren, als ich bereits krank war, als ich nur noch ein Bein hatte und reisen für mich mehr oder weniger die Hölle bedeutete. Wenn wir uns aber überall so lange aufhalten, wo ich gelebt oder geliebt habe, werden Sie bereits selbst eine steinalte Dame sein, bis diese Biographie fertig ist. Ich habe noch eine stattliche Anzahl Jahre vor mir, vergessen Sie das bitte nicht, bevor wir dort anlangen, wo wir jetzt sind. Kehren wir also zu diesem düsteren und menschenfeindlichen Paris zurück, das ich unter meiner Löwinnenpranke zermalmte ... So haben Sie das doch formuliert, oder nicht? Genauso, wenn ich mich richtig erinnere.

Françoise Sagan an Sarah Bernhardt

Ganz genau, genauso! Spötteln Sie ruhig, wenn ich einmal eine lyrische Ader zeige. Wenn ich mich ausnahmsweise einmal nach dem Ton Ihres Jahrhunderts richte ... machen Sie mir einen Vorwurf daraus ...!

Sarah Bernhardt an Françoise Sagan

Aber nein, nicht doch! Sie sehen, es wirkt ansteckend! Ich kehre also nach Paris zurück, ich kehre zum Theater zurück und stoße dort wieder auf Edmond Rostand und seine »Gelsamina«.

Rostand war ein Dichter, der mir nicht gefiel, und ich war froh darüber. Sie können sich nicht vorstellen, wie lästig es für eine Frau sein kann, zwischen zwei Umarmungen einen Dichter oder einen Schauspieler Gedichte rezitieren zu hören ... oder nachher, beim Frühstück. Man braucht immerhin etwas Luft zum Atmen, und bei Rostand war das der Fall, da er in seine Frau verliebt war und mich nicht begehrte, was in meinen Augen zwar etwas suspekt war, aber schließlich ... Er brachte mir »Gelsamina«, er brachte mir ein anderes Stück, das in Paris ein Riesenerfolg wurde, und danach brachte er mir »L'Aiglon – Der junge Aar«. Warum ich den »jungen Aar« gespielt habe, der neunzehn ist, der blond, zerbrechlich und unglücklich ist? Ich war damals vierzig (na ja, einverstanden, mindestens vierzig), ich war nicht zerbrechlich und war fuchsig wie das Leben selbst. Dessen ungeachtet nahm ich die Rolle an, weil zum einen die entgegengesetztesten Rollen die besten sind und zum zweiten, weil »der junge Aar« die ideale Rolle schlechthin ist. Es lag alles drin in diesem »Aiglon«. Ich denke, Sie haben das Stück gelesen ... immerhin. Es lag Sentimentalität darin, Heldenhaftes, Schmerz, es lag Stolz darin, Melancholie, Sehnsucht, die Kriegspauken, Kriegstrommeln, die Bratschen der Sehnsucht, es lag alles, alles, alles, alles in dieser Rolle! Und keine Frau hätte der Versuchung widerstanden, diese Rolle zu spielen, jedenfalls nicht ich. Frankreich war damals ein merkwürdiges Land; ein freies Land, wo man aber Dreiyfus verurteilte, ein patriotisches Land, wo man sich aber heimlich Deutschland zuwandte, ein offenes Land, wo man aber die Tschechen abwies. Ich weiß nicht, wie ich Ihnen erklären soll, wie Frankreich damals wirklich war. Die große Weltausstellung fand statt, und es gab Leute, die Hungers starben; die patriotischen Fahnen wurden geschwenkt, und in den Straßen gab es Zerlumpte ... es gab alles in Frankreich, Zola mit eingeschlossen ... und Barrès. Ich glaubte ein wenig an beide; ich glaubte, unser Land sei außerordentlich stark, und ich glaubte, daß es auf Grund seiner Stärke die Schwachen aufnehmen müsse. Leider entging dieser vielleicht allzu logische Standpunkt den Politikern. Man mußte entweder stark sein und es infolgedessen bleiben, indem man sich von der Außenwelt abschirmte; oder man mußte den Schwachen eine Zuflucht bieten und sich – wiederum infolgedessen –, zersplittern, indem man alle Türen öffnete. Den Menschen ist ab und zu nicht zu helfen, wie Sie sehen.

Kehren wir wieder zu unseren Adlern zurück, zu unserem jungen Aar, meine ich. Ich spielte den »Aiglon« – und es wurde ein noch nie dagewesener Erfolg. Ich sah mich mit Erstaunen den Kaiser heraufbeschwören, den Krieg heraufbeschwören, den Tod heraufbeschwören – ausgerechnet ich, wo ich doch nur die Menschen liebte, den Frieden und das Leben. Doch es gelang mir bestens. Ich sah mich die Schwäche heraufbeschwören, die Sehnsucht und die Krankheit – ich, wo ich doch einzig von Kraft, von Sinnlichkeit beseelt war und über eine geradezu unanständige Gesundheit verfügte. Ganz Paris war an jenem Abend da, das ganze patriotische, aufgewühlte, aufgerüttelte, bewegte, nach der Affäre Dreyfus geschlagene, von Reue und kriegerischem Mißgeschick gequälte »Tout Paris«, denn Elsaß und Lothringen schmerzten wie eine eiterige Wunde. Kurz, ich spielte den »jungen

Aar« und machte aus ihm einen unwiderstehlich unglücklichen jungen Mann. Das war alles, was Rostand von mir verlangte, das war alles, was mein Publikum verlangte, das war alles, was vielleicht der Text selbst verlangte, der nicht so vielschichtig war, gut geschrieben, ja, aber nicht so vielschichtig. Er erlaubte mir jedenfalls, aus der Rolle der unwiderstehlichen Frau zu schlüpfen, die ich satt war. Ich wechselte von der unwiderstehlichen Frau zu einem untadeligen jungen Mann über. Immerhin ein gewaltiger Sprung für eine Schauspielerin, finden Sie nicht auch? Ich habe nun also mit fünfzig und etwas mehr den »jungen Aar« gespielt; ich habe diesen Neunzehnjährigen gespielt, diesen jungen Mann, der nicht ohne Unverfrorenheit seinen Vater beweinte – denn im 19. Jahrhundert, zu meiner Zeit, beweinten kleine Waisen üblicherweise die Mutter. Im vorangegangenen Jahrhundert, ja, da beweinten sie den Vater. Das ändert sich in jedem Jahrhundert, könnte man sagen. Merkwürdig, die Waisen … merkwürdig, wie ihr Kummer mit den Modeströmungen das Geschlecht wechselt! Achten Sie darauf, üblicherweise sind es die Söhne irgendeines edlen Prinzen, die adeligen Bastarde, die sich um ihren Vater grämen. Die Söhne von Arbeitern oder Handwerkern verschwenden keinen Gedanken daran. Und ganz allgemein, ob adelig oder gewöhnlich, die Kinder sehnen sich nach ihrer Mutter, sowohl im Theater als auch in den Romanen. In dieser Hinsicht unterschied sich mein Sohn Maurice ganz und gar nicht von der Masse. Er machte sich überhaupt keine Gedanken über seinen Vater. Schließlich stellte ich ihm eines Tages den Prinzen de Ligne vor, als dieser mich in meiner Loge besuchte. Wir dinierten zusammen, er schaute uns an, schaute vor allem mich an, obwohl zu erwarten gewesen wäre, daß er seinen Sohn genau betrachtete. Es fiel ihm sichtlich schwer;

mir überhaupt nicht, und Maurice auch nicht, denn als ihm sein Vater unvermittelt anbot, ihm seinen Titel und seinen Namen zurückzugeben, lehnte er würdevoll ab:

»Ich habe fünfundzwanzig Jahre ohne Sie verbracht«, sagte er mehr oder weniger zu ihm. »Ich glaube, ich brauche Sie auch jetzt nicht, und den Namen aufgeben, unter dem ich erzogen und ernährt worden bin, käme mir als der Gipfel an Taktlosigkeit vor.«

Ich lächelte ihm gerührt zu. Mein Sohn verfügte, ich muß es zugeben, nebst wirklich vulgären Anlagen – um nur seine Spielsucht zu nennen, seine Geldgier, seine Vergnügungssucht und eine gewisse Gewandtheit, sich Mittel zu verschaffen –, mein Sohn verfügte über eine Art Seelengröße, die ihn dazu trieb, sich von frühester Jugend an für mich zu duellieren, zu meiner großen Angst; wenn jemand auch nur ein Wort über mich fallen ließ – oder über jemanden, den er liebte –, konnte er in Rage geraten. Er war hochherzig und gleichzeitig gerissen, zwei Wörter, die selten zusammenpassen. Mich jedenfalls beutete er ruhig und mit der größten Selbstverständlichkeit aus, ich war ja schließlich seine Mutter. Das kam mir ebenso normal vor wie ihm, obwohl ich es manchmal etwas leid war. Wie hätte ich einem Kind böse sein können, einem Jungen und dann einem jungen Mann, der sein eigenes Leben führte in der Gewißheit, sein Leben hänge von meinem Leben ab, mein Geld sei sein Geld, so wie es als Kind für ihn ganz selbstverständlich gewesen war, daß meine Milch für ihn bestimmt sei? Es gibt Männer, die sind einfach so geschaffen, dafür geschaffen, ihr Leben lang ernährt zu werden. Vielleicht, wer weiß, liegt der Fehler bei denen, die sie erzogen haben. Ich bin eine sehr schlechte Erzieherin gewesen, wie es scheint – genauer gesagt, ich habe ihn überhaupt nicht erzogen. Mein Beruf, meine Liebhaber, meine Kaprizen, meine Launen trennten mich von seiner frühesten Jugend an von ihm, und als ich mich schließlich ihm zuwandte, als ich zu ihm zurückkehrte, da war es zu spät. Er hatte sich an seine Vogel-Mutter gewöhnt, an seine Elster-Mutter, wie er sagte, an seine flatterhafte Mutter; und er liebte mich durch einen Nebel von Schiffen, Eisenbahncoupés, Scheinwerfern hindurch ... er sah nur das. Er hat in mir nie etwas anderes gesehen als eine Göttin, eine reiche Frau, eine berühmte Frau; er hat mich nie auf einem Kanapee weinen sehen, weder ungeschminkt noch erschöpft. Ich muß zugeben, daß ich keinen Wert darauf legte. Ist es wirklich ein Fehler, auch dem eigenen Sohn gefallen zu wollen?

Jedenfalls ist es ein Fehler, für den man teuer bezahlen muß. Ich habe die letzten Jahre meines Lebens damit verbracht, Maurices Schulden und für Maurices Dummheiten zu bezahlen. Doch vielleicht war es besser, daß ich für ihn und nicht für andere junge Männer bezahlte, die mir weniger nahestanden und vielleicht weniger an mir hingen, denn was mich selbst betraf, so konnte ich keine mehr machen, Schulden meine ich, Schulden, die mir Spaß gemacht hätten.

Ich besaß nun also ein eigenes Theater, ich inszenierte ein Stück nach dem anderen, mit einem Elan, mit einer Begeisterung, die ganz Paris mitriß. Ich ließ Lucien Guitry bei mir auftreten, der ein wunderbarer Schauspieler war, und de Max, der ein großartiger Schurke war, und auch er war wunderbar. Du meine Güte, wie haben wir uns doch auf der Bühne amüsiert, wir drei zusammen, ich kann es Ihnen nicht schildern. Ein kleiner falscher Ton genügte, ein Wimpernzucken, ein Blick, und wir stellten uns augenblicklich auf den Scherz, auf die Absicht des einen oder des anderen ein, und wir konnten den ganzen Abend lang das Lachen kaum unterdrücken. Guitry war großgewachsen, gutaussehend, charmant, zerstreut, poetisch, er hatte einen kleinen Sohn namens Sacha, der mit acht bereits Begabung zeigte – mit acht! De Max hingegen zog sich wie eine Frau an; er hatte eine Art zu reden, eine Art sich zu bewegen, er hatte eine Frauenstimme und eine Männerstimme zugleich. De Max war ein erstaunliches Phänomen und auch ein hochbegabter Schauspieler. Ich erinnere mich an ein düsteres Melodrama, in dem er die Bühne von der Seite her betreten und sich in der Mitte der Bühne vor mir hinknien und das Gesicht halb dem Publikum zugewandt zu mir sagen mußte: »Betrachte mein Lächeln, erkennst du es nicht wieder?« Nun, eines Tages, betrat er die Bühne ganz schlicht und einfach von der Proszeniumsloge her, kam auf mich zu, den Rücken schlicht und einfach dem Publikum zugewandt, was sonst gar nicht seine Gewohnheit war, ganz und gar nicht, kniete sich vor meinem Sessel hin – ich war ziemlich verblüfft – und sagte zu mir: »Da bin ich! Erkennst du mein Lächeln nicht wieder?« Und er lächelte tatsächlich, entblößte seine während der Pause mit Holzkohle geschwärzten Zähne. Er sah gräßlich aus. Mir wurde geradezu übel davon. Ich wurde von einem hysterischen Lachanfall geschüttelt, ich konnte nichts dagegen tun, der Vorhang mußte gesenkt werden. Dieser Scherz war noch einer der harmloseren, das dürfen Sie mir glauben, doch zwischen Guitry und ihm, das kann ich Ihnen versichern, verliefen weder die Aufführungen noch die Proben einigermaßen glatt. Dieses unbeirrbare Lachen, von dem Sie gesprochen haben, ich hätte es beinahe verloren, durch den Verlust meiner Stimme allerdings. In meinem Theater sind Julia Bartet und Berthe Cerny aufgetreten, Guitry, das habe ich schon erwähnt, und de Max und die Granier, die Duse und Réjane natürlich, die großartige Réjane, mit der mich eine echte Freundschaft verband. Sie war so schlicht, so entgegenkommend, so intelligent, so sehr auf alles neugierig. Wir sind nur einmal zusammen aufgetreten, in einem Drama von Richepin. Dann kamen Coquelin hinzu, meine Schwester Jeanne und schließlich Marguerite Moreno. Kurz, es haben Tausende in meinem Theater gespielt, tausend Schauspieler und tausend Autoren, was mich nicht daran hinderte, zwischen zwei neuen Stücken »Phädra« und »Athalie« wiederaufzunehmen. Nur so gelang es mir, mir selbst gegenüberzustehen, dem Bühnenbild entrückt, allem gegenüber gleichgültig, was nicht seine Sprache war, und was mir jeweils erlaubte, irgendwie alles zu vergessen, was nicht Racine war.

Diesen Orden der Ehrenlegion, den man mir schließlich verliehen hat, den habe ich im übrigen einzig und allein für Racine angenommen. Meine Freunde waren auf die mehr oder weniger skandalöse Verspätung aufmerksam geworden und intervenierten bei der damaligen Regierung. Ich weiß immer noch nicht, wer es gewesen ist. Man trommelte fünfhundert Personen zusammen, am Mittag, im großen Saal des Grand Hotels. Trotz der Tageszeit war Abendkleidung vorgeschrieben. Ich trug ein weißes, über und über mit Gold besticktes und mit Hermelin verbrämtes Kleid, das – ohne mich rühmen zu wollen – ziemlich prächtig war. Ich stieg auf ein Podium, ich stieg von Bravorufen begleitet wieder herab; es war mein größter Tag, wie man gesagt hat. Es folgten Trinksprüche von Seiten der Minister, des Präsidenten der Republik, von Sardou, von Gabriel Périer undsoweiterundsofort. Dann begaben wir uns in mein Theater, in das »Renaissance«, wo zu meinen Ehren eine Aufführung stattfand – die man mir natürlich aufgezwungen hatte –, eine Überraschung sozusagen. Ich spielte den dritten Akt von »Phädra«

und den dritten Akt von »Besiegtes Rom«. Schließlich hob sich der Vorhang und gab den Blick auf ein prunkvolles Bühnenbild frei, wo ich mich dem Publikum unter einem ebenfalls goldenen Brokatbaldachin präsentierte, auf einem blumengeschmückten Thron, umschwirrt von jungen Schauspielerinnen in griechischen Gewändern, die Rosengirlanden in den Händen trugen. Das Ganze war natürlich ein Einfall von Richepin. Copée, Madé, Raucourt, Heredia, jeder rezitierte seine Ode, und Rostand kam als letzter an die Reihe. Von diesem denkwürdigen berauschenden und gleichzeitig etwas lächerlichen Tag, von dem ich eigentlich gar nicht so sehr begeistert war, wenn ich es mir richtig überlege, von diesem Abend stammt der berühmte Ausspruch: »Die Haltung einer Königin und die Gebärden einer Prinzessin.« Von jenem unseligen Tag an gab es kein Sonett mehr, in dem dieser Blödsinn nicht vorgekommen wäre. An jenem großen Tag hörte ich jedenfalls unter meinem Baldachin in meinem schönen Kleid voller Genugtuung die einen und die anderen zu meinen Ehren rezitieren.

Françoise Sagan an Sarah Bernhardt

Sie behaupten jetzt, nachträglich, Sie hätten gelacht, Sie hätten sogar geweint vor Lachen. Ist das vielleicht nicht eine Art Schutz vor dem melodramatischen Aspekt der Dinge? Waren Sie im Grunde, und wie jedermann übrigens und was ganz normal ist, nicht geschmeichelt und gerührt? Ich glaube, an Ihrer Stelle wäre ich es gewesen. Aufrichtig und in allem Ernst.

Sarah Bernhardt an Françoise Sagan

Sie VIELLEICHT, nicht ich. Vergessen Sie dieses unbeirrbare Lachen nicht, von dem Sie unaufhörlich sprechen. Ich habe vielleicht zwei- oder dreimal geweint, vor Müdigkeit und sogar vor Rührung, doch mein Geist ist ebenso unbeständig wie mein Lachen unbeirrbar. Ich wiederhole es, ich schwöre es Ihnen: An jenem Tag habe ich vor Lachen geweint. Ich war leider die einzige. Die Freunde, die Liebhaber, die treuesten Gefährten, die eigenen Kinder, die Geschwister, die Eltern – jedermann glaubt, man sei glücklich, gewisse Momente zu erleben, die sie wiederum glücklich machen. Doch nein! Sogar die eigene Familie kann die Gleichgültigkeit nicht begreifen, und die Gemütsverfassung noch weniger. Der Erfolg erscheint jenen, die ihn nicht ausgelöst haben, stets aufregend und beneidenswert. Und wenn sie erst durch eine Mittelsperson den Erfolg gestreift haben, wenn sie gezwungenermaßen dessen schwächsten Seiten kennengelernt haben, die kläglichsten, während Jahren und Jahren ... wird ihnen immer noch der Ruhm als eine wunderbare Sache vorkommen. Sie haben uns vor Erschöpfung weinen sehen, vor Langeweile, sie haben unsere vom Händeschütteln brüchigen Hände gesehen, sie haben unsere von schlaflosen Nächten geröteten Augen gesehen, sie haben uns nach endlosen Beifallsstürmen am Rand der Bewußtlosigkeit gesehen, sie haben uns niedergeschmettert, gleichgültig und mit steifen Gliedern gesehen, und unbeirrbar finden sie das alles immer noch wunderbar. Für uns wunderbar, also demnach für sie. Es ist unglaublich.

Françoise Sagan an Sarah Bernhardt

Was Sie sagen, ist sehr wahr, früher, jetzt und in Zukunft. Ich könnte Ihrer letzten Anspielung auf den Erfolg sogar ein kleines, entzückendes und köstliches Adagio beifügen. Wie würde Ihnen das gefallen: »Auch für einen Vielfraß, der sich übergibt, bleibt ein leerer Bauch ein leerer Bauch.« Nicht einverstanden? Ich schwärme für diese Art von Sprichwörtern.

Sarah Bernhardt an Françoise Sagan

ABSCHEULICH! Pfui, abscheulich! Wie können Sie nur so abscheuliche Sachen erfinden ... Ich frage mich, ob ich wirklich nach Equemauville gekommen oder ob ich am gleichen Abend bereits wieder abgereist wäre ... Ich bitte Sie, was sind das für dumme Scherze? Sie müßten wenigstens eine Spur Ernsthaftigkeit bewahren, um den traurigen Teil meines Lebens in Angriff zu nehmen, den weniger amüsanten, denn traurig ist ein Wort, das ich nicht weit genug von mir wegschieben kann. Eine Woche vor meinem Tod bin ich noch aufgetreten. Wissen Sie, was das heißt? Und habe sogar – um darauf zurückzukommen, wo wir angelangt waren – einen letzten Hippolytos gefunden, immerhin. Einen großartigen Hippolytos, der im übrigen ebensoviel Aufsehen, Skandal und Ratlosigkeit erregte wie mein Damala. Armer Damala, den ich zu jener Zeit bereits fast vergessen hatte! Und ich hätte sogar überhaupt nie mehr an ihn gedacht, fürchte ich, wenn de Max, der einzige, der mir in meinen Theatern die Stirn bot, wenn de Max – wenn er wütend war – mich nicht von Zeit zu Zeit »Witwe Damala« genannt hätte, worauf ich mich halbtot lachte, während die anderen Schauspieler eher betreten herumstanden; kurz, um auf Télégène zurückzukommen, ich begegnete ihm nach einer Tournee, nach einer einmaligen Tournee im wahrsten Sinne des Wortes, nach einer Amerikatournee. Armer Jarreth! Er war nicht mehr da, und diese gräßliche Tournee war von drei amerikanischen Impresarios organisiert worden. Ich kann Ihnen gar nicht erzählen, was alles passiert ist. Wir traten in Zelten, wir traten in Zirkuszelten auf, wir erlebten fürchterliche Orkane, wir erlebten sintflutartige Regenfälle, die Zelte und Masten wegspülten. Überall trieben sich Cowboys herum, die uns um jeden Preis mit Pistolen entführen wollten. Ich habe in San Francisco unter freiem Himmel zwischen den Erdbebenruinen gespielt, ich habe für die Sträflinge von Saint-Quentin gespielt, in der Weihnachtsnacht. Unglaublich, wahnwitzig ... bis auf New York, wo ich schließlich in einem richtigen Theater und endlich vor einem richtigen Publikum spielte. Ich war auch in Südamerika. Gott sei Dank wurde ich auf diesen abenteuerlichen Reisen entweder von meinem geliebten Reynaldo (Hahn) oder anderen aus meinem Freundeskreis begleitet. Zum Glück, denn es konnte vorkommen, daß ich am Abend sehr niedergeschlagen war, ach ja, ungeachtet der malerischen Kulisse.

Ich kehrte jedes Mal unweigerlich mit Gold beladen zurück, das Maurice ebenso unweigerlich ausgab, mit meiner Unterstützung zugegeben. Ich hatte mir einen Panhard & Levassor gekauft, ich erinnere mich gut, eine imposante Sache damals. Doch all diese Reisen und all dieses Rückkehren waren weniger herzlich und weniger erfreulich, als sie es hätten sein müssen; daran war nicht etwa mein Alter schuld, das – warum auch – an nichts etwas änderte, sondern jemand anderer. In jenem Jahr, als es passiert ist, habe ich Ihnen nichts davon gesagt, weil ich dazu nicht den Mut besaß. Ich muß es Ihnen eines Tages ja doch erzählen. Petite Dame war gestorben. Meine Petite Dame war gestorben. Und diese Wunde verheilte nicht, ist immer noch nicht verheilt. Ich habe es bereits am Anfang erwähnt: Ich strecke immer noch meine Hand aus, ich strecke unter der Erde meine alten Knochen aus, um ihre Hand zu suchen, ihre nachsichtige, so vertraute, so gefügsame Hand, die nur eines wollte: sich glücklich und ergeben meinem Charakter fügen. Meine Petite Dame war tot und ... im übrigen will ich nicht darüber sprechen, es lohnt nicht, sich unnötigerweise zu grämen, einfach so, unter dem Vorwand eines Buches. Sie haben Petite Dame nicht gekannt. Sie werden Sie nie kennenlernen. Sie werden nie wissen, was Petite Dame für mich bedeutet hat. Kurzum, das alles, um Ihnen zu sagen, daß ich eine Nachfolgerin für sie gefunden hatte, die Suzanne Célor hieß; ein wohlerzogenes und sehr langweiliges junges Mädchen, das mir so ergeben war, wie man eben ergeben ist, wenn man etwas frustriert und ein wenig intellektuell ist. Sie hegte für mich eine keusche Leidenschaft, Gott sei Dank – ich wachte darüber –, und sie ertrug alles mit mustergültigem Masochismus. Zwei oder drei Mal schämte ich mich, ihr gegenüber einigermaßen unsanft gewesen zu sein, und entschuldigte mich bei ihr. Sie antwortete mir mit einer solchen Unterwürfigkeit, daß ich begriff, was sie letztlich von mir erwartete, nur das, einzig und allein. Ich empfand für sie eine Mischung von Abneigung und Mitleid, was schließlich dazu führte, daß ich sie eines stürmischen Tages vor die Tür setzte, mit einer Grausamkeit, die sie damals gar nicht schätzte und von der sie sich nicht mehr erholte, die Ärmste! Ich weiß nicht, soll ich die Ärmste oder die Glückliche sagen, denn sie litt bei mir mehr, als sie in ihrem ganzen Leben zu leiden gehofft hatte. Was soll man von solchen Leuten halten ...? Soll man sich Vorwürfe machen, oder soll man ihnen Vorwürfe machen für die Zeit, die man damit verschwendet hat, gegen die eigenen Prinzipien und nach ihrem Geschmack zu handeln? Denn Bosheit war nicht meine Stärke, und doch mußte ich ihr gegenüber gezwungenermaßen grausam sein, um ihr Freude zu bereiten ..., vielleicht, gegen meinen Willen jedenfalls. Du meine Güte! All das klingt nach jenem reizenden Herrn, diesem Freud, den ich in Deutschland einmal gesehen habe und der mir ziemlich kompliziert vorgekommen ist. Es scheint, daß er heute Furore macht. Stimmt das? Gut. Also, diese Suzanne Célor, meine Hofdame, wie sie das nannte, war bei der Begegnung mit Télégène anwesend. Télégène war der Liebhaber von de Max. Eine absurde Geschichte, die ziemlich schlecht anfing. De Max brachte ihn zu mir, in meinen Salon; er war ganz begeistert, ihn irgendeinem Gefängnis entrissen zu haben, wo der Junge sich zu Tode langweilte, einmal mehr; sein bisheriges Leben war ziemlich bewegt gewesen, stürmisch, halb Gigolo, halb Anarchist, halb dieses, halb jenes. Télégène war wirklich der angenehmste Lebensgefährte, den ich in meinem Leben je gehabt habe, auch wenn sein Leben bis zu jenem Tag einigermaßen abenteuerlich gewesen war. Télégène blieb drei Jahre bei mir (und damals hatte ich die Vierzig tatsächlich um einiges überschritten). Er war ein Casanova. Er schrieb etwas später sogar ein Buch mit dem Titel »Die Frauen haben es gut mit mir gemeint«. Ein läppisches Buch, doch ziemlich amüsant und sehr bezeichnend für seinen Charakter. Télégène war der rücksichtsvollste, der sanfteste, der angenehmste, der zärtlichste Mann, den ich in meinem Leben gesehen habe. Er war wie ein großer Hund, ein etwas mißratener großer Hund, und sanft wie ein Lamm. Das sind viele zoologische Vergleiche, aber Lou – denn er hieß Lou – erinnerte einen wirklich an ein Tier. Obwohl ich alles tat, um ihn diesem zoologischen Stadium zu entreißen. Ich steckte ihn in die Kleider von Essex, ich steckte ihn in die Gewänder eines Bischofs; alle Rollen, die ich bis dahin bekannten Leuten anvertraut hatte, vertraute ich nun ihm an, seelenruhig, ungeachtet seines holländischen Akzents, der ganz Paris amüsierte. Er hatte dunkelblaue Augen, eine helle Haut, schwarzes Haar, er war schön, die Schönheit seines Alters eben – und mehr als das. De Max stellte ihn mir vor wie einen Gegenstand, den man jedermann vorzeigt, der solche Gegenstände sammelt, und ich muß sagen, daß ich ihn anfänglich auch ein wenig als das ansah. Doch seine Liebenswürdigkeit war so entwaffnend, seine Schwäche so offensichtlich, seine Dankbarkeit so vollkommen, daß ich ihn nicht mehr loswurde. So einfach war das: Ich wurde ihn nicht mehr los! Man schickt jemanden, der die Liebenswürdigkeit selbst ist, nicht zum Teufel, man schickt so jemanden nie zum Teufel! Ich hatte einen unglaublichen Teint für mein Alter, eine glatte Haut, einen geschmeidigen Körper, den ich entsprechend pflegte, wirklich, ich war anziehender als viele meiner jungen Debütantinnen. Nichtsdestotrotz, ich hätte seine Mutter sein können. Nun – ich stellte bei ihm nie den kleinsten Reflex, die kleinste Gebärde, das kleinste Gähnen fest, die mich hätten annehmen lassen, ich sei etwas anderes als fünfundzwanzig. Das klingt ganz belanglos, doch für eine Frau, die es nicht mehr ist, ist das ganz und gar nicht belanglos. Das dürfen Sie mir glauben! Ich schleppte ihn überallhin mit. Ich gab ihm alle Rollen, die meinen Rollen entsprachen, auf der Bühne zumindest. Ich brachte ihn zum Lachen. Ich glaube, es ist das große Geheimnis unserer langen, langen Liaison gewesen: Lou und ich konnten zusammen lachen, unbändig lachen. Nicht, daß er besonders geistreich gewesen wäre, doch er lachte so gern, er lachte so unheimlich gern, er verstand es so gut zu scherzen, er war mir so dankbar, merkwürdigerweise, daß ich ihn lachend überall hinter mir her schleppte. Er war mir so unglaublich dankbar für jeden Bissen, den er aß, für den kleinsten seidenen Leintuchzipfel in seinem Bett, für den bescheidensten Anzug, den ich ihm kaufte. Er war so grenzenlos glücklich und zufrieden mit seinem Leben, ganz einfach damit zufrieden, am Leben zu sein und zu lachen. Ich hätte ihm dafür die ganze Welt gegeben, wäre ich dazu in der Lage gewesen. Können Sie das verstehen? Daß man alles hergibt, alles opfert für jemanden, der einfach da ist, ganz zufrieden, und es einem beweist? War ich vielleicht schon leicht senil oder nicht mehr ganz richtig im Kopf? Meine ganze Familie schien sichtlich dieser Meinung zu sein; mein Sohn, der inzwischen verheiratet war, machte mir Szenen wie ein ehrbarer Sohn, und meine Freunde rauften sich die Haare, und ganz Paris lachte einstimmig und aus voller Kehle über das ungleiche Paar, das wir abgaben. Nein, sie wird sich niemals ändern, sagte man in Paris. Sogar Mirbeau, der sich unterstand, mich zu fragen, in welchem Alter ich der Liebe zu entsagen gedenke – und ich, ohne die Miene zu verziehen: »Mit meinem letzten Atemzug! Ich werde stets so leben, wie ich immer gelebt habe.« Ich hatte es übrigens auch vor. Um die Geschichte mit Lou abzuschließen, oder besser, um zu keinem Schluß zu kommen mit ihm – denn ich weiß wirklich nicht, wie ich mit diesem Jungen hätte fertigwerden können –, also, ich legte ihn eines schönen Tages beiseite, so wie man einen Gegenstand verlegt – in Amerika. Ich ließ ihn irgendwo liegen. Ich verlor ihn in einer Suite oder in einem Zug, ich weiß nicht mehr. Wie auch immer, er blieb jedenfalls in New York. Er hatte Erfolg mit ein paar Filmen und heiratete Geraldine F..., eine Schauspielerin von damals, mit der er es eine gewisse Zeit aushielt. Dann ließ er sich scheiden, wurde drogensüchtig und nahm sich schließlich das Leben. Merkwürdig, das Rauschgift oder der Alkohol scheinen die einzigen Mätressen zu sein, die bei den Männern, die ich ein wenig geliebt oder die mir gefallen haben, glücklich meine Stelle einnehmen: Damala, Télégène; das Rauschgift. Bevor er starb, schrieb mein kleiner Lou in seinen Memoiren: »Ich wäre glücklicher gewesen, wäre ich bis zum Ende meiner Karriere bei ihr geblieben, jeder einzelne in ihrer Nähe verlebte Augenblick brachte mir das Beste, was das Theater zu geben hat, und wenn ich an diese vier seltsamen Jahre denke, füllen sich meine Augen mit Tränen, und mein Herz schreit: Madame! Reizende Madame! Ich bin so einsam ohne Sie!« Natürlich ist das kindisch; natürlich ist das lächerlich; natürlich ist das melodramatisch. Er war aber davon überzeugt. Seltsam: dieser Télégène, ein Gigolo und ein durchtriebener Mensch vermutlich, ist der einzige Mann gewesen, dem ich vielleicht tatsächlich glaubte, wenn er mir sagte, er liebe mich. Aus diesem Grund habe ich ihn wohl überall herumgezeigt, habe ich es vielleicht gewagt, ihn überall herumzuzeigen. 1912 ist das gewesen. Erinnern Sie sich, in welchem Jahr ich geboren wurde? Ich nicht. Und Gott behüte, mein Télégène, auch er wußte es nicht.

Françoise Sagan an Sarah Bernhardt

Ich habe volles Verständnis für die Geschichte mit dem schönen Télégène. Es ist wirklich so, jemand, der liebenswürdig ist, der glücklich ist, macht einen zu allem fähig. Ich verstehe das sehr gut. Doch Sie beschleunigen die Dinge allzusehr ... nicht? Wir sind bereits im Jahr 1912 angelangt; was ist passiert? Habe ich nicht eine Unmenge Ereignisse verpaßt, die Sie mir zu erzählen vergessen haben? Ich schweife ab, ich befürchte, wir enttäuschen Ihre Verehrer? Was meinen Sie?

Sarah Bernhardt an Françoise Sagan

Natürlich beschleunige ich die Dinge, natürlich. Was glauben Sie denn? Ich habe Ihnen in meinem letzten Brief doch geschrieben: Es war der letzte Liebhaber, den ich vorzuzeigen wagte. Er ist mein letzter Liebhaber gewesen, Gott sei Dank. Und der Rest meines Lebens, nachher, ist alles gewesen, nur nicht sentimental. Ich glaubte, daß es keine Abenteuer mehr geben werde, ich glaubte nicht mehr, daß es noch viele Jahre sein würden. Und alle Stücke, die ich mit großem Aufwand und mit großen Kosten inszenierte, wurden von meinem lieben Jungen finanziert, der verschwenderischer denn je mit dem Geld umging. All das schien mir vorübergehend und vergänglich ... und war es im übrigen auch. Sogar Belle-Ile, wohin ich mich 1913 zurückzog, sogar Belle-Ile kam mir irgendwie gespenstisch vor. Natürlich, das Leben war fröhlich, natürlich umgab ich mich mit amüsanten Leuten, natürlich hatte ich viele gute Freunde, natürlich war Lysiane, meine Enkelin, Maurices Tochter, ganz reizend zu mir und leistete mir Gesellschaft, natürlich kümmerte sich alle Welt um mich, natürlich verehrte mich jedermann, natürlich vergötterte man mich, wie wenig Frauen in meinem Alter vergöttert worden sind. Natürlich war alles ein Spiel und alles möglich. Sogar ein flüchtiger Liebhaber, für einen Abend, und manchmal, wenn ich mich auf der Bühne aufrichtete, erfaßte mich sogar die gleiche Woge von früher, die aus der Tiefe des Zuschauerraums zu mir hinaufstieg, und wärmte diesen Kloß im Hals, von dem ich Ihnen vor sehr langer Zeit erzählt habe. Aber ... aber ... das Abenteuer, damit war es vorbei. Eines habe ich zwar noch erlebt, ein Abenteuer, ein grauenhaftes, den Krieg von 1914 nämlich. Ich erfuhr in Belle-Ile davon; Clairin ist es gewesen, der gute alte Clairin, der mir die Neuigkeit brachte, am 28. Juni. Es war ein warmer Tag. Es war ein schrecklich heißer Tag. Er erzählte uns von Sarajevo, und wir glaubten nicht an Sarajevo. Ich wollte in Paris bleiben, zu Beginn des Krieges, als alle davonflogen wie Spatzen, hèlas, wie Spatzen, und nicht wie Geier! Ich bestand darauf, Clemenceau höchstpersönlich kam zu mir, um mich anzuflehen, Paris zu verlassen. Wenn der Feind mich gefangennähme, sagte er, wäre es gleichbedeutend, wie wenn die »Mona Lisa« in die Hände des Feindes fiele, oder ein nationales Heiligtum. Wir gingen nach Arcachon, in eine Villa am Ufer der Bucht. Lulu, Louise Abbéma meine ich, besuchte mich von Zeit zu Zeit. Sie sah mehr und mehr wie ein alter Japaner aus und immer weniger wie ein alter Admiral. Sie hatte schon immer einen geschlechtslosen Eindruck gemacht, nun sah sie aus, als ob sie keinen Rang mehr habe, doch sie war zuvorkommend und liebenswürdig wie selten jemand. Ich habe vorhin kurz mein Knie erwähnt, mein Bein, meinen Unfall auf dem Schiff. Seit jenem Tag wurde ich Tag und Nacht von Schmerzen geplagt. Ich weiß nicht, ob Sie wissen, was ein physischer und anhaltender Schmerz ist und wie einsam das einen macht und hin und wieder einem sogar das Lachen vermiest. Ich wußte das und ertrug es nicht mehr, nicht in diesem Ausmaß. Niemand wollte mich operieren. Man befürchtete alles: vorrangig den Tod, wohlverstanden. Eine mißlungene

Operation. Alle die vielen Ärzte, alle die vielen Besserwisser befürchteten, ihr Ruf könne darunter leiden. Und es ist ein kleiner mutiger Arzt aus Bordeaux gewesen, ein gewisser Demusset, der sich schließlich meinem Willen fügte. Ich ließ mir am 21. Januar 1915 das Bein amputieren, umringt von meiner ganzen kleinen Familie, die herzzerbrechend schluchzte. Ich mußte lachend die »Marseillaise« anstimmen, als man mich in den Operationssaal führte, um ihnen Mut zu machen. Ich muß sagen, daß mein eigener Mut nicht eben auf der Höhe war. Ich dachte, um ehrlich zu sein, ich würde nicht wieder herauskommen. Aber nein! Meine Konstitution, meine unverwüstliche Konstitution sorgte dafür, daß ich mit einem Bein weniger das Tageslicht wieder erblickte. Ich probierte zehn verschiedene dieser Dinger aus, Prothesen nennt man das, zwanzig dieser Prothesen, hundert Prothesen, eine unerträglicher als die andere, und so beschloß ich, darauf zu verzichten. In Zukunft würde ich mich mit Männerarmen vorwärtsbewegen, wohin auch immer. Aber drei Monate später stand ich wieder auf der Bühne. Ich spielte die »Die Kathedralen«, eine lange Ode auf die von den Deutschen verstümmelten Nationaldenkmäler. Was man auch immer erzählt haben mag, ich habe nie Krücken benützt und auch keinen Rollstuhl. Ich ließ mir einen schmalen Sessel auf einer Tragbahre anfertigen, in dem man mich herumtrug. Ich hatte Schmerzen, ich litt und biß auf die Zähne. Einmal hat man meine Bahre sogar in den Kulissen vergessen, hinter einem Vorhang. Und meine Enkelin war ganz entsetzt, als sie mich einfach »Merde, Merde, Merde, Merde!« sagen hörte. Was kann man in katastrophalen Situationen anderes sagen als »Merde, Merde!« Was denn sonst? Sie fand das ordinär, doch Sie wissen so gut wie ich, daß diese Flüche das einzige sind, was etwas hilft, wenn man einsam ist, verzweifelt einsam! Doch sprechen wir von anderen Dingen! Trostlos, das alles ... Ich machte eine Tournee an die Front, eine triumphale Tournee. Die Soldaten vergötterten mich. Ich trank Wein aus dem Helm der Landser, in Leopardenfelle gehüllt, mit Diademen, mit Diamanten behangen, denn ich fühlte, daß diese armen Jungen eher von einem Vamp als von einer wirklichen Soldatenmutter hinter einem blauen Schleier träumten. Ich glaube, ich hatte recht, den Briefen nach wenigstens, die sie mir schrieben. Jedenfalls, sogar wenn ich ihnen merkwürdig vorkam, wie sie mich da am Rand ihrer Schützengräber stehen sahen, eingeschnürt in meinen Verband, in meine Leoparden und meinem Schmuck, wenn ich ihnen vielleicht auch wie ein kurioser Gegenstand aus einer anderen Zeit vorkam, wie eine zusätzliche Naturkatastrophe zu den Granaten vor ihren Unterständen, sie lebten jedenfalls alle wieder auf, wenn ich für sie die »Marseillaise« anstimmte. Ich hatte meine Stimme nicht verloren, und meine Stimme vermochte manchmal den Lärm der Waffen, den Lärm der Kanonen zu übertönen. Worauf man an höchster Stelle auf den Gedanken kam, mich zu Propagandazwecken ins Ausland zu schicken. Ich ging nach London, wo mich die jungen Soldaten stürmisch feierten, dann ging ich in die Vereinigten Staaten, mit meinem Kopf, meinen zwei Armen und meinem Bein. Ich blieb achtzehn Monate dort, von Stadt zu Stadt humpelnd, und meine alten Wildlederbeutel füllten sich mit Dollars. In jedem Bahnhof sang ich »La Madelon« und »Tipperary« und natürlich die »Marseillaise«. Als ich nach Paris zurückkehrte, nach dem Sieg, fand ich mein Haus in einem chaotischen Zustand vor. Maurice hatte ein paar Schulden gemacht, und das Geld, das ich während der Tournee verdient hatte, ging dafür drauf. Das war mir vollkommen gleichgültig. Ich hätte empört sein müssen, wie alle meine Freunde, wie jedermann, doch mir war es vollkommen gleichgültig. Ich brauchte kein Geld. Ich mußte Geld verdienen, ich mußte etwas unternehmen. Ich schrieb Romane, ich führte Stücke auf, ich ging sogar nach England auf Tournee, wo ich Höllenqualen ausstand und wo die Königin so liebenswürdig war, mir mit ihrer Freundschaft Mut zu machen. Dann kehrte ich in mein Haus am Boulevard Pereire zurück. Nachher ... nachher verging die Zeit, ohne zu vergehen. Ich ging auf Tournee nach Spanien, ich spielte Stücke, die mein angeheiratester Enkel schrieb, der junge Verneuil, den meine Enkelin Lysiane vergötterte und der das wiederum nutzte, um mich auszunützen ... als hätte ich es nicht bemerkt, als wären diese Reinfälle, die ich aus Herzensgüte spielte, etwas anderes als Reinfälle gewesen. Im Herbst 1922 traf ich alte Freunde wieder, die drei Guitrys, Lucien, Sacha und Yvonne Printemps. Ich war ja ihr Trauzeuge gewesen, und Sacha schrieb ein Stück, eine Art Roman. Ich studierte die Rolle mit Begeisterung ein, zur Abwechslung; bei der Probe verlor ich das Bewußtsein, ich erwachte lange nicht, und dann konnte ich nicht mehr spielen. Ich war verzweifelt. Zum erstenmal in meinem Leben war ich zutiefst verzweifelt, ich lachte nicht mehr. Ich blieb drei Monate in meinem Bett liegen, drei endlose Monate, die letzten. Ich studierte »Rodogune« ein, ich studierte das Stück von Edmond Rostand ein, das letzte, »Die Sphinx«. Ich schmiedete Pläne, tausend Pläne. Ich versuchte mich sogar in einem ersten Filmdebüt: »Die Seherin« von Sacha Guitry, man drehte die Innenaufnahmen bei mir, in meinem Appartement. Ich saß in einem Sessel, unter einer Maske von Schminke. Ich spielte Karten, und bei dieser Gelegenheit ist es passiert, die Karten verschwammen, alles wurde schwarz ... und ich fiel ins Koma. Kennen Sie das Koma, diese liebliche Provinz? Wenn das wirklich der Tod ist, so ist das nicht weiter schlimm, sagte ich mir, als ich daraus erwachte. Dieses Schwarz, diese Empfindungslosigkeit, dieses Entrücktsein von allen und allem ...

Françoise Sagan an Sarah Bernhardt

Ja, ich kenne das Koma. Ich habe es sogar zwei- oder dreimal am eigenen Leibe erlebt. Nein, ich fürchte den Tod nicht, denn ich weiß, daß alles schwarz ist, wie Sie es schildern – und nichts. Es macht mich trotzdem unglücklich, daß Sie so rasch voranschreiten. Kann man jener Zeit nicht etwas Einhalt gebieten? Ich bin wirklich unglücklich, Abschied von Ihnen nehmen zu müssen. Wie kindisch von mir!

Sarah Bernhardt an Françoise Sagan

ABER nein! Nicht doch! Man darf weder das Tempo drosseln noch langsam fahren. Warum sollte ich Ihnen von den Jahren erzählen, wo ich nicht mehr ich selbst war? Wo ich weder Liebhaber noch zwei Beine noch meine Freiheit noch meine Begabung besaß? Mein unbeirrbares Lachen, ja, das besaß ich immer noch. Ist das nicht die Hauptsache? Gut. Bringen wir schnell das Ganze zu einem Ende. Nach diesem Koma kam ich für ein paar Stunden wieder zu Bewußtsein, gerade lang genug, um meine kleine Familie zusammenzurufen und Louise Abbéma, die außer sich war; ich sah den Pfarrer daherkommen mit diesem schielenden Ministranten, von dem ich Ihnen erzählt habe. Ich hörte ihm nachsichtig und mit einem unbändigen Lachen im Hals zu, ich habe es bereits erwähnt ... und verließ diese schöne Welt und alles Drum und Dran im Laufe des Abends, um 8 Uhr abends. Ich erspare Ihnen meine Bestattung, die, wie man mir erzählt hat, eine absolut nationale Teilnahme fand, obwohl meine Beisetzung gar nicht entsprechend war, nur, weil die damalige Regierung nicht besser war als alle anderen.

Seither, wie Sie ja wissen, warte ich nun also im »Père-Lachaise« darauf, daß meine Zeit auf Erden durch meine Zeit unter der Erde wettgemacht wird. Dank Ihnen habe ich ein paar ziemlich unterhaltende Monate verbracht. Ich danke Ihnen dafür. Und Sie, haben Sie sich nicht allzu gelangweilt? Haben Sie hin und wieder herzlich mit mir gelacht? Das ist alles, was ich wissen möchte.

Françoise Sagan an Sarah Bernhardt

Nein, wirklich, ich kann mich nicht mit dem Gedanken abfinden, mich von Ihnen zu verabschieden. Es macht mich unglücklich! Ich bin verärgert! Natürlich habe ich viel gelacht mit Ihnen! Sehen Sie, ich hoffe, daß Sie immer noch unter der Erde sein werden und etwas Zeit haben, wenn man mich hineinlegen wird. Kann man sich von einem Grab zum anderen unterhalten, oder ist es verboten, oder ist es schwierig? Gibt es dort unten Zollbeamte, die die Erinnerungen zensieren?

Sarah Bernhardt an Françoise Sagan

Nein, es gibt keinen Zoll. Nirgends. Das Leben ist weit und heiter. Das Leben ist erstaunlich. Es bringt Wind, es bringt Tränen, es bringt Küsse, es bringt Leidenschaften, es bringt

Sehnsüchte, es bringt Reue. Das Leben ist ... weit weg. Doch das Leben war sehr nah. Ich lege es Ihnen lebhaft ans Herz, nach wie vor. Und dann, vor allem, hören Sie auf mich, glauben Sie mir, hören Sie auf mich: Lachen Sie, wenn Sie können! Lachen Sie viel, denn wirklich, wenn es eine Gabe gegeben hat, die mir kostbarer war als alle anderen, so ist es dieses eine gewesen: mein unbeirrbares Lachen ...